S. FISCHER

Kyra Wilder

Das brennende Haus

Roman

Aus dem Englischen
von Eva Kemper

S. FISCHER

Aus Verantwortung für die Umwelt hat sich der S. Fischer Verlag zu einer nachhaltigen Buchproduktion verpflichtet. Der bewusste Umgang mit unseren Ressourcen, der Schutz unseres Klimas und der Natur gehören zu unseren obersten Unternehmenszielen. Gemeinsam mit unseren Partnern und Lieferanten setzen wir uns für eine klimaneutrale Buchproduktion ein, die den Erwerb von Klimazertifikaten zur Kompensation des CO_2-Ausstoßes einschließt. Weitere Informationen finden Sie unter: www.klimaneutralerverlag.de

MIX
Papier aus verantwortungsvollen Quellen
FSC® C083411
FSC www.fsc.org

Deutsche Erstausgabe
Erschienen bei S. FISCHER
Die Originalausgabe erschien unter dem Titel ›Little Bandaged Days‹ bei Picador, an imprint of Pan Macmillan, London.

Satz: Fotosatz Amann, Memmingen
Druck und Bindung: CPI books GmbH, Leck
Printed in Germany
ISBN 978-3-10-390010-1

Für Alan,

und für Dashiell
und für Dexter
und für Daley

Es ist viel schwerer, ein Haus niederzubrennen, als man denkt.

Shirley Jackson

TEIL EINS

1

Es stimmte nicht, was meine Mutter über das Licht sagte. Ich hatte sie angerufen, um ihr die Wohnung zu zeigen, und ging mit hochgerecktem Handy auf Zehenspitzen herum, weil E und B ihren Mittagsschlaf hielten, und sie sagte immer wieder: Es ist ja stockdunkel! Ich sehe überhaupt nichts! Du hast es immer so dunkel bei dir! Kannst du nicht ein Fenster aufmachen?, fragte sie. Ich mache mir Sorgen um dich!

Ich sagte, mir ginge es gut und es sei großartig hier. E habe am See Schwäne gefüttert. Ich hätte schon gelernt, bonjour zu sagen. Bonjour, sagte ich und wackelte mit den Fingern vor der Kamera. So sollte sie mich sehen, als eine Frau, die Französisch sprach, meine ich. Und sie sollte das Baguette in der Küche sehen, das halb aufgeschnitten auf dem Holzbrett neben ein paar Stückchen Käse und einer Kirschtomate lag. Sie sagte, sie könne in der Küche nichts erkennen.

Mach das Licht an. Achumhimmelswillen, sagte sie. In der Wohnung hatte ich keinen besonders guten Empfang, deshalb erreichten mich ihre Worte entweder in einem Schwall oder gar nicht, und ihr Gesicht zuckte über das Display oder war erstarrt.

Achumhimmelswillen, wiederholte sie. Ich winkte zum Abschied mit den Fingern Richtung Kamera und formte mit den Lippen stumm *hab dich lieb*, so langsam, als würde ich es laut rufen.

Bis bald, sagte ich. Hoffentlich hörte sie es. Ich warf ihr ein Küsschen zu und drückte das Gespräch weg.

Achumhimmelswillen. Das hat sie sicher noch einmal gesagt und sich darüber geärgert, dass ich einfach so aufgelegt hatte, so etwas kann sie nicht ausstehen, aber E würde bald aufwachen, und ich wollte eine Kleinigkeit zu essen für sie vorbereiten.

Mir gefiel das Licht, dieses Halbdunkel in der Wohnung. Es war grau und beruhigend. Wie das Innere einer Auster, zart und sicher verborgen mit uns darin. Alles war kühl und sauber und neu.

Die Decken waren tatsächlich niedrig. Damit hatte meine Mutter recht. Was hatte ich denn erwartet? Die Wohnung lag im Erdgeschoss eines großen, gedrungenen Betonbaus. Ein massiger grauer Kasten, der seinen Betrachtern gegenüber keinerlei Zugeständnisse machte. Weder verbeugte er sich, noch richtete er sich auf oder lupfte seinen Hut. Er hockte einfach da in seinem Kiesbeet, wie ein Hund, der ins Gras scheißt.

Ich fand das wunderbar. Genau so gefiel es mir, vor allem, wenn ich morgens mit B und E aus dem Haus stolperte, die Haare ein wenig zu zerzaust, mit einem Rock, der nicht zum Oberteil passte, alles verpillt, knittrig und verrutscht. Ich stand gerne vor meinem großen, hässlichen Haus, in dem meine wunderhübsche Wohnung wie eine behütete Perle lag.

Es gab nicht einmal Balkone oder Fensterkästen. So ein Haus war es nicht. Falls die Menschen in den anderen Wohnungen schöne Dinge besaßen, falls sie Stil hatten, falls sie Blumen, Spitzenunterwäsche oder einen bestimmten Violettton liebten, behielten sie es hinter ihren jeweiligen Türen für sich. Ich hatte schon gehört, dass die Menschen hier so sein sollten, und es schien zu stimmen. Man blieb auf Abstand. Nur wenn man draußen etwas in einen der Mülleimer werfen wollte, ihn verfehlte und es nicht bemerkte oder so tat, als habe man es nicht bemerkt, und weiterging, während die Verpackung oder der Bon neben dem Eimer lag und nicht darin, dann machten die Leute den Mund auf. Haben Sie das nicht gesehen?, fragten sie. Haben Sie nicht gesehen, was Sie da gerade gemacht haben?

Hinter dem Haus lag ein Park mit einem Sandkasten und einer Wasserpumpe. Ein kurzer Weg zwischen unserem und dem identischen Haus nebenan führte dorthin. Ich mochte dieses kurze Stückchen, weil es immer von winzigen alten Damen bevölkert war, die ihre winzigen alten Hunde Gassi führten, und ich üben konnte, bonjour zu sagen. Sie nickten dann und lächelten, auch wenn ich undeutlich klang. Französisch zu sprechen kam mir manchmal vor, als habe man lauter Steinchen im Mund und sollte mit der Zunge Sprünge vollführen, als müsste die Zunge über die Senken und Brüche in den Wörtern und Lauten gleiten.

An unserem ersten Samstag in der Wohnung hatten M und ich mit einigem Brimborium echtes Schweizer Spielzeug für den Park gekauft. Ernst und konzentriert, wie Vierjährige manchmal sind, hatte E jedes Teil ausgesucht:

eine verstellbare Harke, ein Schäufelchen und eine kleine Hacke. Die Spielwerkzeuge waren aus Holz und Metall gefertigt, rot lackiert, und auf den Griffen prangten winzige handgemalte Schweizer Flaggen. B brauchte natürlich kein Spielzeug, weil er noch ein Baby war, aber wir kauften ihm eine hölzerne Kuh, die mit ihren friedfertigen aufgemalten Augen an seinem Bettchen über seinen Schlaf wachen sollte. Die Spielsachen und die Kuh waren teuer, aber M tat den Preis an der Kasse mit einem Lachen ab. Wir würden wie richtige Schweizer leben und nur wenige Spielsachen kaufen, die dafür handgefertigt, teuer, schön und praktisch waren. Für die Werkzeuge nahmen wir noch eine passende Tragetasche aus rotem Leder mit. Die Sachen bekamen einen Platz neben der Tür, und ich hielt sie ebenso gerne in der Hand wie E. Die glatten, perfekt gedrechselten Stiele fühlten sich makellos und verheißungsvoll an, als hätte Holz in der Schweiz keine Splitter und würde sich von allein zu Griffen formen. Alles war, wie es sein sollte, natürlich und sauber und nahtlos eingefügt.

M und ich gaben uns Mühe, uns auch einzufügen und unseren natürlichen Platz zu finden. Wir fuhren mit einem Touristenzug in die Berge und atmeten eine Luft, in der wir uns fühlten, als hätten wir vorher nie richtig gelebt. Wenn wir die Werkzeuge in den Park mitgenommen hatten, machten wir sie einzeln unter der Pumpe sauber, bevor wir nach Hause gingen. Wir wischten sie ab, polierten sie, pulten jedes Sandkörnchen heraus und rieben den roten Lack mit den Zipfeln unserer weichen Shirts ab, bis er glänzte.

Unsere Wohnung war wirklich klein. Auch damit hatte Mutter recht, das konnte ich nicht abstreiten. Aber wie ich E erklärte: Klein war wunderbar! Weil die Wohnung so winzig wie eine Schatztruhe ist, macht uns das zu Schmuckstücken, wenn wir sie betreten. Was bist du heute?, fragte ich sie, wenn wir uns mit unseren Einkäufen durch die Wohnungstür quetschten. Sie antwortete immer: ein Diamant, und ich suchte mir jedes Mal etwas anderes aus, damit sie die Namen der Edelsteine lernte. Roter Rubin, grüner Smaragd, blauer Saphir, ich bleib immer bei dir. Sehen Sie? Wir konnten alles in etwas Schönes verwandeln, in etwas, das Freude machte.

Ms neues Unternehmen hatte uns eine Mitarbeiterin von einer Relocation-Agentur geschickt, die uns neben anderen potentiellen Bleiben auch unsere jetzige Wohnung gezeigt hatte. Suchen Sie sich Ihr neues Zuhause aus, stand im Memo von Ms Unternehmen, und das taten wir. Wir hatten die freie Wahl, wir mussten sie nur treffen.

Die Frau war von ihrer Agentur ausgewählt worden, weil sie hervorragend unsere Sprache sprach.

O mein Gott!, sagte sie jedes Mal, wenn wir bei unserer Besichtigungstour ein neues Zimmer betraten. Und sie hielt sich ständig eine Hand vor den Mund.

Mir gefiel, wie ihre Absätze auf dem Parkettboden klackerten, wenn sie vor uns herlief, und wie sie mit französischem Akzent sagte *'ier entlang* und *o mein Gott!*, aber mir gefiel nicht, dass sie nur mich aufforderte, die Küchenschubladen oder die Waschmaschinen zu öffnen, um zu sehen, wie groß sie waren. Sehen Sie das?, fragte sie dann. Die sind für Sie! Im Grunde war das alles ja wirklich für mich, oder? Die Küchenschubladen und die Waschmaschinen. Auf jeden Fall waren sie nicht für die Dame von der

Agentur mit ihrem Blazer, dem Bleistiftrock und den klackernden Schuhen. Nur meine und Es und Bs Sachen durften in einer dieser Waschmaschinen zerknittert werden. Ms Kleidung und auch die der Dame, schicke Kostüme und Anzüge für das Büro, gehörte natürlich in die Reinigung. Das wurde mir erst bewusst, als wir alle, M, ich und sie, E und B, zusammen in einer der Wohnungen vor der Waschmaschine standen und sie feierlich sagte: 'ier, das ist für Sie. Dabei muss es mir von Anfang an klar gewesen sein. Was für mich bestimmt war, meine ich.

M hatte fürs Büro einen ganzen Schwung neuer europäischer Anzüge, aus Italien, vielleicht auch aus England. Maßgeschneidert. Halb gefüttert und leicht für den Sommer. Er sah wirklich gut aus. Er hatte eine neue Sonnenbrille mit kleinen, runden Gläsern und einem Gestell aus Schildpatt, die er jedes Mal abnahm, wenn wir eine der Wohnungen betraten. Seine neuen Lederslipper waren innen so weich, dass ich nach Luft schnappte, als ich sie im Hotel einmal anprobierte, während er schlief, so begeistert war ich.

Wir entschieden uns für die Wohnung, die Ms Büro am nächsten lag.

Es ist ja nur vorübergehend, sagte M, nächstes Jahr kaufen wir ein Haus am See. Das wird dir gefallen, oder? Aber mir gefiel die Wohnung, ich war gerne den Tag über in seiner Nähe. Ich mit den Kindern zu Hause, er bei der Arbeit, alle nicht weit voneinander entfernt. Wenn E mich im Bad einschließt, kann ich einfach schreien, und du befreist mich, sagte ich zu M.

O non, schaltete sich die Dame von der Agentur ein. 'ier

dürften Sie nischt schreien. In der Schweiz sind wir leise. Wir sind immer leise wie die Mause im 'ause. Sie verschluckte das *H* und sprach das *S* ganz weich, und ich fand es zu reizend. Wie die Mause im 'ause, dachte ich. Na gut, sagte ich, dann schreie ich nicht. Sie beobachtete mich immer noch argwöhnisch, als könnte ich gleich etwas anstellen, obwohl ich ihr versprochen hatte, nicht zu schreien. In der Schweiz sind wir leise, wiederholte sie. Tja.

Es gab ein Schlafzimmer für M und mich, einen kleinen Raum mit der Toilette und einen zweiten mit der Dusche und der Waschmaschine. Von der Küche führte eine Tür ins Wohnzimmer, eine weitere in den Wohnungsflur, beide Türen konnte man abschließen. Es gab sogar ein kleines Zimmer für E mit einem Bett, einem Tisch und einem Schreibtisch. Alles stand dicht an dicht, das Bett berührte den Schreibtisch, der Tisch berührte das Bett. Alles war klein und hübsch, und eines Tages brachte M eine Steppdecke mit, über die sich Krokusse und Vergissmeinnicht rankten. Das Zimmer lebte damit richtig auf, es war perfekt und passte perfekt zu E.

Ein weiterer, leerer Raum war durch eine schmale Tür vom Wohnzimmer getrennt. Früher war er vielleicht als große Abstellkammer oder als kleines Schlafzimmer genutzt worden. Die Decke wirkte hier höher und war es tatsächlich auch. O mein Gott!, hatte die Dame von der Agentur bei der Besichtigung ausgestoßen. In dem Zimmer entdeckten wir eine Topfpflanze, eine Sukkulente mit Trieben, die an die Arme eines Oktopus erinnerten, ein kleines Waschbecken und einen Brandflecken auf dem Boden. O mein Gott!, rief die Dame von der Agentur noch mal und hob die Hand an den Mund, ohne ihn zu berühren. Sie tätschelte meinen Arm, zwinkerte meinem Mann zu und sagte: 'ier ist etwas für Sie! Ein 'übsches Zimmerschen! Oh ja, es ist tipptopp!

Ich hatte mich schon einmal mit ihr getroffen, in ihrem Büro, weil sie darum gebeten hatte. Damit 'isch Sie kennenlernen kann, hatte sie gesagt. M und ich telefonierten über den Lautsprecher mit ihr, aber sie meinte nur mich. Wir wissen ja, wer die Wohnung aussuchen wird, sagte sie. Ich hörte ihr Zwinkern regelrecht und wollte schon Nein sagen, aber M kam mir zuvor: Ja! Natürlich! Also zog ich meinen marineblauen Blazer, den ich früher zu Meetings getragen und in letzter Minute doch noch eingepackt hatte, statt ihn wegzuwerfen, aus meiner Tasche, kämmte mir die Haare und machte mich allein auf den Weg zu ihr, damit sie mich begutachten und überlegen konnte, welche Wohnungen sie uns zeigen wollte.

Als ich ankam, musste ich warten, sie war eine viel beschäftigte Frau, aber man gab mir ein englisches Einrichtungsmagazin. Und ich bekam ein Schlückchen Kaffee in einer winzigen Porzellantasse mit einer Praline auf der Untertasse. Ich sollte auf einem Stuhl Platz nehmen, der mich mit glänzenden Armlehnen umfing und mir Haltung gab. Das Magazin enthielt aus unerfindlichen Gründen eine Fotostrecke mit Nahaufnahmen von Füßen, von hinten aufgenommen und auf Zehenspitzen. Auf jedem Bild lag etwas Empfindliches unter den Fersen, die es gerade eben berührten. Auf einem war es eine Orange, auf einem anderen eine Limette. Bei mehreren Fotos lagen Eier unter den Fersen. Mein Blick wanderte über die geschwungenen Linien und weichen Schatten, und in dem stillen Büro, fern von E, von B, wo mich einen Moment lang niemand brauchte, dachte ich darüber nach, dass man immer gewisse Dinge anderen Dingen vorziehen konnte. Selbst bei Kleinigkeiten war es möglich zu überlegen: Orange, Limette oder Ei. Ich könnte solche Dinge tatsächlich im Stillen abwägen und mich entscheiden. Der Kaffee war heiß und genauso süß, wie ich ihn mochte, und ich schob mir die Praline ganz in den Mund.

Nach unserem Einzug hielt ich die Kinder von dem leeren Zimmer fern. Vielleicht sollte es wirklich für mich sein. Ein Eckchen für mich allein. B schlief in einem zusammenklappbaren Bettchen im Wohnzimmer. So war es zumindest gedacht, aber er wollte abends nur auf meinem Arm sein, und ich lief mit ihm herum und lief herum und erzählte ihm etwas. So verbrachten wir die meisten Abende, wir liefen immer im Kreis durch das Wohnzimmer, den Flur, die Küche, das Wohnzimmer. Ich bin da, flüsterte ich immer wieder, die Lippen an das Schneckengehäuse seines Ohrs gedrückt.

Wenn er irgendwann endlich eingeschlafen war, schlich ich mich manchmal in das leere Zimmer, legte mich auf den Boden und rief meine Mutter an. Mein nächtliches Signal von ein, zwei Uhr erreichte sie mitten am Tag. Sie aß immer gerade und erzählte mir kauend etwas, und ich hörte zu und schlief manchmal dabei ein. Wenn sie das Gespräch annahm, ließ mich das Tageslicht jedes Mal stutzen, obwohl es reine Wissenschaft war, obwohl es ganz natürlich war, sie winzig und weit entfernt in Sonnenlicht getaucht zu sehen. Es strahlte immer so hell in meiner ausgestreckten Hand, wenn ich sie anrief.

Wir hatten in die Schweiz nur ein paar Koffer mitgenommen, vollgestopft mit den wenigen Dingen, die wir behalten wollten. Alles andere, die Möbel, das Besteck, das Hochzeitsgeschirr mit dem mintgrünen Bambusmuster, bei dem ich so lange hin und her überlegt hatte, hatten wir vor dem Umzug an Freunde verschenkt oder Fremden verkauft. Sogar Bs Kinderbett. Sogar den Teppich unter dem Kinderbett.

Achumhimmelswillen, sagte meine Mutter, wenn sie nach dem einen oder anderen fragte. Etwa nach den handgeflochtenen Korbstühlen, die in unserem Wohnzimmer standen, oder dem Milchkännchen und der Zuckerdose meiner Großmutter. Es war nahezu nichts übrig. Wie hätten wir die ganzen Sachen mitnehmen sollen? Wir warfen Ballast ab und befreiten uns von allem. Willst du das nicht behalten?, fragte meine Mutter, während sie durchs Haus streifte, unser schönes, sich leerendes Haus. Oder das hier? Doch ich hörte nicht zu, ich war in Gedanken schon aufgebrochen, im Flugzeug, in unserem neuen Zuhause.

M hatte wegen der neuen Stelle Bedenken gehabt. Der Job brachte schließlich Herausforderungen mit sich. Viele Menschen würden für ihn arbeiten, von ihm abhängig sein, darauf warten, was er entschied. Ich weiß nicht, hatte er mit dem Vertrag in der Hand gesagt. Daran erinnere ich mich noch. Ich sehe noch vor mir, wie er die Linie anstarrte, auf der er unterschreiben sollte, wie die Vertragsklauseln sich auf dem schönen weißen Papier kräuselten wie Rauch.

Ich sagte, er solle es tun, er könne das. Ich müsste länger arbeiten, länger im Büro bleiben, sagte er. Öfter verreisen. Wir würden uns seltener sehen. Ich würde E und B seltener sehen. Das schaffen wir schon, sagte ich, du arbeitest, und ich kümmere mich um alles andere. Es wird großartig, du wirst sehen. Du kannst das, sagte ich, du solltest es tun.

M unterschrieb den Vertrag natürlich, und wir flogen hierher. Noch am Flughafen wurde er abgeholt, weil er dringend bei der Arbeit gebraucht wurde. Bevor er in den Wagen stieg, sah ich ihm einen Moment lang an, dass er nervös was. Sein Gesicht verriet es mir. Und ich erkannte, dass er hier und von jetzt an jemand anders sein musste. Ich glaube, das war uns beiden vorher nicht klar gewesen. Ein Auto hatte schon auf ihn gewartet, und er rauschte ohne uns davon. Für mich, die Kinder und das Gepäck stand ein zweites Auto bereit. Der Fahrer war ausgesprochen nett, und ich überlegte während der ganzen Fahrt, ob und wie viel Trinkgeld ich geben sollte, und bekam nicht mit, was er mir unterwegs zeigte.

Ich bin immer gerne gereist, aber im Ausland zweifle ich oft an meinem Instinkt. Am Ende hatte ich gar kein Geld, weil mein Portemonnaie in Ms Jackentasche steckte. Mir blieb nichts übrig, als verzweifelt zu lächeln und immer tiefer im Boden zu versinken, während der Fahrer unsere schweren Taschen aus dem Kofferraum hob. Einen Moment lang blieb er neben dem Auto stehen, und ich lächelte noch angestrengter, um zu zeigen, dass ich ein guter Mensch war. Er fuhr davon.

Wir wohnten in einem sehr schicken Hotel, von unserer Suite aus konnte man den See und den Jet d'Eau sehen. Ein Page half uns mit dem Gepäck, und als wir oben waren, schaltete ich für E eine Zeichentricksendung ein und bestellte ein Kännchen Kaffee, obwohl es umgerechnet dreißig Dollar kostete. Ich bat die Dame am Empfang, es auf die Zimmerrechnung zu setzen. Serviert wurde der Kaffee auf einem silbernen Tablett mit einem Kännchen aufgeschäumter Milch und einer warmen Tasse. Ich setzte mich im weißen Marmorbad auf den Toilettendeckel und trank den Kaffee bis zum letzten Schluck, während B vor dem Fernseher döste und E fragte: Was sagen die da, was sagen die da, was sagen die da? Warum sagen die so komische Wörter?, fragte sie. Warum reden die so?

Das ist Französisch, erklärte ich. Eine wunderschöne Sprache. Bald klingst du genauso. Stirnrunzelnd schürzte sie die Lippen. Nein, sagte sie.

Oui, widersprach ich und lachte.

Wir verbrachten nur etwa eine Woche in dem Hotel. Die Stunden vergingen wie im Traum, eine verschmolz mit der nächsten, wie ein endloser Strom aus Balkontüren, Leinenvorhängen, sanften Brisen und Licht. M brach früh zur Arbeit auf. Jeden Morgen zog er einen seiner neuen Anzüge an. B und E und ich ruhten uns auf unserem Jetlag aus. Wir schliefen, wann wir wollten, und frühstückten spät und ausgiebig. Von einem Brotlaib so groß wie ein Ferkel schnitten wir dicke Scheiben ab und bestrichen sie mit Beerenmarmelade aus winzigen Gläsern. Wir konnten weich gekochte Eier bestellen, die noch dampfend mit kleinen Löffelchen an unseren Tisch gebracht wurden und nur aufgeschlagen werden mussten. Wir konnten uns auch Nougat mit Pistazien von einem großen Block abschneiden und bringen lassen oder heiße Schokolade, Speck oder Stücke von einer echten Honigwabe.

Wir unternahmen Ausflüge. Entdeckungstouren, könnte man sagen, keine Besichtigungen wie Touristen. Wir waren ja auch keine Touristen. Wir waren zu Hause. Auf luftigen Brücken überquerten wir im Zickzack die Rhône. Wir schlenderten an den Juwelierläden vorbei, die sich direkt am funkelnden Wasser mit strahlend weißen Fassaden erhoben. Tiffany, Bulgari, Piaget, Harry Winston, Chopard, Graff. Wir spähten hinein und bewunderten die schönen Verkäuferinnen, die schönen Kundinnen.

E beobachtete durch ein Schaufenster ein Mädchen in ihrem Alter. Mit einer rosa Pelzweste über einem Kleid mit Gürtel saß die Kleine reglos auf einem Polstersessel. Sie sah einer Frau in einem taillierten schwarzen Hosenanzug zu, die ihrer Mutter Uhren über das schmale Handgelenk schob. Zumindest vermutete ich, dass die Frau ihre Mutter war. Beide trugen das Haar locker gewellt. Eine Verkäuferin bot dem Mädchen eine Praline an, aber es schüttelte den Kopf. E schaute wie gebannt zu.

Vor jedem Schaufenster blieben wir stehen, um all das Neue und Schöne zu betrachten. Für dich, sagte E und deutete auf den funkelnden Schmuck. Auf die Ketten, die wie Kronleuchter oder Schlangen aussahen. Auf die Armreifen und Uhren und Ringe. Für dich, für dich, für dich, sagte sie, und ich lächelte, ich strahlte sie an, um ihr zu zeigen, wie glücklich ich war, siehst du nicht, wie glücklich ich bin? Deine Mutter ist überglücklich, sagte mein Lächeln. Wir sind eine glückliche Familie an einem wunderschönen Ort. Ich schob Bs Kinderwagen mit einer Hand vor mir her und sagte: Danke, ich habe dich lieb, danke, ich habe dich lieb, danke, ich habe dich lieb.

Wir blieben nicht nur auf den Hauptstraßen. Wenn uns der Sinn danach stand, bogen wir einfach ab und folgten den gewundenen Gassen. Wir kamen an schmuddeligen Zigarettenbüdchen und verwohnten Häusern mit gelben und grünen Fensterläden vorbei. Hinter dem Parc Bertrand blickte ich auf und sah auf einem maroden Balkon eine alte Frau mit nacktem Oberkörper, die ihre Geranien goss. Ihre eindrucksvoll hängenden Brüste streiften die rosa und roten Blumen und köpften vielleicht einige.

Einmal gingen wir den weiten Weg bis in den Bois de la Bâtie und blieben auf der schmalen Fußgängerbrücke stehen, unter der die Rhône und die Arve zusammenfließen. Schau mal, sagte ich zu E. Sie sollte sehen, dass die beiden Flüsse unterschiedliche Farben hatten, sehen, wo sie ineinander wirbelten, wo sie getrennt blieben. Danach liefen wir den Hügel hinauf zur Bibliothek und fanden Bücher über Flüsse in wunderbarem, unverständlichem Französisch. Wir waren ein wenig verloren, aber deshalb waren wir ja auch hier, wir wollten uns in dieser neuen Umgebung verlieren.

Ich genoss es, im Hotel zu wohnen. Die Tage waren wunderbar. Ich rief meine Mutter oft an und erzählte ihr das. Ich sagte, alles sei neu und alles sei wunderbar. Weiße Häuser, rote Ziegeldächer, der blaue See, Schmuck und Pralinen, wohin man sah. Alles frisch und neu. Es war Juni, das Wetter blieb trocken. Die Sonne brannte nie zu heiß. Vom See wehte immer ein frischer Wind herüber.

Wenn ich mit E am See die Schwäne füttern wollte, gab uns die Dame am Empfang eine Tüte mit altem Brot, und während wir unterwegs waren, machten die Zimmermädchen unsere Betten. Ich sagte M, er könne uns für immer im Hotel lassen. Ich sagte, er könne mich überall lassen, wo es eine ganze Riege junger Männer gab, die mir auf einem silbernen Tablett Kaffee brachten, wann immer ich wollte. Er lachte und sagte, na gut, du kannst für immer dableiben, aber dann kam natürlich das Memo, und wir mussten eine Wohnung suchen.

Am letzten Abend im Hotel brachte ich E und B früh ins Bett und bestellte eine kleine Flasche von einem ausgezeichneten Champagner. Eine ältere Frau, die aussah, als wäre ihre Schicht bald zu Ende, brachte mir die Flasche und entkorkte sie auf dem Gang. Sie wirkte geschäftsmäßig und müde, ganz anders als die zwinkernden jungen Männer, die den Kaffee servierten, aber davon wollte ich mich nicht enttäuschen lassen. Also bedankte ich mich in aller Form und leerte danach die ganze Flasche auf dem Balkon mit Blick auf den See. M war bei einer Firmenfeier und sollte mich eigentlich mit dem Champagner auf dem Balkon antreffen, wenn er zurückkam, vielleicht mit den letzten Tropfen noch auf den Lippen. Oh, da bist du ja schon, ich habe mich gerade wunderbar allein amüsiert, so in etwa, aber als er endlich zurückkam, war die Flasche längst leer. Und ich lag im Halbschlaf auf dem Sofa.

Wer war da?, flüsterte ich müde. Ach, alle, sagte er. Du hättest mitkommen sollen. Im Hotel gab es natürlich Babysitter, ich hätte ihn begleiten können, vielleicht hatte man das sogar erwartet. Aber wie hätte ich E oder B bei jemandem lassen sollen, den ich nicht kannte? Ein Kindermädchen aus dem Hotel mit Namensschild an der Brust hätte nicht gewusst, wie die beiden zugedeckt werden wollten, dass E die Decke gerne am Kinn spürte und B lange gewiegt werden wollte.

Als M sich über mich beugte, um mich zu küssen, roch sein Hemd nach hundert verschiedenen Parfüms. Er ließ eine Hand über meinen Rücken gleiten, aber ich war schon eingeschlafen.

Am nächsten Morgen zogen wir in die Wohnung. Jetzt fahren wir nach Hause!, sagte ich zu E und versuchte, ihr das Gefühl zu vermitteln, es wäre wahr. M hatte sich den Vormittag freigenommen, und als wir das Hotel verließen, ging E zwischen uns und hielt uns beide an den Händen. Auf dem Weg aus dem Hotel entdeckte ich die Frau, die mir abends den Champagner gebracht hatte, sie schob einen Wagen mit Putzsachen den Flur entlang. Ich lächelte sie an, aber sie reagierte nicht, vielleicht hatte sie mich nicht gesehen.

In der Wohnung stellte ich die Möbel um, bis ich zufrieden war, schob das Sofa hierhin und dorthin, und suchte mit zusammengekniffenen Augen nach dem perfekten Platz. Wir fuhren zusammen zu Ikea und aßen Hotdogs, M sah mit Senf am Mundwinkel hinreißend aus. Nicht ganz ernsthaft überlegten wir, welche Weingläser wir kaufen sollten und wie viele wir bräuchten und wie es wäre, wenn E Französisch sprechen würde. Ein Fahrer holte uns ab, setzte mich mit E und B an der Wohnung ab und brachte M ins Büro. Der Fahrer hielt mir die Tür auf, und ich schlüpfte in den Wagen. Im ersten Moment auf diesem Parkplatz schien das Innere, das Innere des Wagens, meine ich, die kühlen Ledersitze, der dunkle, leicht schräge Dachhimmel *bienvenue, madame* zu sagen. Alles schien für mich zu sein.

2

Im Juni war das Wetter wunderbar gewesen. Jetzt hatten wir allerdings Juli, wir waren in der Wohnung, und der Sommer hatte uns mit Haut und Haaren verschluckt. Wir hätten die aufgeweichten Kadaver von Ziegen sein können, die ein Krokodil ganz verschlungen hatte, so heiß war es in der Wohnung. M war ständig unterwegs. Ich fand seine Unterhemden auf dem Boden und wusch sie, räumte seine Socken weg und stellte ihm das Abendessen auf die Küchentheke, wenn ich dachte, er würde vielleicht nach Hause kommen, wenn wir schon schliefen. Wenn mir alles schwerer fiel als erwartet, sagte ich mir, na ja, M arbeitet auch hart. Ich wusste, dass er hart arbeitete und alles für ihn leichter sein würde und auch ausgewogener zwischen uns, wenn zu Hause alles perfekt war und ein anständiges Essen auf ihn wartete.

Ms Firma ging es gut. Das Geld wuchs und wucherte und vermehrte sich auf allen Konten der Firma. Felder gedeihender grüner Daten verhießen Glück. Alles keimte und spross frisch und hell. Es gab zahllose Menschen kennenzulernen und Hände zu schütteln. M reiste unentwegt und schüttelte Hände, und mit jedem weiteren Handschlag wurde er mehr zu dem Menschen, zu dem er sich entwickelte. Zu einem Mann, dem man auf den ersten Blick ansah, dass er Verantwortung für Menschen und für Geld trägt.

London. Berlin. Rom. Ich kam nicht mehr hinterher. Ich konnte mir manchmal nicht merken, ob er verreist war oder nur im Büro. Ehrlich gesagt spürte ich kaum einen Unterschied. Er kaufte auf seinen Reisen Süßigkeiten für E und legte sie auf die Küchentheke. Daran erkannten wir, dass er zurückgekommen war. Die Süßigkeiten steckten in farbenprächtigen Verpackungen und hatten wunderbare Namen. Jolly Jellies! Blumen-Zauber. Bombottini. E und ich verputzten alles zusammen. Wir aßen alles auf, was er mitbrachte, und leckten uns den Zucker, le sucre, the sugar, lo zucchero von den Fingern, de nos doigts, from our fingers, dalle nostre dita, wie kleine Monster.

Nicht, dass uns jemals langweilig geworden wäre, E und B und mir. Wie sollte es auch? Es gab so viel zu tun. Ich ließ mir von der Reinigung in unserer Straße eine Kundenkarte ausstellen und kaufte extra einen Kleidersack mit Reißverschluss, in dem ich Ms Anzüge hinbringen und abholen konnte. Ich weiß noch, wie ich die passenden Reinigungsprogramme auswählte. Ich überlegte gründlich, wie seine Jacketts, Hosen und Hemden behandelt werden sollten, und hörte aufmerksam den Fragen der forschen Dame in der Reinigung zu.

M war aus dem einen oder anderen Grund ständig unterwegs. Morgens, wenn wir aufwachten, hatte er die Wohnungstür schon hinter sich geschlossen, und es war völlig in Ordnung. Er hatte seine Aufgaben, und wir waren uns selbst überlassen. Wie wunderbar, sagte ich zu E, welch ein

Glück wir haben, dass wir so frei sind und tun können, was wir wollen.

Wir schliefen viel, E und ich und B, und manchmal schliefen wir gar nicht. Die Zeit war eigenwillig und unvorhersehbar. Manchmal trieb sie mich voran, und manchmal klammerten die Minuten sich an mir fest, wollten unterhalten werden wie Kinder, brauchten etwas, suchten Nahrung, als würden die Stunden wie Tiere ihr Maul aufreißen, als würde die endlose Folge von Minuten wie winzige Knochen in tausend zarten Kehlen feststecken. Das Licht veränderte sich nie. Ich betrachtete die Münzen, die M wie Artefakte auf dem Nachttisch aufbewahrte, seine Wassergläser, die feuchten Handtücher auf dem Boden. Ich fuhr mit der Hand in jede seiner Tasche, bevor ich seine Kleidung zur Reinigung brachte. Vielleicht dachte er auch an mich, vielleicht waren wir Geister füreinander. Buh, könnte ich ihm ins Ohr flüstern, während er schlief. Hier bin ich.

Jeden Morgen saß ich neben der Wasserpumpe in dem kleinen Park, sah E beim Planschen zu, spannte ein Tuch so über B, dass es ihm Schatten spendete. Ich verbrachte gefühlt und vielleicht tatsächlich Jahre damit, E Sand von den Füßen zu waschen. Sie kam zu mir und B auf die Decke, rannte immer wieder zur Pumpe, um eine Handvoll Wasser zu holen, und inspizierte die Zwischenräume ihrer Zehen. Ich bin eine Krabbe!, sagte ich, ging seitwärts und hielt die Arme hoch. Wir polierten die Spielwerkzeuge und wischten die Griffe ordentlich ab.

Nachmittags rief ich manchmal meine Mutter an. Sieh mal!, sagte ich dann und zeigte ihr etwas. Ein Bild, das E gemalt hatte etwa, oder den Umriss von Bs Hand. Sieh mal!

Und natürlich war alles großartig. Mach mal ein Fenster auf, sagte meine Mutter oft, ich sehe ja gar nichts. Sie fragte nach M, und die Antwort lautete immer, dass er arbeitete. Was auch stimmte. Und was ist mit dir?, fragte sie. Aber wir konnten uns nie lange unterhalten. Es gab immer so viel zu tun, so viel zu erledigen. Au revoir, verabschiedete ich mich. Was heißt das?, fragte sie.

Eines Morgens ging ich zur Pumpe, und jemand stahl meinen Schlüsselbund. Ich hatte ihn B als Nuckel gegeben, aber als ich zurückkam, hatte er Zweige und Gras in der Hand, und die Schlüssel waren fort. Ich suchte auf Händen und Knien die Decke ab, doch sie waren nicht zu finden. Ich fragte E, was passiert sei. Sie zuckte nur mit den Schultern, als wären Schlüssel und anderer Erwachsenenunsinn unter ihrer Würde, und B gurgelte und prustete und war insgesamt keine Hilfe. Ich hätte schreien können, aber natürlich tat ich es nicht. Ich suchte nur immer wieder das Gras ab, schnalzte mit der Zunge und krabbelte am Rand unserer Decke entlang wie eine Spinne, die ihr Netz webte, oder wie ein Ahornsamen, der im Herbst zu Boden wirbelt.

Die anderen Leute im Park konnte ich nicht fragen, was passiert war, mir fehlten die richtigen Vokabeln. Bonjour, konnte ich sagen. Merci. Aber diese Wörter halfen mir nicht weiter. In der Regel gibt es immer eine Möglichkeit, eine Lage zu verbessern, aber manchmal eben auch nicht. Ich nahm mir vor zu lernen, was *Hilfe* hieß.

Ich dachte an unsere Wohnungstür, die vor mir und E und B verschlossen war. Daran, wie kühl es vormittags in der Wohnung war, wenn die Jalousien noch die Sonne aussperren, an unsere ungemachten, wonnigen Betten, die zerwühlten Decken, unter die wir sonst jederzeit wieder schlüpfen konnten. Es war niederschmetternd, ohne Schlüssel dazustehen, nicht an den Ort zurückkehren zu können, an dem E und B und ich für uns sein konnten. Es fühlte sich an, als wäre mitten im Park ein tonnenschweres Gewicht auf mir gelandet.

B wurde unruhig, und ich hob ihn hoch und drückte ihn an mich. Hinter einem niedrigen Zaun lagen unsere Schlafzimmerfenster, ich blickte sehnsuchtsvoll zu ihnen hinüber. Da fiel es mir auf. Das Fenster zu meinem Zimmer stand offen. Nur ein wenig, aber weit genug, dass ich dachte, ich könnte mich hindurchquetschen. Ich stopfte unsere Sachen furchtbar durcheinander in meine Tasche und lief zum Zaun. Er war nicht hoch und leicht zu übersteigen, aber doch eine Grenze, vielleicht zum Nachbargarten. Er verlief direkt vor meinem Zimmer. Erst zögerte ich, dann waren wir plötzlich am Fenster. Ich hob E hoch, setzte sie in der Wohnung ab und kletterte dann selbst hinein, eine Hand an Bs weichem Köpfchen, um es zu stützen. Vor Erleichterung keuchte ich, Tränen brannten in meinen Augen, und ich fragte mich, wovor ich mich im Park so gefürchtet hatte. Es ging doch nur um Schlüssel, ich konnte mir neue besorgen. Ich ging zitternd in die Küche, um mir ein Glas Wasser zu holen, und fand neben dem Herd meinen Schlüsselbund. Er lag ganz unschuldig da, als hätte er auf mich gewartet, als wäre er zurückgebracht worden. Im Französischen wäre er nicht passiv, er wäre von selbst zurückgekommen, und vielleicht kann hier alles heimkehren. *Les clés sont rentrées.* Ich lief zur Wohnungstür, um zu sehen, ob sie offen war, ob sich alles dadurch erklären ließ, aber sie war zugeschlossen.

Am Nachmittag besuchten wir den Obstmarkt, E an meiner Hand und B in seinem Kinderwagen. Wörter umflatterten mich wie Vogelschwärme, wie Federn und Flügel, die schimmerten, wohin ich auch sah, sich aber nicht berühren ließen.

Ich zeigte auf Körbe mit Brombeeren, auf Tomaten so klein wie Champagnerblasen, auf Käseräder. Indem ich die Hände weiter auseinander hielt oder näher zusammenbrachte, bat ich um mehr oder weniger. E lief davon, verschwand in der Menge und kam mit den Taschen ihres blauen Kleidchens voller Aprikosen zurück.

Zu Hause setzten wir uns an den Küchentisch und aßen. Ich zerteilte Brombeeren, die so groß waren wie Bs Fäuste. Die Aprikosen waren weich, fleischig und von Flaum bedeckt, wir verschlangen sie gierig, der Saft rann uns über das Kinn. In der Wohnung zog sich der Nachmittag in die Länge. M war verreist. Ich wollte meine Mutter anrufen, fand aber mein Handy nicht. Jetzt stehen wir da!, sagte ich zu E. Ganz alleine!

Als es dunkel war, schlich ich aus der Wohnung, schloss die Tür von außen ab und achtete darauf, dass die Schlüssel wirklich in meiner Tasche steckten. E und B schliefen in ihren Betten. M war nicht zu Hause, um den Müll hinauszubringen, und es musste ja erledigt werden. Bei den Mülltonnen ließ ich mir Zeit. Sortierte das Papier, zog die Plastikfolie von Kartons, ließ die glitschigen Aprikosenkerne Stück für Stück in den Kompost fallen. Alles nahm ich einzeln in die Hand. B könnte jeden Moment aufwachen.

Oder auch E. Sie könnten jederzeit wach werden und merken, dass ich fort war.

Auf der anderen Straßenseite saßen Leute an wackligen Cafétischen. Eine Frau war allein dort, an einem Tisch hinter ihr nippten ein paar Männer Wein aus kleinen Gläsern. Von den Aprikosenkernen waren meine Finger verklebt. Trotz der Wärme trug die Frau einen langen Wollmantel. Ihre weißen Haare hatte sie kunstvoll hochgesteckt. Sie holte Münzen aus ihrer Handtasche, zählte sie ab und legte sie einzeln neben ihrer Tasse auf den Tisch. Die Geldstücke sahen aus, als hätte die Frau sie zu Hause poliert; vielleicht hatte sie auch Minuten, Stunden, Zeit im Überfluss. Lange Nachmittage. Ein Kellner sammelte ihr Geld ein, trotzdem machte sie keine Anstalten, zu gehen. Stattdessen schob sie sich eine Zigarette zwischen die Lippen, steckte sie mit einem Streichholz an und lehnte sich zurück. Sie wartete auf niemanden. Sie ging nirgendwohin. Vielleicht würde sie den ganzen Abend dort sitzen und rauchen.

Ich ging schnell zurück in die Wohnung. Die Kinder schliefen noch. Ich wusch mir die Hände und überlegte, wo mein Handy sein konnte. Suchte es, ohne Erfolg. Versuchte mich zu erinnern, welche Notizen ich darauf gespeichert hatte. Milch! Toilettenpapier! Die ganzen als Lesezeichen gespeicherten Seiten, von denen man mir geraten hatte, ich sollte sie immer bereithalten. Welche Schocksymptome ein Bienenstich auslösen konnte. Was nach einem Schlag gegen den Kopf zu tun war. Was man bei einer Verbrennung machen sollte oder bei einer wirklich schlimmen Verbrennung. Was, wenn jemand keine Luft bekam. Wie man jemanden wiederbelebte. Dreißig Brustkompressionen, dann beatmen.

Meine Mutter hat mir einmal mit einem Telefon das Leben gerettet, das heißt, durch einen Anruf. Ich war damals vielleicht zwei, saß in der Badewanne und planschte im Wasser, und sie war neben mir auf dem Boden eingeschlafen. Sie muss schreckliche Angst gehabt haben, als sie aufwachte und mich fand. Du warst untergetaucht und ganz blau, genau wie die Kacheln in Schwimmbecken, sagte sie immer, wenn sie die Geschichte erzählte. Richtig blau! Dann fragte sie: Warum hast du mich nicht geweckt? Warum hast du nicht geschrien oder gestrampelt oder irgendwas gemacht? Herrje. Du bist einfach untergetaucht. Damals waren Telefone an der Wand festgeschraubt, und sie konnte den Notruf wählen. Es gelang ihr, die richtigen Tasten zu drücken und jemanden zu erreichen, als sie dringend Hilfe rufen musste. Hilfe!

Du musst dein Handy immer bei dir haben, hatte sie mir nach Es Geburt geraten. Das war ihr einziger Ratschlag. Achumhimmelswillen, würde sie jetzt sagen, falls sie versuchen sollte, mich anzurufen, und mich nicht erreichte. Vielleicht lag es irgendwo zwischen den Sofakissen. Es konnte überall sein. Ich kuschelte mich neben E in ihr Bett und schlief ein.

Am nächsten Morgen wachte B früh auf und wir beiden anderen mit ihm. Uns war der Joghurt ausgegangen, deshalb mussten wir einkaufen. Der Gehweg war schon zu heiß. Wir kamen nur im Schneckentempo voran. E blieb manchmal stehen. B schwitzte in seinem Kinderwagen. Das Geschäft war ganz nah. Wäre ich ein Vogel gewesen, hätte ich in zehn Herzschlägen dorthin fliegen können. Ich wurde zunehmend verstimmt. Mit meiner Kleidung und meinen ungekämmten Haaren fühlte ich mich unwohl, und an meinen Lippen klebte tote Haut wie Seepocken in einem Gezeitentümpel. E blieb stehen und sah einem Mann zu, der vor einem Haus den Betonboden schrubbte. Hier wurde ständig überall sauber gemacht. Wenn ich morgens nach der Post gesehen hatte, wischte der Concierge meine Fingerabdrücke vom Briefkasten.

Mir fiel das Atmen schwerer, ich begann zu schwitzen. Heftiger, als ich eigentlich wollte, zog ich E weiter Richtung Laden, und sie weinte. Wir brauchen nur zwei Becher Joghurt!, sagte ich, als könnte das alles erklären. Im Laden war E noch böse auf mich, aber ich schnitt eine furchtbare Grimasse und rief Buh!, und sie lachte, und alles war wieder gut.

Als wir nach Hause kamen, lag ein Blumenstrauß vor unserer Tür. *Aurelie*, stand elegant geschwungen in Tinte auf der Karte. Die Buchstaben wirkten so zart, als wären Wimpern auf das Papier gefallen und hätten zufällig den Namen gebildet. Ich sah mich um, doch der Gang vor unserer Tür war leer. Es war niemand da, der hätte sagen können, dass die Blumen nicht für mich bestimmt waren. Ich hob den Strauß auf. Die Blütenblätter fühlten sich an meiner Wange kühl an, kühl und entrückt. Als wären sie gerade erst in dieser Welt erschienen. Ich füllte eine Vase mit Wasser und stellte die Blumen hinein. In der Wohnung gab es keinen passenden Platz für sie, so fabelhaft waren sie.

Was steht auf der Karte?, fragte E. Für wen sind die Blumen? Vielleicht überlegte sie, ob der Strauß für mich oder für sie bestimmt war.

Sie sind für Prinzessin Aurelie, sponn ich eine Geschichte. Sie lebt in einem weißen Schloss mit goldenen Toren. Wir bewahren den Strauß für sie auf.

Wann holt sie ihn ab?, fragte E und beobachtete mich.

Mitten in der Nacht, erklärte ich ihr. Prinzessin Aurelie kommt und holt sie, wenn wir alle schlafen.

Es gab tatsächlich eine Aurelie, eine echte Aurelie aus Fleisch und Blut, die manchmal wunderschöne Blumen bekam. Blumen wie diese, geschenkt von jemandem, dem der Gedanke gefiel, wie sie vor ihrer Wohnung steht, sich bückt, sie aufhebt.

Ich packte die Einkaufstasche aus und entdeckte eine Handvoll Fahrscheine. Es waren mindestens zwölf, alle heute abgestempelt, gerade eben. Mit jedem dieser Tickets konnte man eine Stunde lang alle Busse, Straßenbahnen und Wassertaxis in Genf benutzen. Eine ganze Handvoll Möglichkeiten in frischer Tinte. Kaffee auf der Île Rousseau, Macarons bei Ladurée, Shopping oder eine Abkühlung im Wasserbecken am Jardin botanique. Was immer man wollte.

Nur konnte ich mich nicht daran erinnern, dass ich am Automaten gewesen war. Ich wusste nichts davon, dass ich meine Taschen mit langen Streifen nutzloser Fahrscheine gefüllt hatte. E und B löffelten den Joghurt aus den Becherchen. Er war so frisch, dass er nach Weidegras schmeckte. Wir aßen ihn ganz auf, eins, zwei, drei und so weiter schlangen wir ihn herunter.

Nach dem Frühstück wusch ich E die Haare und rubbelte sie mit ihrem Lieblingshandtuch trocken. Ich schnitt B die Nägel und packte unsere Tasche für den Park. Die hübschen roten Werkzeuge. Eine lila Gießkanne für die Blumen. Kekse, Gurkenscheiben, ein großes Stück Käse. Alleine nur den Park hinter unserem Haus zu besuchen, war ein großes Unterfangen.

E half nicht mit, und B weinte wieder. Ich war kurz davor zu schreien: Zieh die Schuhe an! Oder: Wo ist dein anderer Schuh! Oder: Wo ist deine Mütze! Plötzlich, wie aus heiterem Himmel, weinte ich. Ich stand mit B auf dem Arm, mit der Windeltasche und dem schön eingepackten Imbiss und den Spielsachen im Flur vor der Tür und weinte. Mein Gesicht war nass, meine Hände auch, weil ich die Tränen wegwischte, mein Hals, meine Bluse vorne. Die Kinder sahen mich an, wir standen alle da, und es gab keine Erklärung.

Bevor wir weggezogen waren, hatten wir eine Party gegeben, M und ich, und mit unseren Freunden gefeiert. Seine neue Stelle, unser neues Leben, alles zusammen. Eine richtige Dinnerparty in unserem Haus, nachdem er den Vertrag unterschrieben hatte und bevor alles leergeräumt war, das Haus, meine ich. Als wir noch alles bei uns hatten, das uns am Herzen lag, und alles, das wir zurücklassen würden. Wir gaben eine Party, und es kamen so viele Gäste, dass M irgendwann rief: Lasst die Tür auf, lasst sie einfach offen, und ich bereitete Lachs zu, der innen so rosig war wie Küsse, und wir öffneten unzählige Flaschen Wein.

Als Kind war ich ganz verrückt nach Geschichten über Planwagen gewesen. Über den Wilden Westen. Über Wagenzüge, die dem Sonnenuntergang entgegenzuckelten. Über Kinder, die den weiten Weg nach Kalifornien zu Fuß gingen. Die Wagen kamen so langsam voran, dass man abends noch die Stelle sehen konnte, an der sie die Nacht zuvor Halt gemacht hatten. Damals hatte ich mir das nicht vorstellen können, aber jetzt verstehe ich natürlich, dass man manchmal Orte noch sehen kann, an die kein Weg zurückführt. Selbst dann nicht, wenn sie direkt vor einem liegen.

An diesem Abend entsorgte ich die Fahrscheine und wickelte sie in das Papier, in dem die Blumen gesteckt hatten. Zitronengelbes Seidenpapier. Ich warf alles in die Papiertonne.

3

Meine neue Schweizer Kreditkarte war nicht in Ordnung. Sie hatte einen kleinen Riss, genau durch den Mikrochip. Er war kaum zu sehen, dieser Riss, aber das war egal, ich konnte mit der Karte trotzdem nicht bezahlen oder am Automaten Geld abheben. Immer wieder musste ich M um Geld bitten. Er legte es für mich auf die Küchentheke, und ich kaufte Lebensmittel oder kleine Geschenke für E, wenn wir unterwegs waren. Weil ich die Dinge gerne selber regeln wollte, wickelte ich B in seine Decke, legte ihn ordentlich in seinen Kinderwagen und nahm E an die Hand. Wir fuhren mit der Straßenbahn in die Stadt und gingen zur Bank.

Am Empfang zeigte ich meine kaputte Karte vor, und ein Mitarbeiter führte mich in ein Büro, in dem ich warten sollte, strahlend weiß und mit einer großen papierenen Pendelleuchte, die tief herabhing. E wollte sie berühren, ich auch, aber ich verbot es ihr. B wurde in seinem Kinderwagen unruhig, und ich hob ihn heraus, um ihn zu stillen. Ich hatte mein Oberteil hochgezogen und saß halb entblößt da, als der Mitarbeiter mit dem obligatorischen Fingerhut Espresso zurückkam und vor Schreck die Tasse fallen ließ. Das rief natürlich die Putzkolonne auf den Plan, aber bis sie eintraf, war B satt, und ich legte ihn müde schmatzend für ein Nickerchen in seinen Kinderwagen. Ich steckte mein Oberteil wieder in den Rock, der Mitarbeiter brachte eine zweite Tasse Espresso, und als ich sie annahm und mich bedankte, sahen wir geflissentlich aneinander vorbei.

Am Ende konnten sie mir in der Bank nicht weiterhelfen. So formulierten sie es immer wieder in geschliffenem Englisch. Die Kundenbetreuerin, der Abteilungsleiter und der stellvertretende Abteilungsleiter. Wir können Ihnen leider nicht weiterhelfen. Ich bat immer wieder, mit jemand anderem zu sprechen, aber irgendwann gab es niemanden mehr. Ich leerte mein Portemonnaie und zeigte ihnen meine Karten und meinen Ausweis. Das hier bin ich, sagte ich. Das Problem war nur, dass ich nicht als Kontoinhaberin geführt war. Ich war müde, B schlief immer noch nicht, und ich begriff einfach nicht, was die drei mir erklären wollten. Mit einem Mal kippte ich fast um, ich sah nur noch verschwommen die Gesichter, wie sie höflich lächelten und nickten.

Es lag an meiner Aufenthaltsbescheinigung, sagten sie. Sie war nicht vollständig, irgendwo fehlte ein Stempel. Oder ich hatte nur eine Bescheinigung, mit der ich kein Konto eröffnen konnte. Ich verstand es wirklich nicht. Jedenfalls könne ich bei dem Konto nicht eingetragen werden, sagten sie lächelnd und nickten mir zu, M habe das Konto auf seinen Namen eröffnet und mir eine Karte dafür gegeben. Sicher habe er vergessen, es mir zu erzählen, oder sei zu verlegen gewesen. Nicht so verlegen wie ich hier in dieser Bank, mit meinen nutzlosen Karten und Ausweisen vor mir auf dem Tisch, mit meiner ausgebeulten Windeltasche und den Flaschen und Snacks, die unordentlich und scheußlich den blitzblanken weißen Raum einnahmen. Sie können die Karte natürlich trotzdem benutzen, sagte die Kundenbetreuerin und strich sich lächelnd die langen Haare zurück, auch wenn nicht Ihr Name darauf steht. Das kann ich eben nicht, sagte ich. Sie boten mir noch eine Tasse Kaffee an.

Wir verließen die Bank und gingen hinüber zum See und dem Steg, vor dem der Jet d'Eau aus dem Wasser emporschießt und man den Sprühnebel auf dem Gesicht spüren kann. Wie die vielen Besucher der Stadt breiteten wir die Arme aus und drehten uns im Kreis. Was für ein Gefühl, wenn die feinen Tröpfchen auf der Haut landeten.

M war zu Hause und dann wieder fort. Er rief bei der Bank an und bestellte eine neue Kreditkarte für mich. Es ist so dumm, dass ich dich bei dem Konto nicht eintragen lassen konnte, sagte er. Ich wollte es dir sagen. Wir bringen das noch in Ordnung, versprach er. Wenn es bei der Arbeit etwas ruhiger wird. Wir überlegen uns etwas. Tut mir leid, sagte ich. Ist nicht schlimm, beruhigte er mich, wirklich nicht. Sag einfach, wenn noch etwas ist. Nein, schon gut, antwortete ich.

Vielleicht lebten wir jetzt in unterschiedlichen Ländern, M und ich. Auf jeden Fall lag ein Meer aus Papierkram zwischen uns, aus Stempeln, Beglaubigungen, Telefonnummern, Leuten, die man sprechen musste, aber nicht erreichen konnte. Aus Genehmigungen und Bescheiden für dieses und jenes. Unsere Kreditkarten sahen nahezu gleich aus, aber das hieß nicht viel, genauer gesagt hieß es gar nichts.

Als ich jung war, hatte ich SOS! in Morsezeichen gelernt. Ich konnte es mit einer Taschenlampe signalisieren oder an einer Wand oder auf einem Tisch Klopfzeichen geben. Ich konnte es sogar mit den Lidern morsen. Sollte ein Fremder mich packen und versuchen, mich in sein Auto zu ziehen, könnte ich heimlich einen Hilferuf blinzeln. Was wohl vor allem bedeutete, dass ich davon ausging, jemand würde kommen, wenn ich Hilfe brauchte, würde mich beobachten und sogar auf ein Zeichen von mir warten. Ich glaubte wohl, es ging nur darum, zu wissen, wie man um Hilfe bat.

Als Kind vertrieb ich mir oft auf die eine oder andere Art die Zeit mit ausgeklügelten Spielen. Sie waren wie Boote, diese Spiele, mit denen ich fortsegeln konnte, zur nächsten Minute, von einer Stunde zur anderen. In einem Sommer spielte ich am liebsten Sturzflut. Ich war allein auf einer herrlichen Insel gestrandet. Der Boden war mit trockenem Gras und wunderschönen Blumen bedeckt. Mitten auf der Insel stand ein Baum mit einem Baumhaus und einer schmalen Holzleiter darunter.

In diesem Spiel war ich das Mädchen, und das Mädchen pflückte gerade Blumen, als es plötzlich eine Springflut bemerkte. Das heißt, es sah, wie Wasser aus der Ferne erschreckend, nahezu unmöglich schnell auf es zu rauschte. Das Mädchen schrie. Es war immer gleichzeitig eine tragische Gestalt und bildhübsch. Das Mädchen ließ die Blumen fallen und rannte zur Leiter, und jedes Mal zog es sich im allerletzten Moment hoch. Die Schuhsohle am Fuß, den es zuletzt ins Baumhaus zog, wurde immer nass. Es ging darum, sich in Sicherheit zu bringen, aber wenn ich jetzt zurückdenke, ging es wohl auch darum, dass es dem Mädchen immer gelang. Irgendwoher wusste es, wann es die Blumen loslassen und rennen musste. Es kannte die richtige Art, um

Hilfe zu bitten, den richtigen Moment zum Weglaufen. Mit den passenden Codes, geheimem Wissen und Präzision konnte die Gefahr immer abgewendet werden. Das Mädchen konnte sich retten, aber nur, wenn es alles richtig machte.

Die Blumen in der Vase waren verwelkt, und es waren keine neuen aufgetaucht. Wo ist die Prinzessin?, fragte E und betrachtete die Blumen. Warum ist sie nicht gekommen? Wir überlegten, dass sie vielleicht von Trollen gefressen worden war, und fanden es beide schrecklich. Insgeheim aber dachte ich, dass jemand der echten Aurelie sicher jeden Tag Blumen schickte, dass ihre Vasen vollgestopft waren und ein Pfad aus Blütenblättern vom Blumenhändler zu ihrer Wohnung führte. Dieser Strauß, mein Strauß, wäre für Aurelie bestimmt nur einer von vielen gewesen, nichts, was sie vermissen oder wonach sie suchen würde.

Jedenfalls hingen die Blumen über den Rand der Vase, die Blüten waren vertrocknet, die Stängel im modrigen Wasser schon aufgeweicht. Ich vergaß immer, sie wegzuwerfen, und so konnten E, B und ich ihren Verfall beobachten. Das Wasser begann zu stinken, die Fäulnis kroch die Stängel hinauf. Wir würden Wissenschaft betreiben, sagte ich zu E. Sie brachte ihre Tiere – zwei Plastikgiraffen, Mutter und Kind, ein verwaistes Känguru, ein Orang-Utan-Baby und ein weißes Pony mit dunklen Flecken – einzeln zur Vase und ließ sie das Wasser riechen und hineinsehen. Aus einer Handvoll abgefallener Blütenblätter bereitete sie ihrem Känguru ein Nest. Wir lernten, indem wir aufmerksam beobachteten. Sieh mal, sagte ich zu ihr. Schau dir das und das und das an.

Ich schlief nie. Zumindest nicht viel. Nicht genug.

E wurde früh wach. B schlief spät ein. Dazwischen lagen lange Nächte, die Stunden trieben auseinander wie Planeten, die immer einsamer hinaus in den tiefen dunklen Raum drängten. Manchmal schlief M neben mir, aber immer schien eine weite Entfernung zwischen uns zu liegen. Wenn er nicht nach Hause kam, rief ich von dem leeren Zimmer aus meine Mutter an. Ich starrte auf das Display und konnte ihren Worten nicht folgen. Geh schlafen, sagte sie, du siehst ja furchtbar aus.

Die Tage verschmolzen miteinander. Manchmal wurde es mir fast zu viel, dass ich in jedem einzelnen Moment ein ganzer Mensch sein sollte. Ich war nicht ganz, wenn ich aufwachte, ich war eine willkürliche Sammlung von Teilen. Eine Schulter, aber nicht die andere, ein Ohr. Meine Gesichtshaut war rau und schälte sich. All das vor lauter Müdigkeit. Es wird wieder anders, sagte ich mir. Das ist nur eine Phase, es ist nur jetzt so, und jetzt ist nicht immer. Diese Minute ist nur diese Minute, und sie ist in einer Minute vorbei. Manchmal hängte ich mich wie eine Fledermaus in die Türöffnung, die Arme und Schultern seltsam verdreht, und rief Buh!, wenn E um die Ecke kam. Guck mal!, sagte ich, ich bin eine Fledermaus! Komm her, sei mein Fledermausbaby, meine Babyfledermaus, und sie lachte, und ich schloss ihren kleinen, zarten Körper in die Arme und wünschte mir plötzlich und inbrünstig, diese Minute würde ewig andauern.

Meine Hände waren rau, weil ich ständig spülte, mit schweren Bündeln nasser Wäsche hantierte, Haare wusch und Zähne putzte. Einmal kam ich mitten in der Nacht zu mir. Es muss gegen zwei, drei Uhr morgens gewesen sein, in dieser Zeit zwischen den Kindern, wenn es mir vorkam, als wäre ich allein in der Wohnung. Ich stand vor der Tür, eine Hand auf der Klinke, meine Tasche umgehängt. Ich ließ die Tasche fallen, und ein ganzer Schwall Fahrscheine, frisch und schwarz glänzend bedruckt, ergoss sich auf den Boden und umspielte meine Knöchel wie einladender Meeresschaum. Ich lief zu B.

Er lag in seinem Bettchen und schlief. Ich weckte ihn, rüttelte sanft an seiner Schulter, meine nassen Finger hinterließen auf seinem weichen Schlafstrampler Abdrücke. Als er wach war, wollte er auf den Arm genommen werden. Ich hob ihn hoch und beruhigte ihn. Ich setzte mich mit ihm aufs Sofa und schob ihm eine Brustwarze zwischen die Lippen. Schon gut, raunte ich, schon gut, schon gut. Ich bin da, ich bin ja da.

Nachdem er getrunken hatte, brachte ich ihn zurück und legte mich auch hin, und alles war wieder friedlich. Gut und fest eingepackt in unseren frisch bezogenen Betten, waren wir genau, wo wir sein sollten, wo M uns finden und einen sanften Kuss auf die Wange drücken konnte, wenn er kam, wann auch immer das sein würde.

4

Was kam und uns fand, war allerdings nur der nächste Tag, der frühe Morgen. B hatte Hunger, und wir schlichen um den Esstisch und setzten uns als einzige Gäste unserer Party nacheinander auf jeden unserer Stühle, jede für sich und nur einen Moment lang.

Aus dem leeren Zimmer wollte ich ein Gästezimmer machen. Es sollte absolut perfekt werden. Ganz in Weiß, ich konnte es schon richtig vor mir sehen. Handtücher, eine Tagesdecke, Kopfkissen, Bettwäsche und Gardinen. Leicht und weiß. Strahlend und blitzblank. Alles würde sich wie in einer leichten Brise wiegen, wie an wunderschönen Sommertagen.

Die Bettwäsche in diesem Zimmer sollte so rein und hell sein, dass es jeden anrührte, der dort schlief, dass man sich aufgehoben und frei fühlte. Als würde man Morgen für Morgen in Sonnenstrahlen gebadet aufwachen. Ein Teil von mir glaubte tatsächlich, dass Bettwäsche so etwas konnte, dass sie ein solches Gefühl vermitteln konnte.

Das Zimmer war so klein, dass ein Bett gerade eben hineinpasste, aber das machte nichts, es würde wie ein Schiff sein. Es würde in dem Zimmerchen aussehen wie ein Schiff in der Werft, das Spanten und Planken bekommt. Wuchtig und hölzern, gut ausgestattet und den Bug Richtung Sommer ausgerichtet. Ich will nur klarmachen, wie intensiv ich mir das Zimmer vorstellte.

Nur die Seife fehlte. Die Seife konnte ich nicht sehen. Auf dem kleinen Waschbecken musste in einer weißen Schale Seife bereit liegen, und sie sollte in ein Papier gewickelt sein, das nicht weiß war, sondern die perfekte Farbe hatte. Durch diese Farbe musste alles klar werden, sie musste dafür sorgen, dass das Schiff den Kurs hielt und die weißen Vorhänge sich bauschten. Ruhige See, weißer Sand, warme Sonne. Aber ich konnte sie noch nicht sehen. Dieser kleine Teil blieb mir verborgen.

Ich saß auf dem grauen Sofa der Wohnungsgesellschaft, und auf meinem Schoß kämpfte B mit dem Schlaf. Seine kleinen Fäuste öffneten und schlossen sich, als wollte er sich aus einer Grube ziehen. Als die Nacht zum Morgen wurde, drang die Wärme herein, die Sonne brannte auf die Metalljalousien, trotzdem stand ich nicht auf, um ein Fenster zu öffnen. Irgendwann schlief B doch noch ein und machte dabei ein Geräusch wie ein Ballon, aus dem leise Luft entweicht, und ich schlief mit ihm in den Armen ein. Als ich wach wurde, starrte E mich aus nächster Nähe an. Wach auf, sagte sie, wach auf. Ihre Tiere umringten meine Füße, unzählige kleine angemalte Plastikaugen beobachteten mich. Sie haben Hunger, sagte E.

Wir fütterten die Tiere mit Sesam. Ich kochte Kaffee. Unter den Duft der gemahlenen Bohnen mischte sich der süßlich faulige Gestank der Blumen. Ich stopfte die Fahrscheine in meiner Tasche, gestern abgestempelt für eine Stunde Fahrt mitten in der Nacht, in die Schublade zu den anderen Fahrscheinen, zu den vielen Dingen, über die ich später nachdenken wollte, wenn ich Zeit hatte.

Die Hitze schlich sich in die Wohnung. Sie kroch in unsere Münder und ließ unsere Zungen so dick werden, dass wir uns nicht über die verklebten Zähne lecken konnten. Wir schwammen in unserem Schweiß, wie Urlauber, die auf dicken Gummireifen einen trägen Fluss hinuntertreiben. Machen wir das Licht aus, sagte ich zu E. Die Jalousien bleiben zu. Wenn alles dunkel ist, hält es vielleicht die Hitze fern. Es gefiel E, glaube ich, und so saßen wir unter der Zimmerdecke wie unter niedrigen Wolken.

Beim Einkaufen fiel es mir schwer, aus den angebotenen Waschmitteln schlau zu werden. Manche sollten Handtücher weichmachen, andere diese oder jene Art Flecken entfernen oder Weißes weiß halten. Vielleicht, genau wusste ich es nicht. Ich konnte kein einziges Wort lesen. In der Fleischabteilung bohrte E spitze Finger in die toten Hühner, die mit gebrochenem Hals einzeln in Styroporschalen verpackt waren. Ihre federlose Haut schimmerte in einem ganz reizenden rosigen Perlmuttton. E wollte sie kaufen, um sie zu kochen oder für immer lieb zu haben, ich bekam es nicht heraus. Es war auch egal, weil ich sie nicht anfassen konnte, ich konnte kaum näher herangehen, weil es mir zu grausam erschien, so eingezwängt und umwickelt in einer Schale zu liegen und sich nicht rühren zu können. Als wäre nicht alles bereits vorbei, schien es etwas auszumachen, dass sie unter der säuberlichen Verpackung keine Luft bekommen hätten.

Am Nachmittag hängte ich überall in der Wohnung Wäsche auf, und E und ich spielten, wir würden in einem

Wald leben, aus dem alle Kinder eines Tages ganz plötzlich und ohne Vorwarnung fortgeflogen waren, nur ihre Kleidung hing noch in den Ästen. Huuu, raunten wir uns zwischen den sich wiegenden Ästen zu.

Im Park begann ich, eine andere Mutter mit ihren Kindern zu beobachten. Fast jeden Nachmittag kam sie und setzte sich neben die Pumpe. Sie hatte ein Baby, einen Jungen, vielleicht ein halbes Jahr alt, den sie in einem dieser komplizierten Tücher eng am Körper trug. Mühelos schälte sie sich aus dem Tuch und band es wieder um, ganz so, als würde die Liebe so etwas leichtmachen. Ihr zweites Kind, auch ein Junge, war etwa so alt wie E. Wenn sie an den zurechtgestutzten grünen Hecken am Parkrand entlangliefen, hielt er die Hand seiner Mutter, und der Raum zwischen ihnen schien von etwas Innigem erfüllt, wie ein Garten, wie ein Königreich.

Ihre Sachen, ihre Taschen, meine ich, trug sie voller Leichtigkeit. Eine Decke für das Baby, das Lieblingsspielzeug des größeren Jungen, Knabbereien, einen gelben Waschlappen, Wasserflaschen. Mit dem Baby redete sie, als würde sie nie zu reden aufhören, sie sah ihm in die Augen und brachte es zum Lachen. Rollte ihm immer wieder einen Ball zu, als könnte sie gar nicht genug bekommen. Sang ihm etwas vor. Ließ ihn unbesorgt allein, um ihren Sohn auf der Schaukel anzustoßen, seinen Laster zu suchen, einen Eimer mit Wasser zu füllen, als wäre alles kein Problem. Ich fand es faszinierend – wie sie sich bewegte, ihre ganze Art, wie sie ihre Liebe zu den Kindern zeigte. Ich verschlang alles mit den Augen, so könnte man es wohl beschreiben, wenn ich sie im Park beobachtete. Ich verschlang alles.

Sie war schön, ihr Gesicht glich einer Sammlung interessanter Dinge, die perfekt um ihre hohen Wangenknochen angeordnet waren. Als wollten sie sagen: Sieh nur hier und hier und hier. Eine lange Nase, dicke Augenbrauen, ein schiefer Zahn. Sie hatte etwas Wildes an sich, das ich nicht ganz einordnen konnte. Verwundert betrachtete ich sie immer wieder. Ich konnte nicht erkennen, ob ihre äußerliche Ruhe von Gelassenheit oder Furcht kam. Ich wusste nicht, welche Art von Tier sie war.

Die Blicke der Männer, die am Park vorübergingen, blieben an ihr hängen. Eine Sekunde, eine halbe Sekunde lang waren sie wie gebannt. Väter, die nach der Arbeit zu ihren Kindern in den Park kamen, hielten vor ihrer Decke einen Herzschlag lang inne, als hätten sie gerade bemerkt, dass ihnen etwas heruntergefallen war.

Aber sie blickte nie zu diesen zögernden, gebannten Vätern auf. So etwas hätte sie nicht getan. Das weiß ich. Ich beobachtete, wie sie den Ball hielt, bevor sie ihn ihrem Baby zurollte, wie sie ihrem Sohn auf der Schaukel Schwung gab, wie sie beim Gehen seine Hand nahm, deshalb hatte ich das Gefühl, ich würde sie kennen. Im Stillen, wenn ich über sie nachdachte, nannte ich sie Nell. Einmal lächelte sie mich an, und ich lächelte zurück. Sie hatte eine ganz entzückende Lücke zwischen zwei Zähnen, aber nicht zwischen den Schneidezähnen. Sehen Sie?, hätte ich zu ihr sagen können. Sehen Sie? Wer wir sind? Wer könnte uns einen Vorwurf machen? Wer sollte irgendetwas Böses über uns denken? Über uns, wo wir das Schönste auf der Welt tun?

Als E geboren wurde und wir aus dem Krankenhaus nach Hause kamen, war ich von Liebe so überwältigt, dass ich in einer anderen Sprache mit ihr reden wollte. Einer, die nichts mit dem alltäglichen Geplapper um uns herum zu tun hatte, das ich schon mein Leben lang hörte. Ich wollte eine Sprache nur für uns beide haben. So sehr liebte ich sie. Manchmal kann Liebe so sein, blind und fordernd, eine wunderbare Falle.

Wenn E und B im Park einen Moment lang friedlich waren, holte ich mein Buch *Französisch für Anfänger* heraus und versuchte, die Wörter zu begreifen. Ich las die Dialoge und sprach lautlos einfache Fragen nach. Es waren Szenen in einer Apotheke, einer Bibliothek, im Kino und Park. Ich versuchte, mir zu merken, was die Figuren auf die ständigen Fragen antworteten. In Gedanken formulierte ich Antworten auf Fragen, die mir jemand stellen könnte. Ich versuchte, den Faden zu finden, der die Wörter aneinanderreihen, der mich mit dem Nachmittag verweben würde.

Wie alt ist Ihr Baby?, könnte mich jemand fragen. Wo wohnen Sie? Wo ist der Supermarkt? Ich bin vierunddreißig Jahre alt, könnte ich sagen. Ich habe zwei Kinder. Einen Jungen und ein Mädchen, könnte ich sagen. Meine Haare sind braun. Meine Haare sind kurz. Meine Augen sind blau und grün und grau. Jedes Wort, das ich mir erschloss, war ein Sieg, dem Abgrund entrissen, dem Rand der Welt. Ein Wunder.

Zu Hause dachte ich an Nell. Ich stelle sie mir in ihrer Wohnung vor, stellte mir den Schrank vor, in den sie ihre langen Kleider hängte, die Betten, in die sie ihre Kinder zum Schlafen legte. Sah vor mir, wie sie die Kissenbezüge der Kleinen bügelte und ihr Badespielzeug aufhängte, damit sich darin kein Schimmel bildete. In ihrem ganzen Haus würde niemals etwas schimmeln. Ihre gesamte Zeit hüllte sie wie eine Decke um ihre Jungs, schüttelte Kissen auf, strich über Haare, ließ jede Minute sicher wirken. Ich malte mir aus, dass sie in einem Haus auf einem hohen Hügel neben der Straßenbahn wohnte, wo alles grün und lichtdurchflutet war, wo immer eine Brise ganz sanft die gelben Vorhänge wehen ließ. Aurelie mit ihren Blumensträußen, Nell mit ihren Kindern, Blütenblätter und zarte Wangen, ich konnte sie in ihrem perfekten Zuhause genau vor mir sehen.

Ich gehe nicht arbeiten, nicht mehr. Nachdem E geboren wurde, nachdem ich gekündigt hatte, kam es mir vor, als wäre ich auf einer totenstillen Insel aufgewacht. An einem ewigen Nachmittag auf einer Insel, auf der ich allein war, allein mit E. Wir hätten ein Floß bauen und losrudern können. Nur wohin?

Manchmal schrie ich, als sie noch ein Baby war, um die Stille für einen Moment zu vertreiben. Um sie zurückzudrängen, sie fortzujagen. So viele Stunden lang war es so still mit ihr allein in unserem alten Haus in unserer alten Straße. Manchmal schrien wir beide und hielten uns an der Hand.

M musste verreisen, er würde zwei Wochen fortbleiben. Eine große Konferenz stand an, gefolgt von mehreren Meetings. Einige der Ehefrauen würden in die Berge fahren, erzählte er mir, in ein richtiges Chalet. Ich sollte mitfahren. Da oben gab es einen See mit einem Sandstrand, sagte er.

Ein Boot für E zum Spielen, andere Kinder, grüne Wiesen und Blumen in Fensterkästen, Kühe mit Glocken um den Hals. Die pure Schweiz, sagte er. Vielleicht hilft dir jemand mit den Kindern. Zwei Wochen können allein ziemlich lang werden. Ein bisschen Gesellschaft würde dir guttun, ihr könntet euch gegenseitig unterstützen.

Uns geht es hier doch gut, sagte ich. Und dass es so etwas wie Urlaub für Mütter oder Urlaub vom Muttersein nicht gab. Warum sollten wir also so tun, als könnten wir irgendwohin fahren und eine Auszeit nehmen? Ich wollte nicht mit anderen Müttern an den See fahren und andere bemuttern. Wir würden uns gegenseitig erdrücken. Wir würden wie die Robben unsere plumpen Mutterkörper übereinanderwuchten. Nein, danke, das war nichts für mich. Muttersein ist schwere Arbeit, man braucht genug Luft zum Atmen. Ehrlich gesagt wollte ich nicht verreisen, ich wollte nur schlafen.

Als M aufbrach, stand ich morgens mit ihm auf und begleitete ihn zur Tür. Er zog seinen Samsonite zwischen uns her und trug über dem Arm einen Kleidersack mit einem Berg wunderbarer Anzüge. Nach einem Blick auf sein Handy sagte er mir, wann er zurückkommen würde, und ich kreiste das Datum auf dem kleinen Kalender von der Wohnungsgesellschaft ein. *Genf im Juli – zum Verlieben!*, stand über dem Kalenderbild mit dem glitzernden See, mit Schwänen und Bergen. Bis zum Ende würde M fort sein, bis zum Ende des Monats.

Gib E und B einen Kuss von mir, sagte er. Pass auf dich auf. Ich weiß noch nicht, wie es zeitlich aussieht, sagte er, wann ich anrufen kann, der Terminplan ist sehr voll. Schon gut, sagte ich. Mach dir um uns keine Sorgen. Hier läuft schon alles. Und du wirst sie umhauen. Aber als ich das sagte, du wirst sie umhauen, wurde ich plötzlich unsicher. Ich fühlte mich wie auf dünnem Eis, ohne festen Boden unter den Füßen. Ich hatte keinen Schimmer, was er machte oder wie er sich darin schlug. Er hantierte mit seiner Brieftasche und seinen Schlüsseln herum, dann küsste er mich. Manchmal war alles wie immer, und manchmal war etwas anders. Wenn er mich küsste, zum Beispiel. Lasst die Tür einfach auf, hatte er bei unserer Party damals gesagt, lasst sie einfach offen, als ich den Lachs gegrillt hatte, der innen so rosa wie Küsse war, und wir unzählige Flaschen Wein geöffnet hatten.

Er wollte einen Arm um mich schlingen und mich an sich ziehen, aber aus seiner Tasche stoben Visitenkarten wie ein plötzlicher Schneefall. Sie waren richtig hübsch, diese Karten. Die glänzenden, gedruckten Buchstaben waren grazil und erhaben und erinnerten an Wirbelknochen. Ich wollte die Karten aufheben, aber das Taxi wartete schon. Ich habe auch Karten!, hätte ich fast gerufen, nur halb im Scherz, ich habe auch Karten, meine Taschen sind voll damit. Bedingungslose Liebe, steht auf ihnen, und sie sind allzeit bereit. Wer will, kann sie jederzeit sehen. Doch die Tür hatte sich schon hinter ihm geschlossen, er war fort. Ich schichtete die Karten zu einem ordentlichen Stapel auf und legte sie neben die Tür. Wenn er zurückkam, würde er sie dort finden.

5

Es wurde immer heißer. Bald war es so heiß, dass man nur noch Zitronen essen konnte. Wir drückten sie über Zucker und Eiswürfeln aus. Ich kochte nicht mehr. Selbst Wasser für Nudeln zu kochen wäre zu viel gewesen. Stattdessen kaufte ich netzeweise Zitronen auf dem Markt. Ich lief zwischen den Ständen und den beladenen Tischen auf und ab, zog E mit und schob B vor mir her. Zu Hause stapelten wir die Zitronen in Schüsseln übereinander und stellten lauter strahlend gelbe Fruchttürme auf dem kleinen Küchentisch auf. B spielte gerne mit den Zitronen, er mochte ihre Form und schlug nach ihnen, wenn ich die Früchte auf den Boden legte, und ließ sie rollen. Er hatte den ersten Zahn bekommen und grub ihn mit Vorliebe in die helle, herrliche Zitronenschale.

Eine Schüssel mit Zitronen stellte ich immer ins Gästezimmer. Die beste Schüssel mit den besten Zitronen. Ich zog einen Stuhl in das Zimmerchen und stellte die Schale darauf. Der Stuhl passte farblich nicht hinein, aber die Zitronen waren richtig, sie gehörten dorthin. Nur war es in dem Zimmer so heiß, dass sie verschimmelten. Es schien nur Stunden zu dauern, bis sie weich wurden und grauen Flaum ansetzten, und dann musste ich sie herausholen und wegwerfen.

Die Obsthändlerin, eine kräftige Frau mit sonnenverbrannten Händen und einer verschossenen Schürze, kannte mich schon. Sie nickte mir zu, wenn ich nachmittags an ihren Stand kam. Es war ein richtiges Erfolgserlebnis! Was wollte man mehr erreichen? Wenn ich ihr Nicken erwiderte, achtete ich darauf, dass ich den Kopf genauso bewegte wie sie. Ich wollte nicht distanziert wirken, aber auch nicht übereifrig.

Eines Nachmittags schenkte die Frau E eine Pappschachtel voll glänzender roter Beeren. Zu Hause probierten wir sie, während das Baby schlief. Wir tauchten sie einzeln in ein Schälchen mit eiskalter Sahne und leckten uns die Finger ab. Wir ließen die Beeren im Mund zerplatzen. Mit Kindern ist die Zukunft unvorstellbar, sie ist so ungewiss, als wäre sie nichts. Noch weniger als ein Nichts. Als Mutter musste ich lernen, dass es keine Garantien gibt; das einzig Schöne, das einem sicher ist, voll und ganz, ist das Jetzt, der Augenblick zwischen meinen Zähnen.

Am nächsten Tag lotste ich E an einen anderen Stand, um Zitronen zu kaufen. Die Frau sollte nicht denken, dass wir wieder ein Geschenk erwarteten. Es war schwer, es war immer so schwer zu wissen, was richtig war. Ich nickte der Frau im Vorbeigehen zu, und sie nickte zurück.

Manchmal schlief ich ein. Wenn ich es nicht wollte, meine ich. Ich war wie ausgeknipst, wie eine Kerzenflamme, die erlosch, wie die Blende einer Kamera, die sich schloss, und dann öffnete sich die Blende wieder und E starrte mich an, als hätte sie mich gerade etwas gefragt und keine Antwort bekommen. Oder als hätte ich irgendetwas Falsches geantwortet. Jedenfalls fürchtete ich, E könnte weglaufen, wenn ich einschlief, sie könnte ohne mich die Wohnung verlassen. Deshalb versuchte ich immer daran zu denken, die Tür abzuschließen, wenn wir zu Hause waren. B konnte schon ein wenig krabbeln, deshalb schloss ich auch die Fenster. Ich musste einfach praktisch denken, musste mich selbst überlisten, weil ich mir, na ja, nicht mehr recht trauen konnte. Zumindest nicht immer. Durch die geschlossenen Fenster heizte sich die Wohnung auf, aber ich glaubte, dass wir nur so alle in Sicherheit waren, bis M zurück wäre und ich wieder genug Schlaf bekäme. Bis dahin musste es so sein.

B war auch müde. Diese Hitze konnte er nicht ausstehen. Er schrie in seinem Bettchen und zerrte an seinen verschwitzten Babylocken hinter den Ohren. Über den Rücken von Es Shirt zogen sich Salzränder, die an Schatten von prähistorischen Meerestieren erinnerten, von Ammoniten, erklärte ich ihr.

Ich tat kaum mehr, als Zitronen auszupressen und Zucker in Tassen zu löffeln. Es war nicht schlimm, als uns das Eis ausging. Ist nicht schlimm, sagte ich, es ist sogar besser so. In der Wüste würden die Leute gar nicht auf die Idee kommen, etwas Kaltes zu trinken. Wirklich nicht! Und siehst du, wir trinken in dieser Hitze auch warme Limonade. Nicht schlecht!

Einmal griff E zu früh nach ihrem Glas, als ich noch auspresste und abmaß und einschenkte, und verschüttete Zitrone, Zucker und Wasser, die ganze süße, klebrige Mischung auf die Küchentheke und den Boden. Ist nicht schlimm!, sagte ich. Halb so wild! Schau, wir wischen es einfach weg, sagte ich lächelnd. Wir müssen nur dieses

Tuch nass machen, uns auf den Boden knien und jedes Tröpfchen finden. Das schaffen wir, sagte ich. Wir können ganz sauber und ordentlich und brav sein. Ich musste so oft lächeln. Ihr Dinge beibringen, lächeln und durfte mich nicht ärgern. Aufwischen und trocknen, aufräumen, lächeln und kein bisschen ärgern.

Eines Nachmittags setzte ich mich mit B aufs Sofa, um ihn zu stillen. Er kuschelte sich in meine Armbeuge. Ich muss eingeschlafen sein, jedenfalls wurde ich plötzlich wach. B schlief auch, er rutschte an mir herunter auf die gefährlichen Kissen zu. Ich erschrak fast zu Tode. Es kam mir vor, als würde ich den kleinen Körper über den Rand eines Abgrunds halten. Genau so fühlte es sich an.

Ich hatte schreckliche Geschichten von Müttern gehört, die so eingeschlafen waren und deren hilflose Babys auf die Kissen zu gerutscht waren. Wenn wir Mütter schliefen, schliefen wir Wange an Wange mit einer Katastrophe. So nah war der Schrecken, er berührte uns und sang zu uns in unseren Träumen.

Ich konnte nicht richtig atmen. Es war nicht genug Luft im Zimmer. Die Haut in meinem Gesicht spannte. Ich legte B in sein Bettchen neben dem Sofa und lief ins Bad. Mein Gesicht war von Farbe verschmiert, blaue Streifen zogen sich von einem Augenwinkel über die Wange bis zum Schlüsselbein. Rund um meine Lippen klebte in zahllosen Schichten rote Paste. Meine Augenlider waren aufgedunsen und silbern wie harte Käferpanzer.

E stand hinter mir und lächelte. Hübsch, sagte sie. Auf dem Waschbecken lag mein offenes Schminktäschchen. Lippenstift, Pinsel, Schwämmchen, Puder, Lidschatten. Teure

Flüssigkeiten in allen möglichen Farben tropften aus winzigen Fläschchen. Das Waschbecken war verschmiert, die Handtücher waren verschmiert und genauso die vorher makellosen Wände der Wohnungsgesellschaft.

Mit meinen zugekleisterten Lippen lächelte ich E an. Die rote Paste klebte an meiner Zunge und meinen Zähnen. Hübsch, sagte ich. Ja, das ist hübsch! Das schreibt man h-ü-b-s-c-h. Ich malte die Buchstaben mit einem Finger in die Luft. Hinter geschlossenen Jalousien verbrachten wir den Nachmittag mit Spielen. Ich behielt B immer im Auge, versuchte zu atmen, versuchte zu beobachten, ob er atmete, spürte die ganze Zeit über die Zimmerdecke dicht über uns.

Als B und E abends eingeschlafen waren, schrubbte ich mir das Gesicht sauber und beseitigte das Chaos im Bad, die vielen Tuben, die nicht mehr zu gebrauchen waren, die Lippenstifte, die kleinen Rougedöschen. Und ich räumte die ganze Wohnung auf. In einem Zimmer fing ich an, dann arbeitete ich mich langsam durch die anderen. Unsere Spiele hatten viel Platz beansprucht. Schleichend hatten sie alles für sich eingenommen. Ich hatte es nicht bemerkt. Vielleicht doch, und ich hatte mich einfach treiben lassen oder es wenigstens versucht, als wäre ich ein schimmerndes grünes Blatt auf dem Wasser und könnte schön und zart sein, hin und her getrieben, hier und da von einem Lichtstrahl getroffen. Aber als ich jetzt aufräumte, sah ich es deutlich. Das Chaos, die Spielsachen, wie wichtig es war, nicht davonzutreiben.

Auf der Küchentheke stand ein Eierkarton, aufgerissen und voller zerbrochener Schalen, auf dem Boden waren noch die Tassen und Teller, mit denen wir Teegesellschaft gespielt hatten. Der Krimskrams, den wir aus dem Park mitgebracht und in Es Bett verstaut hatten, musste weggeräumt werden. Die Stöcke und Apfelgehäuse. Die Geheimnisse. Die Schätze. Die hölzerne Spieluhr, die wir in der Mülltonne gefunden hatten; E war begeistert davon, wir hatten sie mitgenommen, zu Hause zur Musik getanzt, und jetzt entdeckte ich an den Kanten Schimmelstellen. Die Puppe mit dem gebrochenen Genick, die wir im Sandkasten gefunden hatten. Tüte um Tüte füllte ich mit den Überresten unserer fabelhaften Spiele. Die Zitronen im Gästezimmer waren rettungslos vergammelt, sie zerfielen unter meinen Händen fast zu Staub. Ich brachte die Mülltüten hinaus zu den Tonnen, immer zwei auf einmal, und musste oft gehen, bis die Wohnung wieder ordentlich war, ein Ort, an dem wir uns besser lieb haben konnten, an dem wir uns so sehr lieben konnten.

Als alles weggebracht war, sah ich auf dem Weg ins Haus die Frau mit den hochgesteckten weißen Haaren vor dem Café gegenüber. Sie trug denselben langen Wollmantel wie beim letzten Mal und hatte ihn trotz der Hitze bis zum Hals zugeknöpft. Neben ihrer Untertasse lag schon ihr poliertes Kleingeld abgezählt auf dem Tisch. Sie hatte die Knöchel übereinandergeschlagen und die Füße unter ihren Stuhl gezogen, als wollte sie Platz lassen, damit sich jemand zu ihr setzen konnte. Sie hielt eine Ecke ihrer Serviette über das Teelicht auf den Tisch, bis sie brannte, und löschte die Flamme mit den Fingern. Es wirkte fast wie ein Reflex, dieses ständige Anzünden und Löschen. Dazwischen gab es nur einen kurzen Moment, in dem die winzige Flamme leben, in dem das Feuer flackern durfte.

Ich machte zwei Schritte auf sie zu. In meinem übermüdeten Zustand dachte ich vielleicht, sie habe das alles für mich vorbereitet. Sie gäbe mir ein Zeichen. Hallo, würde ich sagen, bonsoir. Wir würden interessante Gespräche führen. Sie würde mir ein wildes Abenteuer aus ihrer Jugend erzählen. Von einem Zug, mit dem sie durch Russland gefahren war, während es draußen so kalt war, dass all die schönen Menschen in den eisbedeckten Waggons sich die ganze Nacht lang küssen und berühren mussten, um sich warm zu halten. Etwas in der Art.

Sie ließ die Serviette fallen und zündete sich eine Zigarette an. Ich konnte hören, wie das brennende Papier knisterte. Mit der Zigarette zwischen den Lippen blickte sie auf, in meine Richtung, und ihr Gesicht war nicht geheimnisvoll, sondern nur müde, vielleicht auch einsam, und mir wurde schlagartig klar, wie albern es war, was ich gerade tat. Da stand ich mitten auf der Straße, das Gesicht frisch gewaschen, und wartete darauf, dass sie mich an ihren Tisch bat.

Ich ging ins Haus, strich über die Küchentheke und sah dreimal nach, ob der Kühlschrank auch wirklich geschlossen war. Erst setzte ich mich an den Tisch, dann legte ich mich auf den Küchenboden. Ich schloss die Augen und hoffte, das Surren des Kühlschranks würde mir dabei helfen einzuschlafen. M war seit einer Woche fort, und ich drückte das Gesicht gegen den warmen Küchenboden, als wäre er sein Rücken. Was hätte er wohl gesagt, wenn er jetzt nach Hause gekommen wäre, wenn er die Tür geöffnet und mich so gesehen hätte?

Es wurde Morgen, und ich lag immer noch auf dem Küchenboden, die ganze Nacht hatte ich hier verbracht. Ich kämpfte mich hoch und begann meinen Tag. Meine Hände zitterten leicht, als ich B auf dem Arm hatte. Ich konnte ihn nicht anziehen, er schien sich ständig zu verändern. Manchmal war er für seine Kleidung zu groß, dann wieder wirkte er verloren in ihr, er versank zwischen Stofffalten, die sich um seinen Hals legen konnten, sobald ich wegsah. Jeden Augenblick konnte etwas Schreckliches passieren. Ich zog ihm wieder seinen Schlafanzug an.

E zog sich selbst an. Am frühen Vormittag gingen wir in den Park. Wir hatten die Wasserpumpe ganz für uns. Weil ich vergessen hatte, die Werkzeuge einzupacken, musste E mit ihren winzigen Händen Wasser schöpfen und es auf den Sand gießen. Sie schob den nassen Sand um ihre Giraffen zu kleinen Hügeln zusammen, begrub sie bis zu den langen Hälsen und ließ sie um Hilfe rufen.

Manchmal rettete sie die Giraffen sofort, manchmal ignorierte sie die Rufe und schichtete den Sand immer höher auf. Sie baute Häuser und ganze Städte aus Stöcken über den Giraffen und setzte kleine Stöckchen als Menschen hinein. Alle Stöckchen wussten, dass sie die Geräusche unter ihren Füßen nicht zu beachten hatten. Im Grunde war es egal, am Ende schwemmte das Wasser aus der Pumpe den Sand jedes Mal fort, und die Giraffen wurden abgespült und durften wieder am Spiel teilnehmen. Schon gut, flüsterte sie ihnen zu und raunte Geheimnisse in ihre kleinen braunen Plastikohren, ich bin ja da.

Wir vertrödelten unsere Tage mit Spielen, und ich strich jeden Tag ordentlich auf dem Kalender ab. Abends räumte ich alles weg und machte sauber, als würden wir Gäste erwarten oder als wären wir selbst Gäste in einem fremden Haus. Aber ich muss dazu sagen, dass es mich viel Kraft kostete, dieses Spielen und Aufräumen. Ständig hinterher zu sein. Manchmal raste mein Herz, und wenn E es bemerkte oder wenn sie sagte: Du schwitzt, machte ich schnell ein Spiel daraus. Ich vergaß oft, meine Mutter anzurufen, und wenn ich daran dachte, meldete sie sich nicht, und wenn doch, war die Verbindung schlecht und sie sah mich aus weiter Ferne nur an, das Gesicht erstarrt, umgeben von einem Lichtschimmer. Ich betrachtete die Pixel und versuchte zu erkennen, welche Farbe ihr Lidschatten hatte oder was sie zu Mittag aß. Nachts ging ich mit ihr ins Gästezimmer, legte mich auf den Boden und redete mit ihr. B geht es gut, sagte ich dann. Er ist schon richtig groß geworden. Er macht dieses und jenes, was Babys eben so taten. Und ich wartete drauf, dass sie mich mit reglosen Lippen fragte: Wo ist M? Ich fragte sie mit Lippen, die sich ebenso wenig bewegten, ob man zwischen dem unterscheiden konnte, was ein Mann, ein Ehemann, tun musste, und dem, was er freiwillig tat, und ob sich *müssen* und *freiwillig tun* für einen Ehemann änderten, wenn er jemand Wichtiges wurde. Mit meinen starren Lippen hätte ich ihr gerne gesagt, dass Ms Jacken, bevor ich sie zur Reinigung brachte, manchmal nach Parfüm rochen.

Bevor wir wegzogen, als wir die Party gaben, ließen wir den ganzen Abend die Tür offen. Nachdem uns die allerletzten Gäste Küsschen gegeben hatten, nachdem sie gegangen waren, schloss M die Tür und drehte sich zu mir um. Gelöst und froh darüber, mit mir allein zu sein, drehte er sich mit einer ausladenden Geste um und warf dabei eine offene Flasche Rotwein um, die auf dem halbmondförmigen Tischchen neben der Tür stand. Sie fiel, überschlug sich, in einem beinahe absurden Bogen, beinahe langsam, auf unseren wunderschönen Teppich. Er war aus Wolle und so dick, dass die Flasche nicht zerbrach, es gab nicht einmal ein Geräusch, der Teppich verschluckte es. M und ich sahen reglos zu, wie der Wein herausfloss. Er schwappte über, gurgelte, gluckerte, zügellos, monströs, grotesk breitete er sich langsam, so kam es mir vor, auf der Wolle aus. Ich hätte meiner Mutter gerne gesagt, dass ich mich manchmal wie dieser Teppich fühlte, als würde ich alles in mich aufnehmen, ohne zu unterscheiden, und manchmal wie die Flasche, aufgefangen und heil. Dass ich mich manchmal wie diese Dinge fühlte, wie der Teppich und die Flasche, und nicht wie jemand, der den Teppich und die Flasche besaß, so wie früher.

Endlich kehrte M spätabends von seiner Reise zurück. Ich strahlte über das ganze Gesicht, als er die Tür öffnete, und lief zu ihm, um ihm sein Gepäck abzunehmen. Ich hatte nicht mit ihm gerechnet, und ich wünschte, ich hätte frischere Sachen getragen, mir vielleicht die Haare gemacht oder den Dreck unter meinen Nägeln herausgepult.

Wie war die Reise?, fragte ich. Wie war die Arbeit? Was hast du gesehen? Ich redete zu schnell, das merkte ich, und durch das viele Reden zeigte ich, wie wenig ich ohne ihn dazu gekommen war. Einen Moment lang hatte ich den dummen Wunsch, die gleichen Sachen zu tragen wie er, dann hätten wir reden können, dachte ich, wenn ich eine

Stoffhose und ein Anzughemd mit gebügeltem Kragen getragen hätte. Dann hätte ich etwas zu sagen gehabt.

Dabei war es egal. Er war müde. Er wollte nicht reden. Er war braun geworden und hatte sich die Haare schneiden lassen. Herrje, sagte er und ging an mir vorbei, um im Wohnzimmer die Fenster zu öffnen. Wie sieht es denn hier aus? Er flüsterte, ich auch. Die Kinder schliefen. Oh, sagte ich und blickte mich um.

Wir haben nur gespielt, hätte ich gerne gesagt. Eigentlich wollte ich sagen, dass ich in dieser Wohnung nicht gut schlafen konnte. Oder dass ich an diesem neuen Ort, an dem ich mit niemandem sprechen konnte, nicht zurechtkam. Dass ich es mir ehrlich gesagt anders vorgestellt hatte. Dass mir manchmal der Atem in der Kehle stockte. Am Ende sagte ich nur: Oh, weil ich alles andere nicht herausbrachte. Durch Ms Augen betrachtet, sah die Wohnung möglicherweise wirklich schlimm aus.

Im Wohnzimmer stand noch die Burg, die E für ihre Tiere aus dem Bettzeug gebaut hatte, in dem M gleich schlafen wollte. Die Zitronen von gestern hatte ich noch nicht weggeworfen. Ich hätte wirklich alles herrichten und für ihn vorbereiten sollen. Aber ich hatte mich verrechnet. Warte, sagte ich, baute die Burg ab und hob die Kissen auf, ohne zu erklären, warum sie auf dem Boden lagen. Ich wünschte mir so, er hätte danach gefragt. Als er sich aufs Sofa setzte, ging ich ins Schlafzimmer. Er war richtig wortkarg, und die Kinder schliefen natürlich schon, also machte ich das Bett. Er wollte aufstehen und mir helfen, und ich sagte: Nein, schon gut, bleib sitzen. Du warst den ganzen Tag unterwegs, du bist bestimmt erschöpft.

Als er eingeschlafen war, hätte ich mich am liebsten neben ihn gelegt, aber mir fiel das Gästezimmer ein. Er sollte es nicht morgen früh sehen und denken, ach, ich weiß nicht, was. Also steckte ich den ganzen Krempel, den ich dort gesammelt hatte, in einen Müllbeutel und brachte ihn hinaus, und als das Gästezimmer wieder leer war, fühlte ich mich schon besser. Besser, aber so, als hütete ich Geheimnisse.

Ich sortierte Ms Wäsche danach, ob ich sie zu Hause waschen konnte oder zur Reinigung bringen musste. Ich schüttelte Sand aus seinen Hosentaschen und fegte die Körner auf dem Boden zu einem Häufchen zusammen. Einen Moment lang legte ich einen Finger auf den Sand und stellte mir vor, ein winziger Teil von mir wäre nicht hier, sondern irgendwo an einem Strand.

Als ich fertig war, konnte ich mich einfach nicht neben M legen, deshalb rollte ich mich auf dem Sofa neben Bs Bettchen zusammen, aber auch da konnte ich nicht schlafen. Stattdessen griff ich zu Besen und Lappen und putzte die Küche. Ich sprühte alle Oberflächen ein und wischte sie ab und leerte die Schublade, in die ich die Fahrscheine gestopft hatte. Die Salz- und Pfefferstreuer auf der Küchentheke glänzten, die Stühle standen ordentlich an dem kleinen Esstisch. Ich richtete alles so her, als würde niemand in der Wohnung leben.

Alles, was der Wohnungsgesellschaft gehörte, kam zurück an seinen Platz, genau wie auf den Fotos, die ich mir im Büro der Agentur angesehen hatte. Wir alle werden irgendwohin zurückgerufen. Wenigstens bei mir war es so. Wenn alles wieder so war wie vor unserem Einzug, würde ich bald schlafen können, davon war ich fest überzeugt. Ich dürfte endlich schlafen. Ich hätte wieder Boden unter den Füßen.

Beim Putzen übte ich die neuen Wörter, die ich gelernt hatte. Robinet. Balai. Compteur. Enfant. Damit verging die Nacht überraschend schnell, obwohl sie sonst kaum ein Ende fand. Ich holte sogar die Messer heraus, um sie zu schärfen, und auch den kleinen Stein, den die Wohnungsgesellschaft extra dafür bereitgelegt hatte. Rrratsch. Ein fabelhaftes Geräusch! Das Messer wurde durch den Stein immer schärfer und schärfer. Zirpende Grillen leisteten mir in der Wohnung Gesellschaft, na ja, ein wenig klang es so. Wie Musik! Rrratsch, rrratsch, rrratsch.

Ganz früh am Morgen lief ich zu dem kleinen Laden an der Ecke. Als er öffnete, stand ich schon vor der Tür. Ich schnappte mir Eier und Kaffee, Speck, Brot, Croissants, Marmelade von Walderdbeeren. Ich machte Frühstück und deckte den Tisch mit Tassen, Schälchen, Tellern, gefalteten Servietten unter den Gabeln. Funkelnde Gläser für Saft standen an genau der richtigen Stelle. In diesem Moment war ich überglücklich, ich fühlte mich, als hätte ich tausend perfekte Frühstückstische auf einmal hergerichtet.

M wurde wach, duschte und setzte sich mit B und E an den Tisch. Er lächelte, als E ihre Tiere rund um ihren Teller aufstellte, damit sie ihr beim Essen zusehen konnten. Mit den Fingern strich er durch Bs seidige Haarsträhnen. Manchmal sah er auch mich an. Wir alle lächelten.

Dann schob M sich vom Tisch zurück. Er stand auf und stellte seinen Teller mit dem Besteck in die Spüle. Ich muss zur Arbeit, sagte er. Natürlich, antwortete ich. Hab einen schönen Tag. Heute Abend bin ich wieder da, sagte er. Ich komme rechtzeitig zum Abendessen. In Ordnung, sagte ich, das ist schön, und sofort verspürte ich den Drang, etwas ganz Wunderbares zu kochen, vielleicht Bœuf Bourguignon, wofür man eine Flasche Wein öffnet und einfach alles in einen Topf gibt, etwas Extravagantes, Außergewöhnliches, um ihn zu überraschen. Und gleichzeitig wollte ich alle Töpfe auf den Boden auskippen und ihn anschreien: Wer soll das Essen kochen, du sagst mir jetzt, dass du essen willst. Wer soll das kochen? Er gab mir einen Kuss auf die Wange. Er nahm seinen Aktenkoffer. Er ging zur Arbeit. Meine Mutter hat immer gesagt, man könne sich dafür entscheiden, glücklich zu sein, nur muss man sich manchmal ganz fest an das Glück klammern und die Entscheidung immer wieder neu treffen.

TEIL ZWEI

Januar

Die Besuchszeit ist von zwei bis vier. So steht es auf dem Schild. Dem, das Sie gerade eingesprüht haben und jetzt abwischen. Sie können es wegen des Tuchs nicht sehen, aber so steht es da. Falls Sie es nicht wussten. Falls Sie es eingesprüht und abgewischt haben, ohne es richtig anzusehen. Was verständlich wäre! Trotzdem, so steht es da: 14 bis 16 Uhr: Besuchszeit.

Ich frage mich nur, warum es hier hängt. Hier drinnen bei mir, meine ich. Ich bin nicht zu Besuch hier. Steht draußen dasselbe? Irgendwo draußen? Gibt es für die Leute draußen, die Besucher, meine ich, auch so ein Schild? Falls nicht, woher wissen sie dann, wann sie kommen können?

Könnten Sie mir mal das Wasserglas geben? Ich bin halb verdurstet. Und ich würde es mir ja selbst holen, aber wie soll ich sagen, mir sind gerade die Hände gebunden. Ha!
Die Hände gebunden, verstehen Sie?

Eine Minute? Okay, danke.

Mein Mund wird immer so trocken.

Heute wollen sie mir die Haare waschen, vielleicht auch schneiden. Gut, sage ich. Gut, großartig. Schneiden Sie alles ab. Rasieren Sie alles weg.

Sie kommen in mein Zimmer, um mir die Haare zu machen. Ich fühle mich dann wie eine feine Dame, wissen Sie? Wenn so viele Leute zu mir kommen.

Ich hoffe, es stört Sie nicht, wenn ich rede. Die anderen haben gesagt, ich soll. Reden, meine ich. Und ich habe gefragt: Worüber denn?

Und wie sie so sind, haben sie gefragt: Ja, worüber?

Da habe ich sie angeschrien, und das hätte ich nicht machen sollen, das ist mir jetzt auch klar. Das war nicht hilfreich, es war falsch. Kontraproduktiv. Das weiß ich. Und sie hatten recht! Sie haben das Richtige gemacht. Nichts, was sie nicht hätten tun sollen. Oder wieder tun sollten, wenn es nötig wird.

Das verstehe ich jetzt. Dass es hilfreicher ist, ruhig und still und brav zu sein, meine ich. Ich verstehe es!

Aber mal ganz unter uns, manchmal habe ich das Gefühl, mir läge ein Stein auf der Brust. So richtig. Ein echter Stein, direkt auf den Knochen, und er zerquetscht mich. Einer von diesen großer Felsbrocken, die man manchmal am Strand sieht. Wissen Sie, was ich meine? Diese großen, grauen Steine, die nach Salz schmecken würden, wenn man an ihnen leckte? Egal, das Entscheidende ist, dass dieser salzige Stein groß ist. So groß, dass man ihn nicht bewegen kann. Ich zumindest nicht. Werde ich nie können.

Manchmal ist der Stein auch in mir. Hinten in meinem Mund ist Grus, ich kann ihn schmecken. Ich weiß nur nicht, ob er von dem Stein kommt, dem Stein in mir, oder von meinen eigenen Zähnen, die sich selbst zu Pulver zermahlen. Es könnte beides sein. Und ich stecke mittendrin, eingezwängt zwischen beiden Steinen.

Ja. Tut mir leid. Nein. Ich bin ganz ruhig. Sie müssen niemanden rufen. Das ist wirklich nicht nötig. Ich bin ganz ruhig. Ich wollte nur sagen, dass ich mit den anderen irgendwie nicht reden kann. Mit Ihnen schon. Ich hoffe, Sie haben nichts dagegen. Wenn wir schon zusammen hier sein müssen, ist es doch besser so. Es ist besser als völlige Stille. Können wir rauchen? Haben Sie eine Zigarette für mich? Ich bin nicht wählerisch, ich rauche alles.

Schon gut, war nicht ernst gemeint. Ja, ich weiß. Mir ist klar, wer Sie sind, wer ich bin. Das verstehe ich. Ich wollte Ihnen nicht zu nahe treten. Es gibt Grenzen, und Grenzen sind wichtig! Das weiß ich. Sie können den anderen ruhig erzählen, was ich sage. Wenn Sie das machen müssen, verstehe ich es. Ich will nur nicht direkt mit denen reden, wissen Sie? Können Sie das nachvollziehen?

Wir haben so viel Zeit! Haben Sie das auch schon gemerkt? Hier hat man unheimlich viel Zeit! Als würde sie in den Wänden wachsen. Als würde sie keimen und sprießen und sich ausbreiten und immer weiter keimen. Wie Schimmel. Die Minuten sickern träge wie Sporen in den Tag, glitschig und orange, und auf mir lastet dieses Gewicht. Genau hier, auf der Brust. Wie ein Stein. Wie ein echter Stein.

***

Gefällt Ihnen meine Frisur? Ich kann sie nicht selbst sehen. Nicht richtig. Es geht nur, wenn ich die Augen halb schließe, so wie jetzt, und mich im Fenster ansehe, wenn das Licht gerade richtig ist. Aber es fühlt sich großartig an. Die Frau, die hier war und mir die Haare gewaschen hat, hat das wunderbar gemacht.

Sie sollten besser auf sich achten, hat sie gesagt, als sie mir die Haare vorher gebürstet hat. Wirklich!

Wenn sie einen netten Tag haben, die Ärzte, meine ich, sagen sie bei der Therapie manchmal: Kommen Sie zur Ruhe, atmen Sie bewusst, stellen Sie sich vor, Sie wären im Wald. Schließen Sie die Augen, sagen Sie, und stellen Sie sich vor, sie würden im Wald spazieren gehen. Stellen Sie sich den Boden unter Ihren Füßen vor. Sie gehen weiter und sehen zwei Bäume, sagen sie, die größten, die Sie je gesehen haben. Die Bäume sind so groß, dass Sie ihre Wipfel nicht sehen können, und die Stämme liegen versteckt hinter den Ästen. Sie bohren sich tief in die Brust des Himmels hinein, diese beiden

Bäume. Wie Speere. Stellen Sie sich den Wald als ein ganzes Feld aus Speeren vor, aus hohen, spitzen Speeren, die absolut alles durchdringen können, alles, was Sie jemals …

Nein. Das war ein Witz. Natürlich sagen sie das nicht. Das mit den Bäumen schon. Den beiden großen Bäumen. Aber dann fragen sie nur, was ich sehe, wenn ich mich zwischen die Bäume stelle, zwischen die beiden großen Bäume im Wald. Das wollen sie wissen. Aber es klappt nicht, ich sehe es nicht. Den Wald. Die beiden Bäume.

Bei ihr hat es geklappt. Bei der Frau, die mir die Haare gebürstet hat. Ganz kurz konnte ich sie sehen. Zwei große Bäume mit Raum dazwischen und Raum dahinter.

Ich will Sie nicht aufhalten. Ich versuche, mich zurückzuhalten, versprochen! Aber ich habe über etwas nachgedacht. Sie hat mich berührt, als sie fertig war, die Frau, die mir die Haare gebürstet hat. Hier hat sie mich berührt, direkt hinter dem Ohr, mit zwei Fingern. Ich will nur sagen, dass es sich wie ein Geschenk angefühlt hat. Als hätte sie es nicht machen müssen. Als hätte es nicht sein müssen, und sie hätte es trotzdem gemacht. Darüber habe ich nachgedacht.

6

Seit M wieder zu Hause war, wurden die Tage erneut zu Stunden, zu Minuten. Morgens blieb mir gerade genug Zeit, um zum Laden zu laufen und einzukaufen, während M und E und B noch schliefen. Gerade genug, wenn ich alles richtig machte und nicht zu lange überlegte.

Wenn alles erledigt war, konnten wir kurz zusammen am Tisch sitzen und uns anlächeln, bevor M gehen musste. Dann putzen. Waschen, Staub wischen, auf den Knien mit einem feuchten Lappen in alle Ecken gehen. Alles ordentlich und wo es hingehörte, sogar ich selbst.

Ich musste ziemlich streng mit mir sein. Hatte Regeln aufzustellen und mich an sie zu halten. Musste den Plan befolgen, damit ich keinen Fehler beging. Wenn man abwich, wusste man schließlich nie, wo man landen würde. Alles musste immer zügig und in der richtigen Reihenfolge erledigt werden. Blieb Wäsche zu lange im Trockner, wurde sie knittrig, und dann war sie verloren, genau wie Lebensmittel, die auf der Küchentheke lagen, und ließ man zu, dass sich irgendwo Staub ansammelte, lockte er nur noch mehr Staub an und vermehrte sich. Ich kaufte eine Flasche Leinöl und rieb den Holzboden des Gästezimmers damit ein, massierte das Parkett mit einem kleinen Stofftuch, bis es schimmerte. Das ganze Zimmer glänzte, als ich fertig war. Die Arbeit zahlte sich aus, sie war befriedigend. Es warteten immer neue Aufgaben.

Auch nachts, wenn ich mich zu M legte, ganz dicht neben ihn, und wenn ich aufsprang. Zack! Sofort, wenn B weinte oder E weinte und ich gebraucht wurde.

Nachmittags gingen wir immer noch in den Park, aber wir konnten nicht lange bleiben und packten unsere Sachen mit den anderen vielbeschäftigten Müttern zusammen, die nach Hause eilen und ihren Männern das Essen kochen mussten. Die ihre Kinder waschen und ins Bett bringen mussten. Jede von uns war fleißig und geschäftig. Es gab so vieles, das erledigt werden musste. Unzählige von Pflichten erfüllte Stunden. Niemand war je ohne Aufgabe. Wir waren alle so erleichtert, beschäftigt zu sein.

Nur Nell beeilte sich nicht, den Park mit mir und den anderen Müttern zu verlassen. Sie wurde nie schroff oder hektisch, schnalzte nicht mit der Zunge und sah nicht auf ihre Uhr, sie hatte es überhaupt nicht eilig zu gehen. Ich beneidete sie darum, wie sie auf ihrer Picknickdecke lag, zwischen ihr Baby und ihren größeren Sohn gekuschelt. Ich war neidisch, hätte mir meine Aufgaben aber auch um keinen Preis nehmen lassen. Natürlich hätte ich mich neben sie in den Park legen und mit B spielen können. Geh spielen, hätte ich E auffordern können. Wir haben den ganzen Tag Zeit. Tut mir leid, hätte ich zu M sagen können, wenn er nach Hause kam, ich habe nichts gekocht. Das wäre eine Möglichkeit gewesen. Na gut, hätte er gesagt, in Ordnung, aber das wollte ich nicht. Ich wollte nicht, dass er das sagt, und er hätte es getan. Also lief ich immer schnell nach

Hause und kochte, damit ein hübsches Abendessen auf M wartete, auch wenn er nie viel aß.

Morgens brach M jetzt früher zur Arbeit auf. Zu früh, um ihm Frühstück zu machen. Zu früh, um uns mit den Kindern an den kleinen Küchentisch zu setzen. Bei der Arbeit gab es Probleme, es lief nicht gut. Vielleicht lief es auch hervorragend. Jedenfalls musste M immer früher dort sein und auch länger bleiben. Er wurde immer mehr gebraucht. Zumindest hatte er das Gefühl. Zumindest behauptete er das. Ich begriff das alles nicht, und es war mir so peinlich, dass ich nicht nachfragte. Wenn er fort war, legte ich mich auf seine Betthälfte, für einen Moment mit dem Kopf auf dem Kissen, auf dem er gelegen hatte.

Ich kochte jeden Abend, aber manchmal sah ich dabei Nell vor mir, während ich kochte, meine ich, und ich fragte mich, was sie gerade tat. Vielleicht lag sie den ganzen Nachmittag lang in der Sonne. Manchmal dachte ich auch an Aurelie und stellte mir eine Küche voller Blumensträuße vor. Eine Küche ohne Töpfe und Teller, nur mit Blumen.

Ich machte Nudelsauce aus Tomaten, die so reif und prallvoll mit Saft waren, dass es wie eine Erlösung wirkte, sie aufzuschneiden, als würde ich ihnen Erleichterung verschaffen. Meine Messer waren so scharf, dass sie glatt durch die Haut der Tomaten, der Auberginen, Beeren und Weintrauben glitt. Ich hätte mir mit ihnen die Arme rasieren können.

Ich machte Salate mit Olivenöl und großen Salzflocken, wie wir sie mögen. Abends saßen wir in der Wohnung am Esstisch und warteten sehnsüchtig auf M. Egal, wie lange es dauerte.

In Spanien käme niemand auf die Idee, vor zehn Uhr abends zu essen. Wir waren so fröhlich, E und B und ich, wenn wir uns vorstellten, wir wären auch so. Wir sind schon richtige Europäer, sagte ich zu ihnen und zum leeren Raum, während die Stunden verstrichen. Während das Essen kalt wurde. Es war immer eine wahre Freude, wenn er den Abend zu Hause verbrachte, wenn wir als Familie zusammen aßen, Dinge, die so wichtig waren und überall empfohlen wurden. In den Schultern, gleich unter den Knochen, spürte ich eine Leichtigkeit, die mich durch die Woche trug. Es machte mir nichts aus, um Mitternacht das Geschirr zu spülen. Kein bisschen. Ich fragte mich, ob Nell auch spülte, ob Aurelie es tat und wie sie sich so oder so dabei fühlten.

Ich fing an, nachts hinauszugehen. Nur, wenn M zu Hause war. Nur, wenn er schlief. Ich sagte mir, wir bräuchten dieses oder jenes, einen Schwamm vielleicht oder Spülmittel, auch wenn ich wusste, dass der Laden an der Ecke längst geschlossen hatte. Ich sagte mir, vielleicht hat er heute Nacht, genau jetzt, doch geöffnet. Oder ich sagte: Ich bringe den Müll raus. Ich sprach leise, flüsternd, wohl nur zu mir und der Wohnung, trotzdem sagte ich es, um überhaupt etwas zu sagen.

Ich machte mich schick, bevor ich ging, zum Beispiel zog ich einen Rock an oder steckte die schweren Ohrringe an, die ich bei unserer Hochzeit getragen hatte, irgendetwas Besonderes, und statt den Müll hinauszubringen oder im Schaufenster Schwämme zu betrachten, setzte ich mich vor das Café gegenüber, bestellte einen Kaffee und tat, als würde ich rauchen.

Vielleicht ging ich dorthin, weil die alte Frau mit dem langen violetten Mantel auch dort war. Ich kenne dich, dachte ich, und vielleicht kannte ich sie wirklich. Ich sah richtig vor mir, wie sie sich zu Hause vor ihrem Badezimmerspiegel die Haare hochsteckte, sah den Haken, an den sie ihren violetten Mantel hängte, die Schublade voll aufgerollter Nylonstrümpfe in ihrer Kommode. Vielleicht kannte sie mich auch und konnte den knittrigen Beutel vor sich sehen, in dem ich mein Rouge aufbewahrte, und das alte, verklumpte Puder, und dass ich all das trotzdem trug, das Rouge, den Rock, die Ohrringe, um allein im Café gegenüber meiner Wohnung zu sitzen und die heruntergelassene Jalousie vor meinem Wohnzimmerfenster zu betrachten.

In Wahrheit ging ich wahrscheinlich dorthin, weil ich einmal abends beim Putzen durch das Fenster gesehen hatte, dass Nell allein an dem Café vorbeigegangen war. Zumindest glaubte ich, dass es Nell war. Es war gut möglich, dass sie die Frau war, die ich gesehen hatte, und sie war allein am Fester vorbeigelaufen, beinahe vorbeigestolpert, könnte man sagen, und ich hatte *Oh* gesagt und meinen Lappen und das Putzspray weggelegt. Fast hätte ich das Fenster geöffnet und gerufen: Warten Sie, ich helfe Ihnen, aber sie war natürlich längst verschwunden.

7

Am Samstag ging M mit uns an den See, und wir fuhren mit einem der gelben Wassertaxis. Wir hatten uns zurechtgemacht wie für ein Familienfoto. E hatte ich ein weißes Kleid angezogen und die feinen blonden Haare geflochten, erst die eine Seite, dann die andere. B lag in einem blauen Strampler in seinem Kinderwagen. Mit einem angeleckten Finger strich ich seine Haare glatt. Ich trug ein Kleid, das ich nach Genf mitgebracht hatte, ich hatte es vor unserem Umzug in letzter Minute gekauft, als wir unsere Sachen entweder weggegeben oder in Kartons verstaut und das Haus verkauft hatten.

Normalerweise trug ich keine Kleider. Dieses Kleid hatte ich für jemand anderen gekauft, für einen neuen Menschen, der ich noch nicht war. Es war für einen Menschen, der an einem Ort lebte, den ich noch nie gesehen hatte, und jetzt lebte ich an diesem Ort. Dieser neue Mensch musste ich erst noch werden, schätze ich, weil das Kleid sich sträubte. Es zwängte mich ein und zwickte mich. Wenn ich es trug, lenkte es meine Bewegungen. Bevor ich die Wohnung verließ, zögerte ich. Ich überlegte, mich umzuziehen, aber B fing an zu weinen. Ich hatte keine Zeit mehr.

Der See war wunderschön, überall strahlten die weißen

Segel von Booten, mit denen Menschen fuhren, die in jedem Licht gut aussahen, Menschen, die vielleicht nicht einmal ein Boot gebraucht hätten, um den See zu überqueren. Menschen, die Champagner in Picknickkörbe legten und ihn später immer noch kalt trinken konnten. E winkte diesen Menschen vom Ufer aus zu, einige winkten von ihren Booten zurück, alle waren bester Dinge. M lächelte mich an, als er E an diesem neuen Ort weit weg von zu Hause in ihrem weißen Kleid beobachtete, und eine Weile lang lächelten wir nur und wurden angelächelt.

Wir kauften E ein Eis mit zwei Kugeln, die auf einem Waffelhörnchen balancierten. Der See war so klar, dass wir beobachten konnten, wie die Vögel bis zum Grund tauchten und mit ihren Schnäbeln zwischen den Steinen scharrten. Unter Wasser paddelten sie mit ihren Füßen, und wir konnten alles sehen. Nichts blieb uns verborgen.

Die Sonne brannte vom Himmel. Ich wusste, dass ich bald schwitzen würde, dass es nur noch Minuten oder sogar Sekunden dauern konnte, bis sich scheußliche Flecken auf meinem Kleid abzeichnen würden. Offenbar war das Kleid wirklich nicht für mich bestimmt. Die verräterischen Flecken würden sich unter meinen Armen ausbreiten und über den Rücken ziehen.

Wir sahen andere Familien, die wie wir Hand in Hand spazieren gingen. Wir lächelten Kindern mit klebrigen Wangen zu, die zwischen den weißen Felsen am Strand herumtollten. Bei den Babys, die in allerhand Gefährten an uns vorüberkutschiert wurden, säuselten wir verzückt. Es wurde immer heißer. Die Hitze fühlte sich an wie eine Hand, die sich fest auf meinen Mund presste.

Frauen schwebten in wallenden Kleidern an mir vorbei. In ihrer heiteren Gelassenheit erinnerten sie an lichtdurchflutete Quallen. Ich durfte nicht in der Sonne bleiben. Ich brauchte Schatten, Eis, die Dunkelheit unserer Wohnung. M lief mit E weiter und zeigte auf die Vögel. Über meinem Nasenrücken flackerten Kopfschmerzen auf. Wir stellten uns beim Bootsverleih an. Wir würden den ganzen Tag am See verbringen, egal, wie es uns ging.

Abends besuchten wir eine Pizzeria in der Altstadt. An den kleinen Tischen und auch zwischen ihnen wimmelte es so von Menschen, dass der Kellner uns kaum entdecken konnte. Wir mussten lange warten. E malte, und M und ich lobten sie für ihre schönen Bilder, für dieses und jenes Detail.

Als der Kellner kam, bestellte M eine Flasche Wein, eine gute Sorte aus einer Region in Italien, die wir jetzt irgendwann besuchen konnten, weil wir in der Nähe lebten. Das war uns bewusst, als wir den Wein tranken, und wir lächelten E und B an und auch einander. Als ein Mann mit einem Dutzend Rosen in Folie an unseren Tisch kam und M fragte, ob er welche für »die hübschen Damen« kaufen wolle, antwortete M in perfektem Französisch Ja, auf jeden Fall wolle er das, und kaufte alle. M und ich lachten und legten die Rosen so übereinander, dass der Kellner zwischen ihnen Platz für unsere Teller finden musste, als er das Essen brachte. Wieder lachten wir und sahen uns an und wussten, dass wir uns glücklich schätzen konnten, weil wir gerade einen so wunderbaren Moment erlebten.

Ich bin nicht sicher, ob es daran lag, dass meine Pizza stark gewürzt war. Vielleicht war meine Pizza misslungen und Ms richtig, wir hatten nämlich beide die gleiche Sorte bestellt, die Spezialität des Hauses, aber ich erstickte fast beim Essen. Meine Augen brannten und tränten, und ich lachte immer wieder und wischte mir die Tränen mit meiner Serviette ab und trank noch mehr Wein. Je mehr ich ein Stück von der Pizza abbeißen wollte, desto schwerer fiel es mir, sie überhaupt an den Mund zu führen. Da saß ich mit den vielen Rosen am Tisch und roch vor allem die Chilis oder den Käse oder was auch immer dazu führte, dass meine Augen tränten und ich schwitzte und mir das Gesicht abtupfen musste, bis die Serviette nass und kaputt war. Ich lachte, klaute E ihre Serviette und verzog das Gesicht, als wollte ich sagen: Ich weiß auch nicht. Am Ende ließ ich die Pizza fast unangetastet liegen, der Käse wurde kalt und hart und scheußlich an den Rändern. Ist etwas nicht in Ordnung?, fragte M. Sein Teller war leer. Natürlich hatte ihm die Pizza hervorragend geschmeckt, natürlich war sie großartig und perfekt gewesen, und ich kam mir dumm vor und konnte nicht antworten.

Auf dem Weg zur Straßenbahnhaltestelle breiteten wir die Rosen in Bs Kinderwagen aus. Ich trug den schlafenden, schlaffen B auf dem Arm. E rannte neben uns her, M schob den Kinderwagen, und an den Tischen blickten die Leute von ihrem klappernden Besteck auf und lächelten, wie man es tut, wenn alles wunderbar ist, wenn jeder einen Lippenstift gefunden hat, der ihm sehr gefällt, und die Momente wie fotografiert wirken, als wären sie zu Augenblicken zerschnitten und für später aufgehoben, um sie zu betrachten und anderen zu zeigen. Zu Hause in der Wohnung brachte ich E und B direkt ins Bett, M und ich nahmen die Rosen aus der Folie und stellten sie in eine Vase, und ich gab ihnen Wasser.

Ich hatte viel Wein getrunken, ohne es richtig zu merken, und ja auch weniger gegessen, als ich wollte, und jetzt spürte ich es. Vom Alkohol schwankte und wankte alles, als stünde ich auf einem Schiffsdeck. Ich stolperte leicht. M legte mir eine Hand auf den Rücken, ich lehnte mich an ihn und küsste seinen Hals, und plötzlich hätte ich nicht mehr sagen können, ob das alles choreographiert war. Wie ich mich an ihn drängte, wie ich das Kleid von der Schulter gleiten ließ. Wir hatten das schon so oft getan, dass ich nicht unterscheiden konnte. Lust oder Gewohnheit, Begierde oder etwas anderes, vielleicht Routine. Meine Finger hier, seine dort.

Er küsst mich zweimal, ich erwidere den Kuss. Eins. Er schlingt die Arme um mich. Zwei. Er beugt sich herunter und küsst meinen Hals. Drei. Gleich werden wir zum Bett gehen. M wird es vorschlagen. Sollen wir zum Bett gehen?, wird er fragen. Dann verlassen wir die Küche, ich schiebe dieses Kleid, das ich schon lange ausziehen wollte, auch von der anderen Schulter, es gleitet zu Boden, und wir lassen uns aufs Bett fallen und versuchen möglichst leise, etwas von dem anderen zu finden. Wir nutzen die Gelegenheit, so gut es geht, ohne E, B, die Nachbarn zu wecken. Sogar dabei müssen wir umsichtig und beherrscht bleiben. Sogar jetzt müssen wir auf das richtige Vorgehen achten.

Nur hielt M stattdessen inne und löste seine Finger, seine Lippen so plötzlich von meiner Haut, dass ich zitterte, so kalt wurde mir. Ich habe eine Überraschung für dich, sagte er. Ich riss wohl die Augen auf, vielleicht wirkte ich gierig, denn er lachte, um den Moment aufzulockern. Es ist gar nichts, sagte er, nur eine Kleinigkeit, die ich in Rom für dich gefunden habe. Und, na ja, ich wollte sie dir sofort geben, als ich zurückgekommen bin, aber … Er verstummte, sah mich nur an.

Aber was?, fragte ich. Ich hatte das Gefühl, der Moment entwickle eine gewisse, nun ja, Schärfe. Wie eine Wendung oder vielleicht ein Bruch. Es schien um etwas ganz anderes zu gehen. Plötzlich fühlte ich mich unter Ms Blick unwohl.

Es war nur … Wieder zögerte er, er dehnte die Worte, zog sie in die Länge. Die Sache heute Abend im Restaurant, fuhr er fort.

Und als ich zurückkam. Von meiner Reise, meine ich. Ich weiß auch nicht.

Schlag vor, ins Bett zu gehen, dachte ich, jetzt sofort. Mir wurde immer heißer, und ich hoffte, er würde dieses Thema nicht weiter verfolgen. Wir standen immer noch in der Küche. Schlag vor, ins Bett zu gehen, drängte ich, ohne mich zu rühren, ohne die Lippen zu bewegen.

Irgendwas war nicht in Ordnung, oder?, fragte M. Ich konnte es richtig spüren, als ich zurückgekommen bin. Die Luft in der Wohnung war so, ich weiß nicht, abgestanden. Was ist passiert, als ich weg war?

Ich atmete tief ein. Ich wehrte die Erinnerung daran ab, wie meine Hände in dieser Zeit gezittert hatten, an das Gefühl, durch die Wohnung zu fliegen und gleichzeitig zu fallen, die Erinnerung daran, dass ich mir nicht die Zähne putzen konnte. Geh mit mir ins Bett, hätte ich ihn am liebsten angeschrien.

Als ich nicht antwortete, sagte M: Tut mir leid. Ich weiß nicht, was ich gedacht habe. Er umarmte mich, küsste mich auf die Schulter und schob den Träger meines Kleids wieder hoch. Ich habe ja noch das Geschenk. Warte kurz, sagte er und ließ mich in der Küche allein, verwirrt und um Atem ringend.

M kam mit einem langen Trenchcoat zurück, den er auf den Armen trug wie eine ohnmächtige Frau oder eine Braut. Er war wunderschön, weich, kamelhaarfarben, mit breitem Revers. Zwei Reihen Knöpfe riefen regelrecht danach, berührt, geschlossen, geöffnet zu werden. Die Taille des Mantels würde meine Taille perfekt umschließen.

Mein Knöchel knickte weg, als ich den Mantel sah. So beeindruckend war er. In einem solchen Mantel hätte ich jede sein können. Er war märchenhaft. Wäre ich ein Armvoll Heu gewesen, hätte dieser Mantel mich zu Gold spinnen können. Ich wäre fast gefallen, konnte mich aber an der Küchentheke festhalten. Einen Moment lang nahmen die Glasvase und ich denselben Raum ein, ich hatte all die Rosen direkt vor mir, und es war nicht klar, wer von uns fallen würde. Ich konnte mich fangen, die Vase rutschte von der Theke und zerbrach auf dem Boden in tausend Teile. Wasser, Rosen, Glas. Eine winzige Flut. Die kleinen Glassplitter verteilten sich in der gesamten Küche. Splitter, die sich in Es Füße, Bs Hände, in ihre zarte, weiche Haut bohren konnten.

M brachte den Mantel hinaus und hängte ihn auf, und ich ging in die Knie, putzte, wischte, machte sauber. Es musste für Ordnung gesorgt werden. M half ein wenig, bis er sagte, er müsse früh arbeiten, und schlafen ging. Er sagte:

Hör auf zu putzen, es ist gut so. Sagte: Hör auf. Komm ins Bett. Ich blieb in der Küche, ich musste sicher sein, dass alles sauber war und seine Ordnung hatte. Als ich fertig war, zog ich endlich, endlich das Kleid aus und warf es in den Müllbeutel zu dem Glas und den Rosen. Sanft gewellt wie dunkles Wasser im Mondlicht glitt der teure Stoff in den Beutel und legte sich unter den schwarzen Plastikhimmel und die glitzernden, zersplitterten Glassterne.

Ich zog das Band straff und knotete den Beutel fest zu. Zu einem alten T-Shirt und einer Jogginghose zog ich die wunderbaren Lederslipper an, die M zur Arbeit trug. Ich schnappte mir den Beutel und ging hinaus. Es war besser, wenn alles erledigt, weggeräumt, entsorgt war und man morgens ohne Spuren des vorherigen Tags aufwachte.

Auf dem Weg zu den Mülltonnen lief ich leise auf den dicken Sohlen von Ms herrlichen Schuhen an dem Schild vorbei, das verbot, nach neun Uhr abends Müll zu entsorgen. Ich öffnete die Mülltonne und warf den Beutel hinein. Alles war erstaunlich still. Überall in den großen Betonbauten um mich herum waren Familien. Kinder, Hunde, Katzen, Waschmaschinen, ganz verschiedene Leben in Kästen mit ein, zwei, drei Schlafzimmern gestopft, und trotzdem waren nach zehn Uhr abends alle auf die gleiche Art still. Genau, wie alle auf die gleiche Art entweder tot waren oder es sein würden, dachte ich. Wenn wir still sind, sind wir tot!, hätte ich schreien können, aber ich tat es nicht.

Hinter mir raschelte etwas, und ich drehte mich schnell um. Neben dem Altpapier hinter den Mülltonnen kauerte die Frau aus dem Café. Sie hockte inmitten von Abfall, öffnete Kartons und strich über die Innenseiten. Mit einer

Hand zog sie ein Stück Pizzarand aus einem feucht aussehenden Karton und aß, während sie mit der anderen weitere Kartons durchsuchte. Aus ihrem Ärmel rutschte eine Streichholzschachtel, sie hob sie sofort auf und steckte sie in ihre Manteltasche. Sie schnappte sich Brocken von einem Sandwich, wie es aussah, aus einer kleinen Schachtel auf dem Boden, und stopfte sie auch in ihre Tasche. Nachdem sie den Pizzarand gegessen hatte, knibbelte sie etwas aus einer anderen Schachtel ab, vielleicht Käse. Sie leckte sich die Finger ab und fuhr sich mit den Fingernägeln über das Zahnfleisch. Plötzlich blickte sie auf und lächelte mich an, einen Finger noch im Mund. Ich konnte ihren Atem riechen, die Reste zwischen ihren Zähnen, ihr faulig feuchtes Zahnfleisch. Ich war fassungslos und wie erstarrt, es hatte mir den Atem verschlagen.

Ich taumelte rückwärts und stieß gegen die Mülltonne hinter mir. Es grollte wie ein Schneeberg, der sich in den Alpen gelöst hat. Eine Lawine. Ein Geräusch, das von Unheil kündet. In einer Wohnung hinter mir ging das Licht an. Falls mich jemand sah, konnte ich gemeldet, gebrandmarkt werden. Ich sprang zur Seite in den Schatten, auf den sorgsam gepflegten Rasen, den man nicht betreten durfte. Der Concierge hatte ein Schild aufgestellt, das mit schlimmen Strafen drohte, wenn man den Betonweg verließ. Einer von Ms herrlichen Slippern versank in einem frischen Hundehaufen.

Ich lief über den Rasen, über den man nicht laufen sollte. Auf dem sicheren überdachten Gehweg, der zurück zur Wohnung führte, drehte ich mich um und sah, dass die Frau im violetten Mantel mich beobachtete. Sie hockte im

Licht der Straße, das die Falten ihres Mantels betonte, und hatte sich nicht gerührt. Noch als ich zusah, zog sie ein weiteres Stück Pizzarand aus einer Schachtel und aß. Ich lief zurück zur Wohnung, verschloss die Tür und brachte meinen keuchenden Atem unter Kontrolle. Ich würde der Wohnungsgesellschaft von der Vase berichten müssen.

8

M war fort, als ich aufwachte. Ich hatte geschlafen, als hätte jemand eine Mauer über mir zusammenbrechen lassen. Als hätte ich noch nie geschlafen und würde nie wieder aufwachen. Ich wurde wach und war ein anderer Mensch, jemand, der auf jeden Fall den Tag überstehen konnte, der sich um B und E kümmern und stundenlang fröhlich lächelnd neben der Pumpe sitzen konnte und keinen Moment, nicht einmal eine Sekunde lang schreiend weglaufen wollte, egal, wo ich war und was ich tat. Ich hatte die ganze Nacht neben M geschlafen. Ich überlegte, ob wir uns berührt hatten, ob wir uns zu irgendeiner Stunde angenähert hatten, ob er sein Bein über meines geschoben hatte oder umgekehrt. Es wäre doch möglich gewesen.

Auf meinem Nachttisch lag ein Zettel, aber die Tinte war verschmiert. Möglicherweise stand dort: Komme spät nach Hause. Oder: Ich liebe dich so wie immer, ganz egal, was passiert. Dort konnte auch stehen: Schuhe? Oder: Was soll der Scheiß? Alles war möglich. Ich hätte ihn anrufen und fragen können, aber er saß den ganzen Tag in Meetings, und ich wollte ihn nicht stören. Außerdem hatte ich seine Schuhe ruiniert. Und zwar gründlich. Der Tag, der echte Tag, der mich erwartete, und nicht meine Wunschvorstellung, begann auf mir zu lasten wie ein großer, unnatürlich schwerer Vogel, der auf meinen Schultern gelandet war.

Die Wohnung roch nach Hundekacke. Ich öffnete das Wohnzimmerfenster und sah, wie der Concierge einer Reihe brauner Schuhabdrücke auf dem Gehweg zu Leibe rückte. Er hatte dampfend heißes Wasser, eimerweise Lappen, ausziehbare Stiele und Schrubber in verschiedenen Größen aufgefahren, das volle Programm. Wenn er putzend den Fußabdrücken folgte, würden sie den Weg entlang, ins Haus und direkt zu unserer Tür führen. Ich würde es nicht abstreiten können.

Ich konnte die Wohnung nicht verlassen. Wir mussten uns den ganzen Tag hier verstecken, wo uns niemand fand. Ich bekam kaum noch Luft. Der Geruch war wirklich furchtbar, er setzte sich in alle Fasern und Stoffe, in die Bettwäsche, in die Gardinen. Wie konnte ich das im Schlaf vergessen?

Vielleicht konnte man aus wenig Raum eine neue Welt erschaffen, eine ganze Welt aus etwas Kleinerem. Vielleicht konnte man eine Welt erschaffen, die nicht so sehr mit anderem verbunden war. Die Wohnung könnte zu einem Meteor werden: rasend schnell und unangreifbar. Ich ließ die Alujalousien herunter und sperrte den Concierge aus. Nur ein Wimpernschlag, und er war ausgeblendet.

In der Wohnung war es jetzt dunkel, aber gemütlich. Wie in einer Höhle. Wir könnten den ganzen Morgen so tun, als wären wir Bären. E würde begeistert sein, so könnten wir herrliche Stunden verbringen, wir könnten uns anknurren und mit unseren mächtigen Pfoten über das gemietete Sofa scharren. Ich könnte ganz breit lächeln, so breit, bis es mir fast das Gesicht zerriss, bis man das Weiße in meinen Augen sah, und es wäre in Ordnung, weil es zum Spiel gehören würde. Wenn E keine Lust mehr hatte, Bär zu spielen, würde ich rufen: Jetzt sind wir unter Wasser, wir sind geheimnisvolle Wasserwesen.

Zum Frühstück gab es Bananen mit ersten braunen Flecken und Milch. Ich kochte Kaffee und übte Französisch, während ich darauf wartete, dass B und E wach wurden. Schlaf erfüllte die Wohnung wie ein Zauberspruch. Leises Atmen, der Schweiß träumender Kinder. Vielleicht würde eine Rosenhecke emporwuchern und mich vor dem Concierge beschützen. Vielleicht würde niemand an unsere Tür klopfen. Wir konnten in der Wohnung bleiben und hundert Jahre lang schlafen. Wir würden niemals unglücklich sein. Malheur. Malheureux. Malheureuse.

Ich ging ins Bad, um zu duschen, und ließ meine Kaffeetasse halb voll auf dem Tisch stehen. Für eine Mutter war so etwas natürlich gefährlich und furchtbar. Ein heißes Getränk auf dem Tisch, Dampf, der sich wie eine Schlange windet, der die kleinen Hände schlaftrunkener Kinder magisch anzieht. Trotzdem ließ ich die Tasse stehen und bereute es gleichzeitig. In Gedanken rechtfertigte ich mich schon, vielleicht der Polizei gegenüber. Solche hypothetischen Erklärungen gingen mir oft, im Grunde sogar ständig, durch den Kopf. Ich übte für die Katastrophe, für den Moment nach der Katastrophe. Stellte mir vor, was ich sagen, wie hysterisch ich sein würde. Ich habe nur eine Sekunde lang nicht hingesehen!, würde ich sagen, und dabei würde ich mich fühlen wie in diesem Moment. Panik würde in mir aufsteigen, ihre Finger zwischen meine Rippen schieben und die Knochen aufbrechen, aber vielleicht würde ich auch einfach nur schreien, wenn man mich fragen würde, was passiert sei. Vielleicht würde mich lautes Geschrei von allen anderen trennen.

Im Bad lagen Verpackungen wild durcheinandergeworfen auf dem Waschbeckenrand. Ein Röhrchen mit Schmerztabletten, die mir ein Apotheker gegen meine Kopfschmerzen gegeben hatte, war nur halb geschlossen. Im Waschbecken selbst lagen Tütchen mit Vitaminpulver verstreut. Mehrere kleine Plastikrechtecke mit Folie von Ms rosa Allergietabletten waren aufgerissen. Die Spiegeltür des Medizinschränkchens stand offen. Aus umgeworfenen Flaschen tropfte Shampoo. Es war das reinste Chaos.

E? Hatte E das getan? Ich sollte in ihr Zimmer laufen, sie wecken, ihre Temperatur messen, sichergehen, dass sie keine Tabletten geschluckt hatte, dass sie nur schlief und nicht von den Tabletten Fieber bekommen hatte und zu schwach war, um aufzustehen. Ich zögerte. Weckte man ein Kind, konnte man es nicht mehr rückgängig machen. Vielleicht war gar nichts passiert, in der Wohnung war es ganz still, wenn die Kinder schliefen. Ich war in einem Schiffsrumpf, mutterseelenallein.

Als ich noch ein Kind war, schlich ich einmal mitten in der Nacht in das Schlafzimmer meiner Eltern und öffnete die Schublade der Frisierkommode meiner Mutter, die mir wie ein geheimer Schlüssel zu ihrem Innersten erschien. Die Schublade war voller Tuben und Fläschchen und kleiner gläserner Tiegel. Ich sah gerne zu, wenn sie eine Fingerspitze hiervon und eine Prise davon nahm. Es gefiel mir, wie sie sich im Spiegel betrachtete und sich schön machte.

Wie ein Apfel, dessen Schale in einem Stück abgelöst wurde und herabfiel, kam ihr wahres Gesicht zum Vorschein.

In dieser Nacht, in der ich im Dunkeln in ihr Zimmer schlich, öffnete ich diese Schublade und holte eine Handvoll kleiner, unterschiedlich geformter Tuben und Fläschchen heraus. Ich wollte sie in mein Zimmer mitnehmen und mir genau ansehen, doch ich rutschte im Flur aus und fiel hin, und die Sachen verteilten sich lärmend auf dem Boden. Als ich mich aufrappelte, stand ich inmitten versprengter scharfer Splitter. Ich ging zurück in mein Zimmer, schaltete meine Schreibtischlampe ein und entdeckte in meiner Fußsohle mehrere winzige Zähne. Nach dieser Nacht graute es mir regelrecht davor, auf etwas zu treten, und ich trug im Dunkeln immer Hausschuhe, sogar unter meiner Bettdecke. Kinder können aus allen möglichen Gründen seltsam sein.

E war allerdings nicht groß genug, um dieses Chaos zu verursachen. Sie hätte weder das Medizinschränkchen erreichen noch mit dem Lippenstift knapp unter der Decke die Wand anmalen können. Außerdem stand da oben an der Wand mein Name. Wirklich! Und E konnte noch gar nicht schreiben. Vielleicht hatte M sich auf dem Weg zur Arbeit beeilen müssen. Vielleicht war es ihm nicht gutgegangen. Vielleicht hatte er sich geärgert. Ich putzte das Bad. Brachte alles in Ordnung, schraubte die Flaschen zu, wischte das Waschbecken und den Wasserhahn ab und polierte alles, bis es glänzte. Wenn ich mich auf die Toilette stellte, war ich gerade groß genug, um den Lippenstift wegzuwischen, aber es war schwierig, und ein paarmal hätte ich fast das Gleichgewicht verloren.

Gegenüber der Wohnung, in der ich mit meiner Mutter gelebt hatte, standen auf einem Feld zwei Bäume. Wenn es wieder einmal regnete und die Wolken wie ein schweres graues Meer über dem Feld hingen, sah es für mich aus, als würden die Wolken, die Meereswolken, direkt über diesen beiden Bäumen treiben, als dienten diese kümmerlichen, knorrigen Gewächse der ganzen Welt als Anker. Wenn Regen aufzog, sah es auch so aus, als wären die Bäume der Zerstörung geweiht. Alle Vögel aus dem Feld flogen in die Baumkronen und schlugen mit den Flügeln, bevor die ersten Tropfen fielen, und wenn die Farbe aus dem Feld wich und alles dunkel wurde, wirkten diese Flügel wie schwarzes schimmerndes Laub, das nass und glatt in den letzten Lichtstrahlen glänzte.

Trotzdem war es gleichzeitig schön und scheußlich, den Vögeln zuzusehen, weil sie sich nicht entscheiden konnten, in welchem Baum sie Zuflucht suchen wollten, im linken oder im rechten. Sie waren sich nie sicher, welcher von beiden sie retten würde. Einer würde sie retten, aber der andere nicht, das wussten die Vögel offenbar. Sie ließen sich in einem Baum nieder, krakeelten durcheinander, schrien fast, wenn der Wind auffrischte, und dann flog ein Vogel wie getrieben zu dem zweiten Baum, und die anderen folgten ihm kreischend. Vielleicht dachte ich so oft an diese Bäume, weil ich mich ganz ähnlich fühlte, seit ich Kinder hatte. Meine Gedanken kreischten und schlugen mit den Flügeln, sie flatterten vergeblich von Baum zu Baum. Sollte ich mir jetzt wegen der Kaffeetasse oder wegen der Tabletten Sorgen machen? Oder wegen etwas anderem, das ich gerade nicht sah? Einer Katastrophe, die ich mir nicht vorstellen konnte? Sicherheit und Zuflucht schien es nur im ständigen Flug zu geben, nur in der Luft.

Ich duschte. Das kleine Zimmer füllte sich mit Dampf, am Waschbecken und auf dem Spiegel bildeten sich Tröpfchen. Ich ließ mir das Wasser über die Haut laufen, bis es kälter wurde. Langsam trocknete ich mich ab, ich wollte mich einfach nicht beeilen. Ich wickelte mir ein Handtuch um die Haare und öffnete die Badezimmertür. B weinte in seinem Bettchen, E rief nach mir.

Nach dem Mittagessen flohen wir durch das Fenster in den kleinen Park. Die Haustür, den Concierge, den frisch gesäuberten Gehweg, die Mülltonnen hätte ich nicht ertragen. Nichts davon. Von Fußspuren, Fingerabdrücken und ausgeatmeter Luft war sicher nichts übrig geblieben. Alles war wieder sauber, und so wollte ich es nicht sehen. Es sollte nicht alles beseitigt sein, was ich getan hatte. Außerdem war der Weg durch das Fenster zum Park schneller und direkter. Wenn wir durch das Fenster stiegen, waren wir viel eher im Park, wo wir uns unsere Liebe beweisen und miteinander spielen konnten.

Also kletterten wir durch das Fenster auf der Rückseite des Hauses und ließen uns auf das weiche grüne Gras fallen, das nicht zu uns gehörte, das auf der falschen Seite des Zauns wuchs. Wie schnell wir sind!, sagte ich zu E, damit sie sich beeilte. Schau nur! Ich hielt ihre Hand, auf dem freien Arm trug ich B, sein weiches Köpfchen lag fest an meiner Brust. Niemand kann uns fangen! Wir sind Vögel, wir fliegen!

Ein wenig waren wir wie Vögel, könnte man sagen, wie Vögel, die vor dem Losfliegen hopsen und hopsen. Jedenfalls versuchte ich, ein Spiel daraus zu machen. Ein Spiel, das sie antreiben und ihr einen Funken Angst einjagen sollte, nicht zu viel und nicht zu wenig. Die kleinen Vögel, die zurückbleiben, frisst der Fuchs auf, rief ich, als wir über den Rasen rannten. Der hungrige, gierige Fuchs verschlingt sie alle.

Im Park setzte ich B auf unsere Decke und gab ihm etwas zum Spielen. E bekam ihr Werkzeug und ihr Eimerchen, und dann hörte ich mir eine lange Liste von allen Aufgaben an, die sie erledigen musste, um ihre Tiere richtig zu versorgen. Dem Giraffenbaby ging es nicht gut, was E mit einer gewissen Genugtuung verkündete. Eilig vergrub sie es bis zum Hals im Sand. Damit es gesund wird, sagte sie.

Die Giraffenmutter macht sich bestimmt Sorgen, wandte ich ein. Stell sie dazu. E weigerte sich. Verletzt setzte ich ein Lächeln auf, brachte die Giraffenmutter zum Rand des Sandkastens und stellte sie neben ihr Junges. So, sagte ich, jetzt kann sie es im Auge behalten. E verlegte ihr Spiel auf die andere Seite des Sandkastens, und die Giraffenmutter auf ihren dünnen Plastikbeinen starrte ins Leere. Es störte mich, sie so zu sehen, es störte mich sehr. Einen Moment lang kam es mir sogar so vor, als wären meine eigenen Augen nur aufgemalt, als würde ich verzweifelt versuchen, durch eine dicke Schicht Acryl etwas zu erkennen, als wollte ich Beine bewegen, die ewig starr blieben, als wäre meine Kleine womöglich in Gefahr, wenn mir nicht das Unmögliche gelang. Es war ein schreckliches Gefühl. E schüttete dem Giraffenjungen eine letzte Schaufel Sand auf den Kopf und begrub es vollends. Mit ziemlicher Sicherheit war es verloren.

Es war wärmer geworden, gleichzeitig hatten sich Regenwolken zusammengezogen, und jetzt ließ das nahende Gewitter die Luft knistern. Die anderen Frauen hatten ihre Kinder schon mit wunderbaren, wortreichen Sätzen, denen ich nie würde folgen können, zu sich gerufen, und machten sich auf den Weg zu ihrem unbekannten Zuhause. On y va. On y va. À la maison.

Alle bis auf Nell. Sie ging nicht. Sie lag auf ihrer Decke auf dem Rücken, spielte mit ihrem Baby, küsste seine Finger und flüsterte zwischendurch ihrem älteren Sohn etwas ins Ohr. Die Decke ist ein Schiff, mochte sie sagen, oder: Die Decke kann fliegen. Wir können sie dazu bringen, wenn wir genau hier liegen bleiben und uns nicht rühren. Vielleicht flüsterte sie ihm etwas in dieser Art zu. Ich hatte mir vorgenommen, ebenso lange wie sie zu bleiben, aber jetzt merkte ich, dass sie nicht gehen wollte, nicht einmal, als der Regen in dicken Tropfen fiel, den Sand sprenkelte und ihr Kleid benässte. Ich wusste nicht, was *Blitz* auf Französisch hieß, und konnte keinen Scherz über das Wetter reißen oder sie fragen, warum sie sich nicht auf den Heimweg machte.

Ich rief nach E, rief sie schnell zu mir. B weinte, ich nahm ihn auf den Arm und hob die Decke auf. Der Himmel öffnete seine Schleusen. Es würde ein kräftiges Gewitter geben. E schrie, und ich schob sie weiter, zurück zu unserer Wohnung, zum offenen Fenster, ich stolperte und konnte mich und B auf meinem Arm und all unsere Sachen gerade noch fangen. Ich fühlte mich furchtbar unbeholfen, wie ich so vor dem Regen davonlief.

In der Wohnung föhnte ich E und B die Haare. Ich packte unsere nassen Sachen aus und hängte das Handtuch zum Trocknen auf. Durch das Fenster konnte ich sehen, dass Nell immer noch mit ihren Kindern im Park war. Sie lagen mit dem Gesicht nach oben im Regen.

Als ich eine Stunde später wieder hinausblickte, stand ein Mann mit einem Regenschirm neben ihnen und schrie sie offenbar an. Er zog sie hoch, zerrte sie regelrecht auf die Füße. Er nahm das Baby auf den Arm. Ob er schrie oder möglicherweise sie, konnte ich nicht hören, der Regen überdeckte jedes Geräusch. Aber ich glaube nicht, dass sie schrie. Später sah ich noch einmal hinaus, und sie waren verschwunden.

Als der Regen aufgehört hatte, fiel uns auf, dass die Giraffenmutter noch im Park war. Ich lief hinüber, um sie zu holen, doch der Sandkasten war leer, ich fand nur Stöcke, Steine und nassen Sand. E war traurig, als ich es ihr sagte, aber nur ein wenig, immerhin hatte ihre Behandlung gewirkt. Das Junge war gesund geworden.

Neben dem Sandkasten lag ein Schuh, ein teuer aussehender Damenballerina. Nell musste ihn verloren haben, sie musste halb barfuß durch den Regen gelaufen sein. Ich ließ ihn dort liegen und hoffte, dass es ihr gutging und sie irgendwann zurückkommen und den Schuh finden würde, mehr konnte ich nicht tun. Ich lief zurück zur Wohnung. Nachdem ich wieder durch das Fenster geklettert war, ließ ich die Jalousien herunter, damit ich den kleinen Park nicht mehr sehen konnte. Das erschien mir besser und sicherer. Ich war noch nie so von einem Mann herumgezerrt worden wie sie, in meinem ganzen Leben nicht. Als ich daran dachte, kribbelte meine Haut an den Stellen, an denen er sie berührt hatte.

Wir konnten das Haus nachmittags nicht verlassen, ich brachte es nicht über mich, obwohl E Eis kaufen gehen wollte. Deshalb kochte ich abends ein Essen aus dem, was der Kühlschrank noch hergab. Fisch, den ich auf dem Markt gekauft hatte, Tomaten, mehr Zitronen, mehr Hitze und Fliegen und Zucker. Ich schnitt den Fisch in Stücke und klopfte sie auf dem Holzbrett der Wohnungsgesellschaft kräftig flach. Als ich die Stücke in die Hand nahm, waren sie noch voller Schuppen, die E zwischen den Zähnen stecken bleiben würden, wenn sie davon aß, die sie zum Weinen bringen würden, die sich stechend in ihr Zahnfleisch graben und ihr weh tun würden. Ich briet alles in der Pfanne, die Schuppen, die zerquetschten Fischstücke. Beißend wie Zähne spritzte das Öl auf meine Handgelenke, während der Fisch braun wurde und zu einer harten Kruste verbrannte. Die Pfanne war von schimmernden Schuppen übersät, als wären dem Fisch im Tod tausend Augen gewachsen. Wir warteten auf M, aber er kam nicht nach Hause. Ich entsorgte den ungenießbaren, verkohlten Fisch und aß mit E Cracker mit Käse und Tomaten zum Abendbrot. Danach legten wir uns alle drei erschöpft ins selbe Bett. Bevor ich einschlief, fiel mein Blick auf den Trenchcoat an Ms Seite des Kleiderschranks. Er war so schön wie in meiner Erinnerung. Am nächsten Morgen fand ich neben dem Bett einen zerknitterten Anzug, als wäre M dort in sich zusammengesackt. Als wäre er so müde gewesen, dass er aus seiner Kleidung gefallen und verschwunden war.

Februar

Ich denke ständig an Sie. Immerzu. Ich denke an Sie, und dann denke ich: Warten Sie, und ich denke: Lassen Sie es mich erklären, und dann denke ich wieder an Sie und wieder: Warten Sie, und wieder: Lassen Sie es mich erklären. Immer wieder.

Darf ich Ihnen von der Frau erzählen, die hier mit im Zimmer schläft? Im Bett vor dem Fenster? Ich bin so froh, dass wir ein Fenster haben. Vielleicht sehen wir irgendwann einen Vogel. Und Fenster sind so wichtig. Finden Sie nicht auch? Für Häuser? Ohne Fenster könnte man überall sein.

Jedenfalls wollte ich ihr Bett haben, als ich hergekommen bin, aber ich durfte es mir nicht nehmen. Sie haben es mir verboten. Ich habe gefragt, warum, aber sie haben einfach Nein gesagt.

Da habe ich es noch nicht verstanden. Möglicherweise war das der Moment, ab dem es mir langsam klar wurde. Wo ich hier war, meine ich. Was das hier für ein Haus war. Dass mir keine Erklärung zustand. Jetzt begreife ich die Absicht dahinter. Warum sie Nein gesagt haben. Aber damals, bevor ich verstanden habe, was ich jetzt verstehe, habe ich gesagt: Was?, so in etwa: Was?!?, als sie es mir verboten haben, und ich habe gekreischt und geschrien, und jetzt begreife ich, warum sie danach so reagiert haben. Ich will Ihnen nur erklären, dass ich es weiß. Dass es mir klar geworden ist.

Sagen Sie denen, was ich Ihnen erzähle? Falls ja, können Sie ihnen sagen, dass ich es jetzt weiß und verstehe.

Oh. Könnten Sie da unten bitte nicht putzen? Unter dem Bett? Bitte sehen Sie nicht unters Bett. Dafür wäre ich Ihnen dankbar. Sehr sogar. Sie müssen sich keine Sorgen machen. Da unten ist nichts. Darum geht es nicht. Es ist nichts unter dem Bett.

Ich würde mich nur wohler fühlen, wenn ich wüsste, dass es in diesem Zimmer, in diesem Haus eine Stelle gibt, die nur ich sehe. Niemand sonst. Verstehen Sie? Sie könnte unter dem Bett sein. Diese Stelle. Dieses persönliche Fleckchen. Das könnte es sein, sehen Sie nämlich hier? Da ist es schon dunkel.

Sie kommen immer so früh morgens. Bestimmt, weil ich morgens auch schon früh wach bin, auch wenn ich üben sollte, im Bett zu bleiben, tief zu atmen und wieder einzuschlafen und nicht aus dem Bett zu springen und herumzulaufen, sobald ich aufwache. Aber das mache ich nicht, ich übe nicht. Wenn morgens die Tür am Ende des Flurs piept und sich scheppernd öffnet und Sie hereinkommen, dann sehe ich das schon. Von hier drinnen, meine ich, ich drücke das

Gesicht fest gegen das kleine Plastikfenster in der Tür und sehe hinaus.

Das kommt von den Träumen. Wenn ich aufwache, bin ich richtig erleichtert, dass ich ihnen entkommen bin, da wäre es unsinnig, wenn ich mich wieder hinlegen und versuchen würde, weiterzuschlafen. Herr, führe uns nicht in Versuchung!

Das hat meine Großmutter immer vor unserem Weihnachtsessen gesagt. Damit hat sie das Tischgebet beendet. Herr, führe uns nicht in Versuchung! Ich konnte sie vor mir sehen, wenn ich mit meinen Kleidern aus Pannesamt, jedes Jahr in einer anderen Farbe, aber sonst genau gleich, und meinen geflochtenen Zöpfen dasaß. Die Versuchung, meine ich, wie ein Lebkuchenhaus hübsch verziert mit Zuckerguss und Fruchtgummi. Ich konnte sie schmecken, die Versuchung, und wenn in mir alles zu Eis und Beton wurde, wusste ich, dass ich schon darin gefangen war. Dann fragte ich mich: Wie kommt man wieder heraus, wenn man schon mittendrin steckt?
Na ja, man kann schon verstehen, dass meine Großmutter mich an Weihnachten nicht gerne bei sich hatte und über meinen Kopf hinweg zu meiner Mutter sagte: Ich weiß gar nicht, warum ich euch beide einlade. Ich koche den ganzen Tag, und niemand isst was.

Aber ich wollte Ihnen von der Frau im Bett vor dem Fenster erzählen. Als ich hergekommen bin, war es leer, und jetzt ist es nicht mehr leer. Na ja, im Moment natürlich schon. Sie ist zur Therapie, aber Sie wissen, was ich meine. Was ich erzählen wollte, ist, dass sie schnarcht! Was geben sie ihr hier nur, dass sie so schläft? Könnten Sie jemanden bitten, ihr etwas anderes zu geben? Ich bekomme sie nicht wach, wenn sie schnarcht, und kann ihr nicht sagen, dass sie aufhören soll.

Letzte Nacht habe ich es einfach nicht mehr ausgehalten, ich bin auf ihr Bett gesprungen und habe geschrien: Es brennt! Es brennt, verdammt noch mal, und wir werden alle sterben, wenn du nicht aufwachst! Stattdessen sind sie reingekommen, haben mich von ihr heruntergezogen und mir Medikamente und neue Therapietermine verordnet. Aber wissen Sie, was ich meine? Es lag nur am Schnarchen!

Wenn Sie denen das sagen könnten, wüsste ich das wirklich zu schätzen, ich möchte nämlich nicht noch mehr Therapie haben. Und ich kann keine Medikamente nehmen, die mich in meinen Träumen gefangen halten. Ich muss aufwachen können. Ich muss wissen, dass ich aufwachen kann, sonst schlafe ich gar nicht erst ein. Nie wieder! Und dann drehe ich mich immer im Kreis, wie Wasser im Abfluss, und dann bin ich verschwunden. Einfach weg! Wie der Dodo! Nein, es geht mir gut, bitte gehen Sie nicht, Sie müssen niemanden anrufen, wirklich nicht. Sehen Sie? Ich bleibe still sitzen wie eine Dame.

Es steht mir nicht zu, das zu sagen, das ist mir klar, aber es lag ehrlich nur daran, letzte Nacht, meine ich, es lag nur am Schnarchen.

9

Heute mussten Ms fabelhafte Anzüge tadellos sauber sein. Ich wollte mit meinen violetten Kleidersäcken für die Reinigung helfen. Wir konnten uns den Tag entsprechend einrichten. Wenn jede Minute nach Plan verlief, konnte ich die Wohnung putzen, die Anzüge abgeben, auf dem Markt fürs Abendessen einkaufen und den Nachmittag neben der Pumpe verbringen. Die Minuten waren wie Spielkarten, und ich konnte aus dem Tag ein herrliches Haus bauen. Ich konnte auf dem Markt Himbeeren kaufen und sie mit E essen, während B seinen Mittagsschlaf hielt. Wenn wir uns bemühten, konnten wir solche kleinen Geheimnisse miteinander teilen. Kleine Geheimnisse konnten ein Ausdruck von Liebe sein. Ich trank jeden Tag um fünf Uhr zwei, drei Gläser Wein. Kleine Geheimnisse waren auch eine Möglichkeit, mich selbst zu lieben.

M würde zum Abendessen nicht zu Hause sein, das hatte er gesagt, als er gestern spätspätnachts in einer Duftwolke aus Rotwein und vielleicht Zigaretten ins Bett gekrabbelt war. Möglicherweise hatte ich mir den Geruch auch nur eingebildet. Vielleicht hoffte ich, dass er in einem netten Lokal gegessen hatte, ein Steak, ein Glas Wein, und entspannt zurückgelehnt mit wichtigen Leuten wichtige

Dinge besprochen hatte, mit Leuten, die wichtige Dinge verstanden. Oder dass er über etwas Unwichtiges gesprochen und gelacht hatte, als Auszeit, als dringend nötige Pause von wichtigen Gesprächen. Das konnte ich doch nur hoffen.

In nächster Zeit würde er abends nie zu Hause sein können. Als er das sagte, berührte er im Dunkeln im Bett meine Schulter, seine Finger streiften über die kleine Stelle, an der sich nur eine dünne Hautschicht über den Knochen spannte, und wanderten weiter auf der Suche nach etwas, vielleicht nach einem Kissen. Manchmal waren wir genau das, ein Orientierungspunkt, und sei es mit unserer Schulter, oder? Hatten wir nicht versprochen, das füreinander zu sein?

Jedenfalls konnte er nicht nach Hause kommen, man brauchte ihn bei Vorstellungsgesprächen, Meetings, bei ein paar Drinks nach der Arbeit. Wassertröpfchen an einem Cocktailglas, ein Tisch mit Blick auf den See. Eiskalte Martinis, Highballs, klirrende Gläser beim Anstoßen, Visitenkarten, edle Anzüge.

Wir mussten abends also nicht auf M warten, und wenn wir Lust hatten, konnten E und ich einfach Eis, Melone und Cracker essen. Wenn M dann irgendwann nach Hause kam, waren wir zusammen und atmeten die gleiche Luft. Ich versank wieder in meinem Halbschlaf, wachte auf, wälzte mich herum, schob B die andere Brustwarze in den Mund. Der Schlaf war wie eine Libelle in meinen Händen, die flatternd versuchte, mir zu entwischen.

Meine Mutter litt schrecklich unter Schlaflosigkeit, als ich ein Kind war. Phasenweise war es so schlimm, dass sie halluzinierte, die Ecken unseres Hauses würden wegbrechen und die Wände sie langsam einschließen. Die Schlaflosigkeit konnte sie komplett gefangen nehmen und in einen Zustand versetzen, in dem sie keine Kontrolle hatte. Die nahende Nacht und die vielen Stunden allein in der Dunkelheit wurden zu Schreckgespenstern. Meine Mutter probierte eine Reihe von Behandlungsmethoden aus, aber ich erinnere mich nur noch an die Lächeltherapie. Dieser Ansatz gefiel meiner Mutter, sie hatte das Gefühl, er würde helfen, also machte sie jahrelang jeden Abend ihre Übungen. Sie sollte lächeln, auch wenn sie Angst hatte, müde war oder in den Zimmerecken immer mehr Fledermäuse sah, sollte minutenlang lächeln, viele Minuten lang, immer wieder über den Tag verteilt, aber vor allem abends. Ich weiß noch, wie sie abends allein reglos dasaß und das Gesicht zu einem breiten Grinsen verzog oder wie sie unser Abendessen kochte und dabei immerzu lächelte, obwohl ich ihr die Angst ansehen konnte. Jetzt versuchte ich es nachts manchmal auch damit, ich lächelte minutenlang und stellte mir meine Zähne so strahlend vor wie nächtliches Meeresleuchten. Auch andere Dinge stellte ich mir vor. Manchmal dehnten sich die Nächte endlos. Es war schön, wenn M nach Hause kam, bevor zu viele Stunden verstrichen waren.

Wir brachten die Anzüge zur Reinigung. Eigentlich war es zu Fuß gar nicht weit, für uns allerdings war es sehr weit. B lag in seinem Kinderwagen, E lief mit ihrer Giraffe neben mir her. Das müssen wir für Papa machen, erklärte ich. Unsere Wohnungstür erschien mir in letzter Zeit immer mehr wie ein Portal, wie eine Barriere, die zwei verschiedene Wirklichkeiten voneinander abgrenzte und bei der man nie sicher sein konnte, ob sie sich öffnete und sich überhaupt öffnen ließ. Wenn ich die Wohnung verließ, kam ich mir ein wenig vor wie eine Krabbe, die sich aus ihrer Schale wand. Dieser Gedanke war einfach da, obwohl ich wusste, dass er albern und falsch und nicht richtig war. Ich legte den violetten Kleidersack über die Griffe von Bs Kinderwagen, und so versuchten wir, auf der Straße als ganz normale Menschen durchzugehen. Als Menschen, die man auf dem Gehweg in diesem Teil der Welt erwarten würde. Ich versuchte, wie eine Frau zu gehen, die man ansprechen konnte.

Wenn ich vormittags langsam die Straße entlangging, so wie jetzt, inmitten all der anderen Frauen mit ihren Kinderwagen, ihren eigenen Kleidersäcken für die Reinigung und Einkaufslisten in den Taschen, hätten wir alle manchmal fast Geister sein können. Wir waren blass, das auch, und wir schleppten und schoben uns weiter, aber wir waren auch wie ein Nachhall, wir konnten uns kaum daran erinnern, was früher gewesen war. Die Geister von Geschäftsfrauen oder Ärztinnen, von Verkäuferinnen oder Lehrerinnen, und allesamt Geister kleiner Mädchen.

Wir erreichten das Café. Es war nicht schlimm, dass wir langsam waren. Wir hatten den ganzen Tag für diese eine Aufgabe Zeit. Es war in Ordnung, und ich konnte eine wunderbare Mutter sein, die ihr Kind nicht ankreischte: Beeil dich! Beeil dich! Beeil dich! Wir konnten lächeln und endlos trödeln, und es war gut und wunderbar, und natürlich durften wir unterwegs stehen bleiben, um uns diese und jene Blume anzusehen und über sie zu reden. Natürlich konnten wir all das fröhlich und in Ruhe machen, natürlich konnten wir uns Zeit lassen.

In der Reinigung gab ich meinen Kleidersack an der Theke ab und bekam meine Abholscheine. Eine Frau stand neben einem Berg Hemden und bügelte. Sie würde den ganzen Tag dafür brauchen. Ich war richtig neidisch. Wirklich! Sie machte etwas, das sie sehr gut konnte, und durfte ihrer Arbeit den ganzen Tag ungestört nachgehen, ohne einmal unterbrechen zu müssen.

Zu Hause fütterte E ihre Giraffe mit Sesam. Ich fächelte mir Luft zu, zog ein anderes Oberteil an, wedelte mit der Hand, um die Fliegen zu verscheuchen, und schnitt irgendwas klein, das wir mittags essen konnten.

Als wir nachmittags in den Park gingen, war Nell nicht da. Auch ihr Schuh war nirgends zu sehen. Besser gesagt der Schuh, den ich für ihren hielt. Vielleicht hatte sie ihn schon geholt, oder der Mann hatte ihn geholt, oder jemand hatte ihn weggeworfen. Den ganzen Nachmittag über verspürte ich eine innere Unruhe. Ich füllte für B ein Eimerchen mit Wasser und tauchte seine Finger hinein. Wartete darauf, dass etwas geschah. Manchmal schien es mir, als käme es als gute, als beste Mutter vor allem darauf an, sich ein immerwährendes Lächeln überzustülpen. Es gab nichts zu überlegen, nur die Aufgabe, den Moment, den man gerade durchlebte, genau richtig zu gestalten. Eine endlose glückliche Gegenwart, Finger, die ins Wasser getaucht wurden, siehst du? Nass. Wasser. Gurken und Brot ohne Kruste, das ganze Glück baute auf tausend Kleinigkeiten auf.

Der Nachmittag verging, und wir kletterten durch das Fenster zurück in die Wohnung. Nachdem ich B und E ins Bett gebracht hatte, ging ich ins Gästezimmer, um den

Boden zu ölen. Ich wischte mit einem nassen Tuch den Staub von der Pflanze und malte mir aus, wie das Zimmer perfekt hergerichtet aussehen würde. Und ich würde einfach nur hier stehen.

Ich blieb lange in dem kleinen Zimmer, das ohne das Waschbecken gut eine Abstellkammer hätte sein können. Vielleicht schlief ich ein, jedenfalls war es mitten in der Nacht, als ich es verließ. M war nicht zu Hause. Ich schaltete das Licht im Gästezimmer aus und zog die Tür zu. Im Dunkeln fühlte sich die Wohnung bedrückend an, wie ein schwerer Umhang um meine Schultern. Ich strich über die Küchentheke, um sicherzugehen, dass wirklich alles sauber war, ordentlich und bereit für den nächsten Tag.

Von der Tür kam ein Geräusch. Ein leises Kratzen. Vielleicht hatte M seine Schlüssel vergessen. Etwas stieß schwer gegen die Tür. Ich hörte ein Rascheln, als würde Stoff über den Boden gleiten, dann ein Tippen wie von suchenden Fingern. Es klang beinahe zögerlich. Tipp, tipp, tipp, jemand zu Hause? Mir wurde kalt, eiskalt, ich hörte in meinen Ohren das Blut rauschen, den stotternden Rhythmus meines Herzens.

Ich ging zur Tür, was mich selbst überraschte. Ich dachte, ich würde einfach in der Küche zu Boden stürzen und darauf warten, dass es M war, dass er hereinkommen und mich entdecken würde. Aber es war nicht M. Ich ging zur Tür und drückte eine Wange dagegen. Ich presste sie fest ans Holz, aber ich konnte mich nicht überwinden, durch den Spion zu sehen. Mein Herz raste richtig, mein Schädel brummte, das Blut pulsierte in meinen Adern. Hier stand ich also allein um Mitternacht in der totenstillen

Dunkelheit. Jetzt geschah, worauf ich gewartet hatte. Die schlimme Sache.

Die Geräusche entfernten sich langsam, trotzdem blieb ich so stehen, die Wange an die Tür gedrückt, eine Hand auf der Klinke, bis das erste Licht durch die Metalljalousien vor dem Küchenfenster drang. So lange rührte ich mich nicht, vielleicht döste ich hin und wieder ein.

Als ich am Morgen immer noch dort stand, kam ich mir dumm vor. Mir etwas einzubilden und Angst davor zu haben. Ein Glück, dass der Morgen anbrach und neue Aufgaben mit sich brachte. Das Morgengrauen spült so viele alberne Gedanken fort, wie Lauge und Seifenblasen und Licht.

M war nachts nicht nach Hause gekommen und hatte sich nicht einmal gemeldet. Er war auch nicht kurz hier gewesen, das hätte ich gemerkt, schließlich stand ich die ganze Zeit direkt hinter der Tür. Er hatte sich nicht zu mir ins Bett gelegt, und ich war ja auch gar nicht im Bett gewesen. Es kam mir vor, als hätten wir etwas miteinander geklärt, M und ich, ohne darüber zu sprechen, als hätten wir eine Grenze überschritten.

Ich kochte Kaffee, trank ihn stehend hinter dem kleinen Küchentisch und spähte von nahem durch die Jalousie. Würde E gleich aufwachen und die Jalousie hochziehen wollen, würde ich es ihr verbieten. Ich würde ihr sagen, wir seien heute in einem U-Boot. Heute sei ein Tag, an dem wir durch Gucklöcher sehen und so leise wie eine Qualle oder ein Aal sein müssten, ein Tag für Geheimnisse und Doppelkiefer. Etwas in der Art würde ich erzählen, wenn sie aufstand. Ich deckte den Frühstückstisch in dem wogenden

Unterwasserlicht. Aus den Augenwinkeln sah ich, wie sich die Küche mit Meerestieren füllte. Wie ein üppiger Pflanzenteppich schwebten sie pulsierend und erwartungsvoll unter der Decke.

B wurde wach, und ich stillte ihn auf dem Sofa. Noch im Schlafanzug strampelte er mit den Beinen und schloss immer wieder in dieser typischen Kleinkindgeste die Hände. Ich versuchte zu zählen, wie viele Tage er alt war, wie viele Stunden, wie viele Minuten. Wir müssen beide eingeschlafen sein oder so weit abgedriftet, dass wir nicht wirklich wach waren, denn wir zuckten beide zusammen, als sich die Tür öffnete. M kam herein, er trug den Anzug vom Vortag und scheuchte die Quallen, die Anemonen, die weichen Tintenfische aus ihren Höhlen, ihren Verstecken, ihren gemütlichen Seegrasnestern davon. Er vertrieb auch das leise Klopfen und Tapsen, die Schritte wie von Schatten, das Flüstern und Schlagen, die Geräusche, die sich mehr und mehr in die Wohnung eingeschlichen hatten, während ich allein mit B auf dem Sofa gesessen und die Augen geschlossen hatte. M hatte die Schuhe an der Tür ausgezogen, stand auf Socken im Wohnzimmer und präsentierte mir seine knubbeligen, fast schon alten Füße.

Da seid ihr ja, sagte er, als wären wir fort gewesen und nicht er. Er trat zu uns, fuhr B mit den Fingern durchs Haar und setzte sich neben mich. Er schlang einen Arm um mich, um uns beide, B und mich, lehnte den Kopf an die Wand und schloss die Augen. E wurde wach und kam in ihrem Nachthemd herein, und ich freute mich, dass sie uns so sah. Wir gaben das perfekte Bild ab. Wir lächelten sie an, M und ich, auch genau richtig. Sogar B verhielt sich passend und krähte leise. E rieb sich die Augen, blinzelte und kuschelte sich zwischen uns. Berührt und gesehen zu werden und so vertraut miteinander zu sein fühlte sich neu an. Als hätten wir endlich etwas überstanden, und von jetzt an würde alles weiterlaufen und für alle Zeiten wunderbar sein. Manchmal kann das ganze Leben vollkommen wirken, wenn man so tut, als würde man den richtigen Moment festhalten. Das war unser Moment.

M seufzte und streckte sich, dass die Knochen in seinem Nacken knackten. Ich kann nicht bleiben, sagte er. Ich muss zurück ins Büro. Unglaublich, dass ich es letzte Nacht nicht einmal nach Hause geschafft habe.

Damit wurden wir alle vom Sofa in unser jeweiliges, getrenntes Dasein gestoßen. Ich lief in die Küche, um Wasser für frischen Kaffee aufzusetzen. Hoffentlich waren die Bohnen noch genießbar, hoffentlich würde der Kaffee ihm schmecken. E brauchte auch ihr Frühstück.

Du musst etwas für mich besorgen, sagte M. Schon in einem frischen Anzug, schon fast aus der Tür, bevor das Wasser gekocht hatte. Meine Hände zitterten, so sehr beeilte ich mich, den gemahlenen Kaffee in die Kaffeepresse zu löffeln. Ehrlich gesagt dachte ich, wenn ich ihn auch nur einen Moment länger in der Wohnung halten könnte, würde alles besser werden, alles würde in Ordnung kommen. Ehrlich gesagt dachte ich daran, wie ich wohl aussah mit meinen platten Haaren und dem alten Pullover, den ich übergeworfen hatte. Ist der für mich?, fragte M. Er blickte zur Kaffeepresse, auf den weißen Krug mit den blauen Blumen, den ich daneben perfekt arrangiert hatte.

Danke, sagte er, ist schon gut. Im Büro kann mir meine

Assistentin einen besorgen. Er nannte einen Namen, aber ich verstand ihn nicht. Der Name klang wie ein Seidenband oder wie ein Reh, lange Beine, große Augen, lange Wimpern. Seine Assistentin.

Eine Frau mit Kindern sieht immer aus wie eine Frau mit Kindern. Sie sieht aus wie eine Frau, die schon immer Kinder hatte, was natürlich noch schlimmer ist. Einen Moment später wäre der Kaffee fast fertig gewesen. Warte, bat ich.

Tut mir leid, sagte er, ich muss wirklich los. Ich habe ein Meeting. Er verdrehte die Augen und verzog in gespielter Langeweile das Gesicht. Du weißt ja, wie das ist. Aber ich wusste es nicht, ich hatte keine Ahnung.

Aber du musst etwas besorgen, ja?, bat er. Ein Geschenk für das Baby meines Chefs, von uns beiden, etwas Hübsches. Jeans Frau hat ein Kind bekommen. Außerdem tut es dir bestimmt gut, mal aus der Wohnung zu kommen. An die frische Luft. Ein bisschen shoppen zu gehen. Vielleicht findest du für dich ja auch was Hübsches, sagte er lächelnd. Ein Angebot, ein Geschenk, was? Vielleicht würde ich wirklich etwas finden.

Jean hat uns eingeladen, damit wir das Baby kennenlernen, sagte M. Wir schauen am Wochenende bei ihm vorbei, seine Wohnung liegt direkt am See! Sie wird dir gefallen. Aber wir brauchen ein Geschenk. Du musst Polina unbedingt kennenlernen, sagte er, streckte dabei den Kopf in die Küche und kam mir für einen Moment nah. Er roch nach Seife und Zahnpasta. So wunderbar. Ihr könntet euch mal treffen und ein bisschen Zeit miteinander verbringen, sagte er. Du brauchst doch bestimmt jemanden zum Reden, sagte er, du bist ja den ganzen Tag hier eingesperrt.

Ich brauche dich, du musst mir hier helfen, sagte ich. Ich brauche dich hier bei mir, zu Hause, ich brauche dich nachts bei mir. Doch er konnte mich nicht hören. Er konnte mich nicht hören, weil ich es nicht wollte und weil ich alles in meine leere Kaffeetasse murmelte. M sprach nicht leise, seine Worte schwärmten aus, schossen die Wände hinauf, über mich hinweg, sie stürmten vor und eroberten. Schwarze Tinte und Großbuchstaben. Tut mir leid, was hast du gesagt?, fragte er, aber dann klingelte sein Handy, und er hatte keine Zeit mehr. Ich auch nicht. B weinte. Ich hatte ihn in sein Bettchen neben dem Sofa gelegt, um M schnell den Kaffee zu kochen. E hatte einen Stuhl vom Tisch zurückgezogen und sich dabei den Zeh gestoßen. Sie zerrte an meinem Shirt, und ich musste Eis für ihren Fuß holen und mich um sie kümmern.

Mit dem Handy am Ohr küsste M mich auf die Wange und ging. Bis heute Abend, sagte er. Ich komme wahrscheinlich spät nach Hause. Hab euch lieb.

Ich wusste, dass er sich glücklich schätzte, weil ich auf E aufpasste und B versorgte. Er betrachtete meine Aufgabe als anstrengend und wichtig. Als unersetzlich.

Die Tür fiel hinter ihm ins Schloss. Ich goss den kochend heißen Kaffee in die Spüle, und er ließ dampfend und gurgelnd einen fauligen Geruch aufsteigen. Einen Moment lang stand ich nur davor, atmete die stinkende Luft ein und hatte das Gefühl, etwas in mir würde umschlagen.

Immer noch Februar

Drei Kinder spielten auf dem Eis
an einem Sommertag –
das Eis gab nach, sie fielen rein
und fanden dort ihr Grab.
Beim Spiel daheim, auf festem Land,
ich will hier gar nicht unken,
zehntausend Pfund, die Wette gilt,
nicht eines wär ertrunken.
Passt gut auf eure Kinder auf,
behaltet sie im sicheren Haus.

Was für ein schreckliches Lied! Es tut mir leid, ich kann nicht anders, ich muss es singen, meine ich, ich bekomme es einfach nicht aus dem Kopf. Aber wer singt denn so etwas einem Kind vor? Ich kann mir das nicht vorstellen. Ich dachte nur, es würde vielleicht helfen, wenn ich es singe. Wenn man etwas loswerden will, hilft es manchmal, es auszusprechen, das stimmt doch, oder? Aber mal ehrlich, das muss eine Mutter geschrieben haben, das Lied, meine ich, sonst stellt sich doch niemand vor, dass seine Kinder mitten im Sommer unter einer Eisfläche ertrinken.

Kennen Sie die Frau, die hier schläft? Im Bett vor dem Fenster? Sie lässt sich gerade die Zähne reinigen. Oder richten. Sie wurde heute Morgen abgeholt. Sie haben gesagt, sie hätte vielleicht ein Problem mit ihrem Kiefer und würde deshalb nicht reden. Oder mit ihren Zähnen stimmt was nicht, und sie macht deshalb den Mund nicht auf, außer wenn sie schläft.

Sie wird irgendwohin gefahren und untersucht. Das haben sie ihr beim Abholen gesagt. Wir fahren mit dem Auto. Sie haben mit ihr geredet, wie manche Leute mit Katzen reden, wenn sie wissen, dass die Katzen zuhören, sie aber nicht verstehen. Mit mir reden sie auch so. Wenn sie überhaupt mit mir reden. Ständig wiederholen sie alles.

Es stimmt, sie spricht wirklich nicht und sieht niemanden an. Mit mir redet sie auch kein Wort, sie sitzt nur den ganzen Tag auf ihrem Stuhl und lässt sich Schnurrhaare wachsen.

Würden Sie die anderen für mich um etwas bitten? Bitte, es ist wichtig. Mich überhören sie einfach. Sie meinen, ich sei noch nicht so weit und hätte noch nichts zu sagen. Ich darf noch keine Ansprüche stellen, meinen sie bestimmt. Weil ich es mir noch nicht verdient habe, um etwas zu bitten. So in der Art. Sagen Sie ihnen bitte, sie sollen ihre Tochter nicht mehr in unser Zimmer lassen. Das muss aufhören.

Wenn sie ihre Tochter reinlassen, übrigens ist die Tochter älter als ich und ganz dick und trägt Overalls und quietschende gelbe Gummistiefel, dann geht sie zu ihrer Mutter und gibt ihr einen Kuss auf die Wange. Sie flicht ihr die Haare zu zwei schlaffen Zöpfen, ihrer Mutter, meine ich, und die Zöpfe liegen zusammengerollt auf ihrem Schoß. Verstehen Sie, was ich meine? Und sie sieht nie auf, die Mutter, meine ich, die Frau in dem Bett vor dem Fenster. Sie sieht nie zu ihrer Tochter auf, und ihre Tochter sieht mich nie an. Wenn die beiden zusammen vor dem Fenster sind, ach, ich kann es gar nicht erklären. Ich kann es nicht. Nicht richtig.

Ich kann nur sagen, dass ich mich am Rand meines Betts eng zusammenrolle, und manchmal vergrabe ich den Kopf in meinem Kissen und schreie oder mache andere Geräusche, aber so wie ein Vogel. Wie eine Krähe. Krah, krah, krah. Und ich brülle. Ich rufe laut: Liebe kann dich nicht retten. Aber nur in Krähensprache. Krah, krah. Krah, krah, krah. Als würde ich würgen. Jetzt klingt es vielleicht witzig, aber ich kann einfach nicht anders, wenn sie hier ist. Die dicke Tochter der Frau. Das geht so nicht. Das müssen Sie ihnen sagen. Sonst verliere ich meine Stimme oder werde zu einem Vogel oder rupfe mir auf der Suche nach Federn die Haare aus. Sehen Sie das? Meine Haare? Ich habe schon kahle Stellen. Nein. Ist schon gut. Im Moment ist es in Ordnung. Ich bin ruhig. Sehen Sie? Ich möchte mit Ihnen noch über etwas anderes reden.

Haben Sie einen Moment Zeit? Krah. Nein, das war ein Witz. Warum dürfen Patienten keine Witze machen? Sie nehmen uns so viel weg, aber das ist vielleicht das Schlimmste. Immer gehen sie davon aus, alles wäre ernst gemeint. Das ist schrecklich. Aber hören Sie mal zu, eine Minute nur, bitte. Ich will Ihnen was erzählen.

Als ich klein war, wohnte im Haus gegenüber ein Junge. Ich beschreibe Ihnen mal mein Haus, dann können Sie es sich vorstellen. Es war groß. Ich hatte ein rosa Bett mit rosa Bettwäsche und rosa Wände in meinem Zimmer. Den Jungen habe ich von meinem Fenster aus beobachtet. Er hatte dichte dunkle Haare und dunkle Augen, und er wohnte allein mit seiner Mutter in einem Backsteinhaus mit einem Weg von der Einfahrt zur Haustür. Neben dem Weg wuchsen auf beiden Seiten Rosenbüsche. Jeden Abend ging er mit seiner Mutter in den Vorgarten und kümmerte sich um die Blumen. Beide hatten ein Körbchen und eine Gartenschere dabei, er eine kleinere, sie eine größere. Sie schritten langsam die Büsche ab, schnitten hier, kürzten da oder berührten die Pflanzen manchmal nur, bis alle Rosen versorgt waren. Dann gingen sie zusammen wieder ins Haus. Wissen Sie was, wenn ich mir die beiden jetzt vorstelle, tragen sie Hüte, ganz altmodische Dinger. Wie Boote mit zarten Segeln sitzen sie auf ihren Köpfen, es müssen altmodische Imkerhüte sein. Aber das stimmt nicht. So war es nicht, ich sehe sie jetzt nur so vor mir.

Es ist komisch, ich habe sie so oft bei den Rosenbüschen beobachtet, aber ich konnte mir nicht vorstellen, was sie im Haus machten. Ob die Mutter hinter verschlossener Tür dem kleinen Jungen zum Beispiel schreckliche Dinge ins Ohr flüsterte. Oder ob sie ihm jeden Abend sein Lieblingsessen kochte. Ich konnte mir kein Bild davon machen! Jedenfalls nahm der Junge irgendwann seine kleine Schere und schnitt alle Rosen in kleine Stückchen. Das weiß ich, weil ich auf meinem Bett hockte und ihn durch meine rosa Gardinen beobachtete.

Wissen Sie, es tut mir leid, dass ich so rede, vielleicht wäre es Ihnen lieber, wenn es still wäre. Mucksmäuschenstill, als hätte uns jemand in ein Bild gemalt und wir könnten die Lippen nicht mehr bewegen, als wären unsere Münder geschlossen getrocknet. Vielleicht würde Ihnen das gefallen. Na gut.

Ach, ich kann nicht hier sitzen und still sein. Das finde ich zu unhöflich. Ist es albern, dass ich mir wie Ihre Gastgeberin vorkomme, wenn Sie hier sind? Übrigens fühlt es sich so an, als würde etwas aus meiner Stirn kriechen wollen. Irgendwas drückt von innen gegen den Schädel. Eine schreckliche Wildheit. Vielleicht ist so etwas an einem Ort wie diesem kein Wunder. In einem solchen Zuhause, sollte ich sagen, schließlich haben wir ein Fenster.

Tun wir so, als wäre alles anders. Tun wir so, als wäre hinter uns nichts. Verstehen Sie? Ein Spiel.

Ich sage, wenn Sie in mein Zimmer in diesem Haus kommen, sage ich: Wo habe ich nur meine Manieren gelassen? So, und die Hand halte ich hier. Und dann sage ich: Ich nehme Ihnen den Mantel ab. Darf ich Ihnen was zu trinken anbieten? Ich streiche Ihnen die Haarsträhne zurück, weil wir Freundinnen sind, beste Freundinnen sogar, und es bedeutet nichts, gar nichts, wenn ich mit meinen Fingern Ihre Wange berühre. Wenn ich auflache und Ihnen ein Staubkorn von der Schulter Ihres Kleids wische. Wenn ich mich ein wenig bei Ihnen anlehne, wenn ich unruhig oder müde bin. Sehen Sie?
So läuft das zwischen uns, oder? Wir müssen nicht so zaghaft miteinander sein.

Die anderen sagen, ich müsse mit ihnen reden, wenn es mir besser gehen soll, also ist es vielleicht richtig, vielleicht mache ich genau das Richtige, wenn ich mit Ihnen rede. Was meinen Sie? Aber sie haben mir auch erklärt, dass ich auf eine bestimmte Art reden muss. Dass es Dinge gibt, über die ich mit ihnen sprechen muss. Ich habe gelacht und versucht, sie auch zum Lachen zu bringen, einfach, um die Stimmung aufzulockern, verstehen Sie? Da drinnen ist alles so ernst in ihren Behandlungsräumen mit den schweren Sesseln, und dann ich mit diesen albernen Fußfesseln. Sie rasseln und zischen. Oder sie rascheln eher, wie der Saum eines Ballkleids auf einem geölten Parkettboden mit einer Wachsschicht so dick wie Eis. Ach Herr, wir wissen wohl, was wir sind, aber nicht … wie geht es gleich weiter? Jedenfalls wirke ich da drin lächerlich. Das merke ich. Aber sie lachen nicht. Sie geben mir nur mehr Tabletten und mehr Termine und schreiben meine Witze in ihre düsteren schwarzen Notizbücher.

Es könnte sein, dass ich sie angeschrien habe, beim letzten Mal in ihren Behandlungsräumen, bevor ich gegangen bin. Sie hielten ihre Stifte dicht über den Notizbüchern und sagten mir immer wieder, worüber ich mit ihnen reden muss. Vielleicht rede ich ja längst darüber, habe ich geschrien, vielleicht rede ich die ganze Zeit darüber.

10

Wir mussten also ein Geschenk für das Baby besorgen. In einer der Edelboutiquen in der Rue de Rive. Danach konnte ich in der Reinigung nachfragen, ob Ms Anzüge fertig waren. Dabei wollte ich doch in den Park. Ich wollte Nell suchen. Ich packte Gurkenscheiben, Tomaten, eine Flasche Wasser, Windeln und Kleidung zum Wechseln ein, alles einzeln in fest verschlossenen Dosen, um gegen jedes Unheil gewappnet zu sein.

Ausnahmsweise wollte ich so schnell wie möglich aufbrechen, deshalb zog ich über mein dreckiges, ausgebeultes Shirt einfach Ms langen Mantel, ein dünnes, farbloses Beinahe-Nichts, und zerrte die schönen kamelhaarfarbenen Revers am Hals zusammen. Unter diesem Mantel hätte ich jeder sein können. Jeder und alles. Eine elegante Dame mit einem eng anliegenden BH aus Seide und Spitze, ein Schakal mit einem Frauenkopf, einfach alles.

E hatte sich wie immer selbst angezogen. Ich fand mich scheußlich, trotzdem zogen wir los. Heute war ich so müde, dass sich mein Gesicht seltsam anfühlte, beinahe, als wäre die Haut abgeschält. Der Mantel war zu schwer, und weil ich mich so in ihn eingewickelt hatte, begann ich sofort zu schwitzen. E lief zur Straßenbahnhaltestelle vor, und ich rief stoppstoppstopp, aber sie hüpfte weiter, ohne sich umzudrehen.

Die Boutiquen lagen verstreut an der entzückenden alten Straße. E und B und ich suchten eine nach der anderen nach einem Geschenk ab, und ich übte beim Kommen und Gehen das passende Lächeln. Die Mundwinkel leicht hochgezogen. Nicht zu viel, nur ein wenig. Bonjour, antwortete ich, wenn mich jemand mit bonjour begrüßte.

In einem der Geschäfte entdeckten E und ich und B, der in seinem Kinderwagen lag, einen kleinen Tisch mit Babysachen. Hosen für dicke Windelpopos, weiße Mützchen, alles edel, alles winzig. In Pastellfarben lackierte Holztiere, die Nasen glattgeschliffen, die Zähne stumpf gefeilt, die reine Freude. Rasseln mit Holzperlen, die wie Frühlingsregen klingen sollten. Alles war teuer. Ich wählte ein Set weißer Stofftücher mit einem Leinenfaden darum und einen Holzelefanten mit eingerolltem Rüssel aus. Dann suchte ich in einer anderen Ecke des Ladens nach einer Lösung, um beides einzupacken.

E zerrte an meinem Mantel und wollte mir etwas zeigen, das ihr aufgefallen war. Aber wenn ich das richtige Papier und das richtige Schleifenband fand, konnte ich das Problem selbst lösen. Was ich gerade machte, musste erledigt werden. Lange starrte ich auf die Bänder, auf die Berge glatter Rollen, ließ den Blick über die Blau- und Grüntöne und die zahlreichen rosafarbenen Rollen gleiten, aber keine war die richtige. Eine war zu zart, die nächste zu plump, zu aufdringlich. Das Geschenkpapier war zum Teil abgerollt und flatterte wie Lider, wie Schmetterlingsflügel.

E schien nicht mehr in der Nähe zu sein. Ich rief sie,

ohne den Blick von dem Seidenpapier und den Bändern zu heben. Mir schossen Bilder von großen Händen durch den Kopf, die ihre ergriffen, die sie hinausführten, ein rosa Farbfleck, der hinter der nächsten Ecke verschwand. B schlief in seinem Kinderwagen, und ich sollte mich auf diese wichtige, nötige Aufgabe konzentrieren. Ausnahmsweise sollte ich nicht der täglichen Panik anheimfallen, den Gedanken an Katastrophen, die sich mir aufdrängte, mir ins Gesicht sprangen.

Neben den Bändern und dem Papier waren Verkäuferinnen damit beschäftigt, Stolen ansprechend zu drapieren. Die Stolen rutschten immer wieder von den Bügeln, als wären sie lebendig, als könnten sie den Damen, die sie aufhängen wollten, entfliehen. E, rief ich, aber leise, um die gedämpfte Atmosphäre im Geschäft nicht zu stören. E antwortete nicht. Die Damen kämpften weiter mit den Stolen. Ein wunderbares blaugraues Tuch mit aufgestickten Kranichen, die Flügel weit ausgebreitet, die Hälse nach oben gereckt, an der Kehle einen roten Fleck, landete vor meinen Füßen. Es kam mir vor, als hätte ich E wirklich verloren. Ich konnte sie nicht sehen, aber die kühle Seide lag vor meinen Füßen wie ein verborgener Weiher im Wald, sie berührte meinen nackten Knöchel und lockte mich. E, rief ich leise. E, wo bist du? Ich konnte den Blick immer noch nicht von dem Tuch losreißen, nicht blau, nicht grau, eine ganz eigene Farbe. Die Kraniche mit ihren gebogenen Hälsen blickten zu mir auf. Ich bückte mich, um die Stola aufzuheben. B strampelte in seinem Kinderwagen in einem Nest aus rosa Bändern, die ich genommen hatte, ohne es zu merken. Er kämpfte mit dem Stoff, seine Hände hatten sich darin verfangen. Die Bänder waren so gefährlich wie Schlangen, mein Baby lag in einem Nest aus zuckenden Zungen.

Trotzdem ließ ich meine Hände über die Seide gleiten. Die Verkäuferinnen bemerkten mich und legten die anderen Stolen weg, die wie leise seufzend zu Boden glitten. Mit strahlenden Augen wandten sie sich mir zu. Sie lächelten mich mit ihren bemalten Juwelenlippen an. Ich drehte das Preisschild um, von der Zahl darauf wurde mir schlecht, aber ich erwiderte das Lächeln. In meinem wunderschönen Mantel konnte ich genauso lächeln wie diese beiden Frauen. Ich ging einen Schritt auf die Kasse zu, ohne B, die Bänder oder die Geschenke für das Baby unten im Kinderwagen zu beachten. Ich ging, als wäre ich ein Kranich, der seine weiten Flügel streckt, als würde ich meine Füße gleich aus dem kalten Weiher ziehen.

Hinter mir passierte etwas. Jemand sprach laut und durchdringend. Ich drehte mich um und sah eine dicke, nachlässig gekleidete Frau, die E an der Hand hielt. Ich suche ihre Mutter, sagte die Frau, etwas in der Art. Sie war allein auf der Straße, ein Kind ganz allein auf der Straße! Sie sprach Französisch, aber es war gut möglich, dass sie das sagte. Ich ließ die Seidenstola auf den kühlen, schwarzen Tisch gleiten, ging zu meiner Tochter und hob sie hoch. Die Frau starrte mich finster an, die Verkäuferinnen verloren ihr hübsches Lächeln. Ich bezahlte eilig die Geschenke für das Baby und eines der rosa Bänder und ging.

Nachmittags spielten wir im heißen Park, und E holte sich einen Sonnenbrand, obwohl ich aufpasste. Nell kam nicht. Vielleicht würde sie nie wieder auftauchen. Vielleicht hatte der Mann sie umgebracht.

Als ich nachts mit B im Bett lag, fühlte es sich an, als würden unter meiner Haut Blattläuse herumkrabbeln. Wie kleine Knubbel. Unter der Bettdecke summte mein Herz wie ein Bienenstock, erstickt von Adern, von Blut, das aus meiner Brust drängte. Ich konnte nicht schlafen. B wurde jede Stunde wach, er hatte Hunger, schwitzte oder wurde von Babyalbträumen gequält.

Es schien, als würden sich unsere Körper für immer berühren, als würde es für immer so bleiben. In der warmen Wohnung fühlte er sich schrecklich warm an. Ich hätte gern den Boden im Gästezimmer geölt, aber ich konnte B nicht allein schlafen lassen, sein kleiner Körper drängte sich immer an mich. Gerade noch erinnerte er an ein Löwenjunges mit weichen Ohren, im nächsten Moment war er wie diese blinden Maden, die brandiges Gewebe befallen. Ich war mir nie sicher, wer er gerade war, wer ich war. Als er endlich einschlief, legte ich ihn vorsichtig in sein Bettchen und sackte vor der Tür zum Gästezimmer zusammen, ohne sie zu öffnen, ohne auch nur nach der Klinke zu greifen, und stellte mir vor, wenn ich sie öffnen würde, wäre dahinter ein ruhiges Meer mit so salzigem Wasser, dass es alles Unerwünschte von meiner Haut lösen würde.

Allmählich begriff ich oder spürte vielmehr, dass etwas bei mir in der Wohnung war. Irgendwie war es eingedrungen, durch die verschlossene Tür oder die Fenster. Es fühlte sich an, als würde sich die Wohnung verändern, sich wenden, drehen und dieses Etwas mit offenen Armen empfangen. Es war kein Mensch. Es war nicht M. Dieses Etwas war glitschig und roch nach Erde.

Vielleicht irrte ich mich auch und da war gar nichts. Vielleicht lag irgendwo vergessen mein Handy, brummte und hielt mich damit vom Schlafen ab. Möglich, dass M anrief. Dass er oft anrief.

Es war ganz dunkel und ganz still. Ich konnte B in seinem Bettchen atmen hören.

Die Atmosphäre in der Wohnung hatte sich verändert. Ich konnte es spüren, ich war mir fast sicher, dass etwas in meiner Nähe war, es huschte umher, gerade so, dass ich es kaum sehen konnte, erst zu hell, wie der Schatten eines Kindes, dann zu schwer, eine Kröte, ein schleimiges Wesen aus dem Erdreich, das ein Sekret ausspie. Ich drückte mich gegen die Tür des Gästezimmers und rührte mich nicht. Würde ich aufstehen? Würde ich weglaufen, jetzt, wo es darauf ankam? Wo es für meine Kinder darauf ankam? Würde ich sie retten? Vor diesem falschen Wesen, das durch die Dunkelheit schlich? Mit Sicherheit.

Ich wartete und wartete. Ich will nur sagen, dass ich sehr lange gewartet habe, um herauszufinden, ob ich es tun würde, ob ich sie retten würde, meine ich. Am Ende verbrachte ich die ganze Nacht so, ich hockte auf dem Boden, wartete, beobachtete mich, um zu sehen, was ich tun würde.

Einen Teil der Nacht erlebte ich offenbar nicht bewusst, denn plötzlich brach der Morgen an, und ich wachte auf. Ich lehnte immer noch an der Tür zum Gästezimmer, mein Hals und meine Schultern waren furchtbar verkrampft, ich konnte mich kaum bewegen. Ich wachte auf, es war Morgen, und na ja, ich spürte, dass es vorbei war. Was auch immer es war. Es war vorbei, es hatte sich in Luft aufgelöst, und ich konnte aufstehen und mich strecken und mir durch die Haare fahren. Ha!, konnte ich sagen. Ha! Ich sagte es, als stünde ich auf einem Berggipfel, ganz kühn und frei kam es mir über die Lippen.

B wachte auf und hatte Hunger. E wachte auf und hatte Hunger. Auf ihren Gesichtern und Armen prangten rote Flecken, ein Hitzeausschlag oder Küsse. Wir hatten keinen Joghurt mehr. Ich richtete die Kinder notdürftig her, dann schlurften wir noch halb in unseren Schlafsachen zu dem kleinen Laden.

Wir legten warme Croissants, Mandeln und Milch aus dem Greyerzbezirk in unseren Einkaufskorb, einfach, weil wir es konnten. E entdeckte ein Paket mit hauchdünn geschnittenem, löchrigem Käse, dessen Scheiben unter der Plastikfolie zu Blumen aufgedreht waren. Den Käse nahmen wir ebenfalls mit, obwohl er sechs Francs kostete, weil es uns gutging und wir fröhlich waren, und als die junge Frau an der Kasse mich fragte, ob ich alles gefunden hätte, nickte ich und sagte: Oui, merci, weil es stimmte. Und weil ich ihre Frage wie durch ein Wunder verstanden hatte. Dann berührte sie ihre Wange und sagte etwas, das ich nicht verstand, also lächelte ich nur und wünschte ihr so gut ich konnte mit meinem besten Akzent einen guten Tag, bonne journée, sagte ich, genau so, nahm die Plastiktüte und ging.

Wir frühstückten neben der Pumpe. Den Joghurt aßen wir mit den Fingern, und die kleinen Käseblumen wickelten wir mit den Zähnen auseinander. Wir rissen die Croissants in Stücke und beobachteten, wie warme Krümel herabrieselten. Wir konnten uns wie die Wölfe benehmen, weil wir den ganzen Spielplatz für uns hatten.

Ich legte B für ein Nickerchen neben der Pumpe auf den Rasen. E durfte meine Füße hundertmal mit ein paar Handvoll Sand begraben, und wenn sie aufsah und sagte: Fertig, legte ich die Hände ans Gesicht und stöhnte. O Gott, sagte ich hundertmal. O Gott, meine Füße sind verschwunden. Dann fand E meine Füße, fegte mir den Sand von den Zehen, und ich umarmte E hundertmal. O, und ich habe mir solche Sorgen gemacht, sagte ich hundertmal. Ich dachte, sie wären für immer weg. Am Vormittag kamen die ersten anderen Frauen mit ihren Kindern, ihren Kinderwagen, Eimerchen und kleinen Schaufeln in den Park. Ich dachte, wir sollten nach Hause gehen und uns richtig anziehen, aber ich dachte auch – es war eher ein kurzer Impuls als ein richtiger Gedanke –, dass wir nicht zurückgehen sollten, dass wir die Wohnung nicht betreten sollten. Wir sollten uns von dort fernhalten. Außerdem schlief B immer noch, und E bettelte, bitte, bitte, ich will noch bleiben. Eine gute Mutter zu sein heißt manchmal, einfach zu bleiben, wo man ist. Also lehnte ich mich gegen die Pumpe, und wir wiederholten das Spiel mit meinen Füßen immer und immer wieder. So kann ein Vormittag manchmal sein, wenn man es zulässt.

Später kam Nell in den Park. Sie ging direkt an mir vorbei, so nah, dass ich ihr Parfüm riechen konnte. Sie faltete ihre Decke auseinander, breitete sie neben B auf dem Rasen aus und legte ihr Baby darauf. Ich beobachtete sie aufmerksam, weil ich wissen wollte, ob es ihr gutging. Ich hielt nach blauen Flecken auf ihrem Arm oder ähnlichen Dingen Ausschau, sah aber nichts. Sie summte ihrem Baby ein Lied vor, ihr älterer Sohn spielte schon bei der Pumpe. Als sie sich nach ihm umsah, blieb ihr Blick an mir hängen. Sie riss kurz die Augen auf und berührte ihre Wange.

Sie würde mich ansprechen. Sie würde etwas zu mir sagen, und nach der ganzen Zeit würden wir Freundinnen werden, wir würden uns gegenseitig unterstützen können. Kannst du mal?, würde ich fragen und die Hand nach etwas ausstrecken, und sie würde es mit Leichtigkeit nehmen und mir geben. Das Baby weinte, und Nell drehte sich zu ihm um und sprach leise mit ihm. Dann drehte sie sich wieder zu mir um und berührte ihr Gesicht, und ihr Blick wirkte geistesabwesend und ein wenig ängstlich.

Es wurde Zeit zu gehen. Ich stand auf, weil ich nicht länger bleiben und mich ansehen lassen wollte. Ich holte E, die jammerte, weil wir gehen mussten, und an meinem Arm zog, richtig an mir zerrte, nahm B hoch, der schon weinte, und verließ mit ihnen den Park. Ich bereute, dass wir überhaupt dort gewesen waren, dass wir hinausgegangen waren, wo man uns sehen, beobachten, ansprechen konnte.

In der Wohnung ging ich ins Bad und blickte in den Spiegel. Über meine Wange zog sich ein dunkler Bluterguss. Violett, schwarz und gelb, sogar geschwollen, mit einem Spinnennetz aus Äderchen und Blut, das herausströmte oder hinein, je nachdem.

Auf meinem linken Arm zeichneten sich unterhalb des Ellbogens vier kleine Blutergüsse ab, und als ich den Arm drehte, entdeckte ich auf der anderen Seite einen fünften. Wie die Schatten von Brombeeren, dachte ich. Als wäre in meinem Arm ein Trieb gewachsen und die Beeren wären endlich bereit, hervorzukommen. Aber natürlich wusste ich, dass diese Male Fingerabdrücke waren, lange, ovale Fingerabdrücke. Und auch, dass Nells Arm genauso ausgesehen haben musste, nachdem der Mann, ihr Mann, sie im Park gepackt hatte. Bis jetzt hatte ich nichts gemerkt, aber als ich in den Spiegel sah und meine Wange berührte, wie Nell ihre berührt hatte, wie auch die junge Frau an der Kasse ihre Wange berührt hatte, wie ich jetzt begriff, spürte ich den Bluterguss. Unter meinen Fingerspitzen pochte er, als wäre er ein Wesen mit einem eigenen Herzen.

E rief nach mir. Sie rief und rief und rief. Ich lief aus dem Bad. Mit Zitronen in der Hand stand sie im Flur. Das Giraffenbaby hatte Durst und wollte Limonade, ob ich welche machen könnte? Ihre Stimme klang verwaschen und wie aus weiter Ferne, ich konnte sie kaum hören. Beide Hände auf die Brust gedrückt, versuchte ich, mich zu beruhigen. Überreaktionen waren nichts Ungewöhnliches, der Trick war, sich nichts anmerken zu lassen.

Als ich mich gefangen hatte, ging ich in die Küche und machte Limonade, Glas um Glas. Ich quetschte die Zitronen mit der Zitruspresse der Wohnungsgesellschaft aus, bis Saft und Kerne über den Rand des kleinen Auffangbehälters flossen und die Küchentheke mit Zitronenschalen übersät war, aufgerissen wie klebrige gelbe Eierschalen. Es war so heiß. Alle Fenster waren geschlossen, trotzdem gelangten Fliegen in die Wohnung und umschwirrten mich, sobald ich mich hinsetzte oder die Augen schloss. Sie krabbelten überall herum. Mit ihren trippelnden Füßen berührten sie uns. Wir spürten sie ständig auf unserer Haut.

E und ich spielten mit dem Giraffenbaby Floßfahrt auf dem Amazonas. Wir waren mitten im Dschungel, das Floß konnte nur zwei von uns tragen, im Wasser schwammen Rote Piranhas, die Nacht und schreckliche Gefahren nahten. Wir mussten eine Entscheidung treffen, sonst würde keiner von uns überleben. Das Floß war einfach nicht groß genug. E lächelte verschmitzt und drückte mich fest.

Immer noch Februar

Darf ich Ihnen von den Weihnachtspartys meiner Mutter erzählen? Würden Sie bitte bleiben, damit ich Ihnen davon erzählen kann? Heute ist es draußen so grau, und ich bin ganz allein, und ich fühle mich eingezwängt, als würde ich in diesem Nachthemd ersticken. Wie ein Fisch im Schleppnetz. Dann wären die anderen und im Grunde auch Sie Fischer, oder? Ich frage mich nur, wohin Sie uns Fische ziehen.

Aber im Ernst. Bleiben Sie doch noch. Wenigstens ein bisschen. Und wenn ich mein Wasserglas umtrete? Würden Sie dann bleiben? Um aufzuwischen? Wie schrecklich, das hätte ich nicht sagen sollen. Tut mir wirklich leid. Wir bedeuten uns doch viel mehr. Wir sind nicht nur tretende Füße und putzende Hände. Ich hoffe, dass ich mehr sein kann. Bitte bleiben Sie. Nur noch einen Augenblick. Sie ist gerade zur Therapie, die Frau im Bett vor dem Fenster, wir sind allein.

Nur wir zwei Mädels. Wenn jemand hereinschauen würde, könnte er uns so nennen. Oh, könnte er sagen, da seid ja nur ihr Mädels.

Hören Sie mir zu? Mutter hat zu Weihnachten immer wunderbare Partys gegeben. Die ganze Nachbarschaft kam. Ich fand dann, dass unser Haus im Dezember wie eine Papierlaterne aussah. Eine von diesen Laternen mit einer Kerze, die man in den Himmel steigen lässt. So perfekt und zart. Im Dezember durfte man im Haus nichts anrühren, weil Mutter die Party vorbereitete. Auf dem Kaminsims hat sie weiße Watte verteilt und den Weihnachtsmann und seine Rentiere aufgestellt. Der Tisch wurde mit ihrem besten weißen Tischtuch aus Paris gedeckt, in der Woche vor der Party schmückte sie ihn mit Nussknackertellern und frischen Tannenzweigen und roten Weihnachtssternen, und in die Mitte kam die rot-goldene Bowleschale von Hermès. So klang es immer, wenn Mutter es sagte. Ein wenig atemlos. Hermès. Sie hat immer eine Hand gehoben und sich berührt, hier, direkt unter dem Hals, wenn sie es gesagt hat. Ich weiß gar nicht, ob ihr das bewusst war. Die Bowleschale von Hermès. So hat sie es gesagt. Ich wünschte, Sie könnten sie hören. Ihre Stimme, ihre Atemlosigkeit. Es wäre so wichtig, dass Sie es verstehen.

Aber am liebsten mochte ich die kleinen Häuser, die Mutter auf der Fensterbank aufstellte. Das Weihnachtsdorf. Ein Haus mit roten Fensterläden, eines mit grünen, eines mit blauen, alle mit aufgemaltem weißen Schnee und einer perfekten Reihe Eiszapfen unter den kleinen Dächern. Wir hatten auch eine Bäckerei mit aufgemalten Kuchen im Schaufenster und einen See zum Schlittschuhlaufen, auf dem kleine Keramikkinder mit winzigen Keramikschlittschuhen auf eine Bahn geklebt waren. Man musste nur einen Schalter umlegen, dann wurden die Häuser von richtigen Lampen erleuchtet, und die winzigen Kinder drehten auf ihrer Bahn immer wieder dieselbe Runde, solange man wollte.

Was ich eigentlich sagen will, ist, dass es im Dezember, in unserem Haus, auf der Party, einen Schalter gab. Einen Schalter, den man umlegen konnte, und es war zauberhaft und wunderbar und echt. So echt wie Stecker und Strom und Technik. An den Tagen, wenn die Partys stiegen, blieb Daddy die ganze Zeit zu Hause, und meine Mutter trug ein neues Kleid, und sie tanzten sogar, kurz nur, aber sie lachten dabei. Wenn am späten Nachmittag das richtige Lied lief. Ich weiß noch, wie seine Hand auf ihrem Rücken lag und er sich mit ihr im Wohnzimmer im Kreis drehte, wie die Kinder auf ihren Schlittschuhen. Ich erinnere mich daran, dass alle lächelten. An die Bowle. So können Partys sein, oder?
Ein Moment, in dem alles möglich ist.

Als Daddy weg war, hatte Mutter die Bowleschale nicht mehr. Es kann sein, dass sie sie kaputtmachte. Vielleicht ist sie abends mit der Schale nach draußen gegangen und hat sie auf der Einfahrt zerschlagen. An dem Abend nach der letzten Party. Nachdem die letzten Gäste gegangen waren, als auch er ging. Ich muss einfach weg, sagte er. Ich muss gehen ich muss gehen ich muss gehen. Ich kann das nicht mehr. Vielleicht ist sie ihm in ihrem Kleid gefolgt, in dem Kleid, in dem sie getanzt hatte, dem Kleid, das vielleicht noch warm war, an der Stelle, wo er sie beim Tanzen berührt hatte. Sie könnte ihm die Stufen vor der Haustür hinunter gefolgt sein, in den Händen die große rote Schale, in der ein Rest Bowle schwappte, dunkelrote Wellen, die vielleicht sogar ihr Kleid trafen. Ein weinfarbenes Meer, so winzig, dass man es übersehen konnte, wenn man nicht die Nase gegen das Fenster presste und genau hinsah. Winzig und tosend. Man hätte leicht übersehen können, wie die Bowle auf das Kleid schwappte und den roten Stoff noch tiefer rot färbte, und wie sich unter der nassen Seide die sanfte Kuhle ihres Nabels abzeichnete. Möglicherweise hob sie die Bowleschale hoch und schleuderte sie auf sein Auto, als er auf die Straße zurücksetzte, und möglicherweise zerschellte alles auf der Auffahrt. Das Meer, die Bowleschale von Hermès. Und wäre in der Schale wirklich ein Meer gewesen, wären all die Männer auf all den Booten sofort gestorben. Können Sie es vor sich sehen? Die Trümmer der vielen kleinen Boote?

Jedenfalls war das die letzte Party. Aber wir bauten das Dorf in unserer neuen Wohnung wieder auf. Das Weihnachtsdorf. Wenn Sie es genau wissen wollen, legte meine Mutter ein Brett über das schwarze Metallbett in ihrem Zimmer. Ein großes Brett aus Kiefernholz, das sie auf dem Parkplatz hinter unserer neuen Apartmentanlage gefunden hatte. Die besser war als unser altes Haus, sagte sie, weil es einen Swimmingpool und einen Freizeitraum für alle gab, und darauf baute sie das Dorf auf, auf dem Brett, meine ich. An einem Nachmittag, kurz nachdem wir eingezogen waren, sprühten wir das Brett weiß an, und als Überraschung holte sie den Weihnachtskarton hervor und stellte die kleinen Häuser auf, obwohl wir Juli hatten, und sagte: Siehst du? Jetzt können wir leben, wie wir wollen! Wir können alles machen! Jetzt, wo wir hier leben, ist alles möglich. Wir schliefen viele

Monate lang in Schlafsäcken unter dem Bett mit dem Weihnachtsdorf darauf. Wir ließen sogar die ganze Nacht lang in den Häuschen das Licht brennen, damit es helle Punkte auf die dunklen Wände unserer neuen Wohnung warf. Wir fanden es beide richtig schön, beim Einschlafen das Summen der Keramikkinder auf dem Kunststoffeis zu hören. Wissen Sie, wir warteten darauf, dass alles geschah.

Du darfst nicht glauben, sagte meine Mutter in unserem Versteck unter dem Weihnachtsbett einmal zu mir, du darfst nicht glauben, mit mir könnte man keinen Spaß haben. Wir können hier ganz wunderbare Dinge erleben. Ich höre noch ihre Stimme, höre noch, wie sie das gesagt hat. Es klang, als wollte sie etwas von mir zurückbekommen.

Mir kam der Dezember wie ein Ort vor, wie eine Insel vielleicht, und der Januar bedeutet, ihn zu verlassen, und der Februar, dass ich ihn verlassen habe. So sieht es aus. Ich glaube, deshalb wollte ich Ihnen das alles erzählen.

Es kommt mir albern vor, über Weihnachtspartys und meine Mutter zu reden. Vielleicht finden Sie das auch. Vielleicht finden Sie es sehr albern. Ich wollte dem Arzt von den Weihnachtspartys erzählen, von meiner Mutter, dem Dorf, dem Kleid, aber er hat nicht zugehört. Ich wollte einen Witz machen, ich habe gesagt: Wird es an Orten wie diesem nicht sogar erwartet, dass man über seine Mutter redet? Aber er hat nicht gelacht. So gar nicht, es war beinahe das Gegenteil von Lachen. Was ist das? Mir fällt das Wort dafür nicht ein, für das Gegenteil von Lachen, aber es ist etwas, wodurch man ganz schön allein ist, oder? Er hat seinen schwarz-goldenen Montblanc-Kuli klicken lassen und gesagt, wir müssten über andere Dinge reden, und ich habe gesagt, das war doch nur ein Scherz! Er meinte: Das hier ist nicht der richtige Ort für Scherze. Und ich habe gefragt: Ernsthaft? Und er: Ernsthaft.

11

Ich hatte das Geschenk für das Baby auf den Tisch neben der Tür gelegt. Es war perfekt. M würde heute nach dem Abendessen zu Hause sein. Ich war mir so sicher.

Ich kochte Wasser für Nudeln und blieb die ganze Zeit vor dem Herd stehen, während das Wasser heiß wurde, solange es gefährlich war. Wie eine gute Mutter behielt ich den Topf im Auge, und das war ich ja auch! Ich gab E eine Schale mit warmen Strozzapreti bestreut mit hauchdünnen Scheiben Tomate und Möhre. Guten Appetit, sagte ich, als ich die Schalen auf den Tisch stellte, und hatte dabei im Ohr, wie meine Mutter es gesagt hätte. Wie sie es Tausende Male gesagt hatte.

Als E eingeschlafen war und B gestillt in seinem Bettchen lag, wischte ich in der Küche alles ab und putzte die dreckigen Stellen unter dem Kühlschrank. Ich wischte alle Türklinken mit Essigwasser ab. Im Gästezimmer putzte ich das Waschbecken, drehte die Pflanze um neunzig Grad und gab ihr einen Schluck Wasser. Ich begriff nicht, wie sie in dem kleinen dunklen Zimmer, das ganz anders aussehen sollte, das anders aussehen würde, wenn ich es erst hergerichtet hatte, atmen konnte.

Ich wollte wach und angezogen sein, wenn M nach

Hause kam, und mit ihm über seinen Tag reden können. Ihn vielleicht fragen, wie das eine oder andere lief. War diese eine wichtige Sache passiert? Oder die andere?

In der ersten Zeit, in der ich nicht mehr arbeiten ging, als E ein Baby war, als ich mich von M an der Tür verabschiedete und dann mit ihr allein zu Hause blieb, überlegte ich tagsüber, ob ich jetzt Ms Socken einsammeln und seine Wäsche machen sollte. Ob das jetzt meine Aufgabe oder meine Pflicht war. Erst als die Gehaltsschecks in der Post ausblieben, dünne Papierstreifen, auf denen nicht mal eine hohe Summe stand, aber mein Name und nur meiner, wurde mir ihre Bedeutung richtig klar. Erst, als keiner mehr kam und ich mich nicht mehr ordentlich anziehen oder das Haus verlassen musste. Als ich jede Sekunde dableiben und aufpassen musste, dass das Baby nicht auf eine der unzähligen Arten stirbt, vor denen man mich gewarnt hatte.

Mit vier Monaten griff E nach etwas, einem Spielzeug, ihrem Stofftintenfisch vielleicht, und hielt es fest. Es war das erste Mal, dass sie etwas so nahm. Mein Herz sprang fast aus meiner Brust. So etwas Wunderbares hatte ich noch nie gesehen, bis heute nicht. Meine Tochter konnte das plötzlich. Ich nahm das Handy und rief ihn sofort an, mit Tränen in den Augen rief ich M an und versuchte zu erklären, was passiert war, aber ich merkte sofort, dass es ein Fehler war. Ich hätte ihn nicht anrufen sollen.

Wie toll!, sagte er, das ist großartig, aber er sprach leise, und ich versuchte immer noch, es zu erklären, obwohl ich schon alles erzählt hatte, obwohl er es doch jetzt schon wusste und ich im Hintergrund Tasten klappern hörte. Obwohl ich mit wachsendem Entsetzen begriff, wie lächerlich

ich mich machte, dass ich mich wie eine kleine, alberne, einsame Hausfrau im Bademantel aufführte, und er noch leiser sagte: Wie schön. Wir reden heute Abend darüber. Es tut mir wirklich leid, aber ich muss aufhören, sagte er. Ich liebe dich. Er sagte genau das Richtige, nur von mir war es dumm gewesen, anzurufen. Ja, antwortete ich, natürlich. Ich war so wütend auf mich, weil ich mich so benommen hatte. Weil ich mich gezeigt hatte, wie ich war.

Ich zog einen unpraktischen Rock an, eine alte Bluse, die beinahe passte, setzte mich in die Küche und nippte an einem Glas Brandy, bis es so spät wurde, dass mir mein Aufzug und das Warten lächerlich erschienen. Ich war erleichtert, dass er doch nicht heimgekommen war, zog meine üblichen Sachen für zu Hause an und verkroch mich in eine Ecke.

Ich atmete bewusst und gleichmäßig, und nach einer Weile schlief ich zwar nicht ein, kam aber zur Ruhe. Ich träumte eine Art Wachtraum. Dieses Etwas war wieder da, in der Wohnung bei mir, vielleicht, vielleicht auch nicht in meinem Traum, das Etwas, das nicht M war, sondern eine Mischung aus einem Kind und einer Kröte. Etwas, das schrill und leise lachen und sich in allen Ecken verstecken konnte.

In meinem Traum lief ich durch alle Zimmer. E schlief, B auch. Ich lief zur Tür, zur Wohnungstür, durch die ich nach draußen gelangen konnte, aber ich würde es nicht schaffen, ich war nicht schnell genug, weil ich die Pflanze trug, weil ihre dicken grünen Tentakel mich zurückhielten, sie schlängelten sich über den Boden und krallten sich fest. Ich stolperte über etwas, über ein Spielzeug oder eine Schale mit Zitronen, und fiel hin. Die Pflanze wurde unter meinen Fingern zu Sand. Der Tontopf, die dicken grünen Stängel zerfielen und rannen mir durch die Finger, bis nichts übrig war.

Schwer atmend wachte ich auf, durch die Jalousien drang Licht. Es war wieder, schon wieder und immer wieder ein neuer Morgen, und ich hatte kaum geschlafen. Die Dinge glitten mir aus der Hand. Außerdem war ich wütend auf mein Traum-Ich und enttäuscht.

Offenbar war mein Traum-Ich eine schreckliche Mutter, im Grunde gar keine Mutter. Es war mit der Pflanze in den Händen zur Tür gelaufen. Mein Traum-Ich wollte seine Kinder zurücklassen. Wer weiß, was passiert wäre, wenn es die Tür erreicht hätte? Eigentlich musste ich mich das nicht fragen. Ich wusste es. Ich wäre verschwunden.

Das Morgenlicht streifte mein erschöpftes Gesicht, auf meinen Knien und Schienbeinen entdeckte ich neue Prellungen. Möglicherweise war ich letzte Nacht, als ich vielleicht, vielleicht auch nicht, geschlafen hatte, wirklich gerannt, wirklich hingefallen.

Ich ging ins Bad, um zu duschen. Ich hatte das Gefühl, ich müsse mir augenblicklich die Kleider vom Leib reißen, mich unter die Dusche stellen und den Schweiß und die Träume von dieser furchtbaren Mutter abwaschen, sonst würde ich schreien, und wenn ich damit anfangen würde, könnte ich vielleicht nie wieder aufhören.

Als Kind spielte ich gerne Puppenmutter, ich hatte dann viele Babys, mindestens drei oder vier, um die ich mich kümmerte. Ich wischte ihnen den Mund mit kleinen weichen Stofftüchern ab, die meine Mutter mir aus alter Kleidung zurechtschnitt, und wechselte ihre Windeln, indem ich ihre Plastikpopos mit anderen Stofftüchern einwickelte. Wenn ich spielte, schliefen die Babys fast immer, ich konnte sie jederzeit hinlegen und nicht weiter beachten oder auf den Arm nehmen und drücken. Es waren nur Mädchen, die ich rosa anzog und Diamond, Rainbow oder Butterfly nannte, je nach Laune.

Ganz geduldig sagte ich ihnen, wie alles hieß, erklärte, worauf man achten musste, was wichtig war, was wichtig sein sollte. Ich malte mir aus, wie es sein würde, wenn die Babys größer waren, wir würden zusammen jung und schön sein, wie Schwestern, aber keine würde so schön sein und geliebt werden wie ich. Wir würden lange Haare haben, dicke, blonde Haare, und ich würde sie kämmen und flechten. Wir würden gleich groß sein und feste, schmale Taillen haben, wie Puppen.

Als E auf die Welt kam, war es tatsächlich ein wenig so, wie ich es mir als Kind vorgestellt hatte. Ich brachte ihr bei, wie alles hieß. Alles an ihr war ein Geschenk von mir, von meinem Körper. Ich hatte sie aus dem Nichts erschaffen. Als sie älter wurde, merkte ich allerdings, wie ich schon in Einzelteile zerlegt wurde. Und dass nicht ich bestimmen würde, welche Teile von mir nützlich waren. Meine Hände, die ihr vor ein paar Monaten noch die ganze Welt vermittelt, die Welt für E geformt und überhaupt ermöglicht hatten, waren plötzlich nur noch gut genug, um Wäsche zu sortieren und die eingetrockneten Reste von einem vergessenen Teller zu kratzen. Und warum sollte es auch anders sein? Mütter waren Mütter, ob wir zu kleinen Fetzen zerrissen am Boden lagen oder aufrecht und unversehrt da standen. So oder so wurde jeder eingetrocknete Teller mit Liebe geschrubbt.

Während meiner Schwangerschaft mit B schlief ich viel, und in meinen Träumen standen Mädchen am Ufer eines Sees und schälten sich aus Teilen ihres Körpers heraus, als streiften sie einen Pullover ab. Sie schnürten die Teile zu dichten Päckchen zusammen, setzten sie aufs Wasser, pusteten einmal, und hui, segelten sie davon. Manchmal konnte ich sogar einen See voll sorgsam verschnürter, treibender Päckchen sehen, wenn ich wach war. Eine Schwangerschaft stellt seltsame Dinge mit dem Körper an, sagte mein Arzt. Er ermahnte mich, ich müsse lächeln und fröhlich sein, wenn E in der Nähe war, ich dürfe nicht nervös werden, müsse Thunfisch meiden und dürfte nur durchgegartes Fleisch essen.

Während ich darauf wartete, dass E und B wach wurden, flocht ich mir die Haare, obwohl ich zu alt für mädchenhafte Zöpfe war. Sie machten mich noch älter, weil sie die leichten Krähenfüße und die Falten neben meinen Mundwinkeln betonten. Der Bluterguss auf meiner Wange hatte sich gelblich gefärbt und ließ mein Gesicht wie eine Landkarte aussehen, auf der winzige Boote fahren konnten. Meine Augen wurden zu Buchten, vielleicht auch zu Strudeln, zu sicheren Häfen oder noch etwas anderem.

Womöglich wirkten die Zöpfe auch modern. Ich könnte die Haare geflochten tragen, wenn wir am Wochenende das Geschenk für das Baby überreichten. Den Bluterguss würde ich natürlich überschminken müssen. Es war Freitag früh, der Besuch stand morgen an. M und I und B und E fahren über den See. Wenn heute Freitag war, würde M abends doch sicher nach Hause kommen.

Ich nahm ein Röhrchen mit Tabletten aus dem Medizinschrank und schluckte eine oder zwei. Gerade hatte ich deutlich Kopfschmerzen verspürt, wenigstens den Anflug von Kopfschmerzen, ich war mir beinahe sicher. Am besten bekämpfte man so etwas so früh wie möglich. Ich putzte mir die Zähne. Als ich die Badezimmertür öffnete, hörte ich Schreie, und ich vergaß die Zöpfe und die Kopfschmerzen und lief los, um Frühstück, dann Mittagessen, einen Snack und Abendessen zu machen. Heute würde es anders sein, M würde nach Hause kommen. Heute würde ich Essen kochen und die Wohnung putzen und die Kinder lieben und das sein, was alles in Ordnung brachte. Wie eine schöne Vase, die einem Zimmer den letzten Schliff gab. Ich konnte die Vase sein und diejenige, die sie sauber hielt. Wenn ich hart arbeitete und die Kinder liebte und M zu uns nach Hause kam, würde alles richtig sein.

Nachmittags an der Pumpe war ich so müde, dass ich fast neben B auf der Decke einschlief, als Nell in den Park kam. Sie sah auch müde aus und anders als sonst. Ihre Haare waren nicht auf Hochglanz gebürstet. Ein Träger ihres Kleides rutschte immer wieder von der Schulter, was sie zu stören schien. Trotzdem war sie mit den Kindern geduldig. Sie reichte ihnen die Spielsachen aus ihren Taschen, wenn sie darum baten, aber wenn sie nicht hinsahen, saß Nell teilnahmslos auf der Decke und zupfte an den ausgefransten Rändern.

Mittlerweile konnte ich einfache Fragen auf Französisch beantworten, aber ich konnte keine stellen. Es fiel mir zu schwer, sie zu formulieren. Ich verlor mich zu leicht in den Sätzen. Sie trug neue Schuhe an den zierlichen Füßen, gelbe

Lederschuhe mit einem eingestanzten Muster, das ich nur ganz dicht neben ihr richtig hätte erkennen können. Unter ihren Augen lagen dunkle Schatten, die an die Flügel einer Motte erinnerten. Damit meine ich, dass sie zart waren, diese Schatten, und aus sanften Grautönen bestanden. Ich hatte mit Blutergüssen gerechnet, ich suchte sogar nach ihnen, fand aber nichts. Nur diese zarten Schatten. Ich wurde aus alldem nicht schlau, so sehr ich mich auch bemühte.

Die Pumpe verließ ich heute früher als sie. Ich hatte zu tun, ich musste das Abendessen kochen, der Tisch gierte schon danach. Die anderen Mütter spürten es auch, wir packten zeitgleich unsere Sachen ein, unsere Ohren zuckten, als wären wir Rehe, wir bewegten uns als Herde. Die Fäden und Schnüre, die uns über Seilzüge mit unseren Töpfen, Pfannen und Waschmaschinen verbanden, spannten sich straffer um unsere Handgelenke. Nell dagegen spielte mit den Haaren ihres Babys und gab ihrem größeren Sohn etwas, wonach er gefragt hatte, während ich mit den anderen Müttern eilig aufbrach.

Zum Abendessen kochte ich Nudeln mit einer Sauce aus frischen Tomaten und Basilikum, Ms Lieblingsgericht. Die Wohnung roch wie ein warmer Hügel in der Toskana. Ich öffnete eine Flasche Rotwein, damit er atmen konnte. E fütterte ihre Tiere einzeln mit Sesam, sie ließ die Samen vorsichtig in die Plastikmünder fallen, als wären sie winzige Milchtropfen. Sie rieselten zu Boden, und ich sah es, schimpfte aber nicht, wie eine bösartige, kleinliche Mutter es getan hätte, sondern lächelte sie an und hatte jeden lieb.

Und jetzt backen wir für Papa Plätzchen!, sagte ich zu E. Sie sah nicht auf, also sagte ich es zu B, drückte meine Nase gegen seine und zog sie kraus, wie ich es mit achtzehn auf einem Foto gemacht hatte, das ich sehr mochte. B gluckste als Antwort, und ich drehte mich wieder um und begann mit dem Teig. In der Wohnung war es so warm, dass die Butter schon schmolz und auf der Küchentheke zu einer hellen Schmiere zerfloss.

Ich gab die matschige Masse in eine Schüssel, fügte Mehl, Eier und Zucker hinzu und rührte alles mit einem Holzlöffel zusammen, wie ich es mir vorgestellt hatte. Der Teig roch gut und fühlte sich weich an. Ich zupfte ein Stückchen ab und aß es. Die Zuckerkristalle zermahlte ich zwischen den Zähnen, dann aß ich noch einen Brocken und noch einen.

B weinte, er hatte schon den ganzen Nachmittag immer wieder geweint und fing jetzt erneut an. Plötzlich schnürte sich mir der Hals zu, und statt B hochzuheben, nahm ich eine große Handvoll Teig, fast die ganze Masse, und stopfte sie mir in den Mund. Im ersten Moment bekam ich keine Luft. Ich dachte schon, ich würde ersticken, aber dann rutschte der dicke Teigklumpen meine Speiseröhre hinunter, und ich lief schnell zu dem Baby. Flink setzte ich mich mit ihm aufs Sofa und schob eine Brustwarze in sein hungriges Mündchen. Gute Mutter. Schlechte Mutter. Gut. Schlecht. Eine Münze, die sich in der Luft dreht, immer höher und höher.

Ich fuhr mir über die Stirn, um die Falten glattzustreichen, um mein Gesicht in Ordnung zu bringen. Während B in meiner Armbeuge lag, lockerte ich mit der freien Hand meinen Unterkiefer. Ich hörte meinen Atem, beinahe leise Eselsrufe, die seltsam waren, ich merkte es selbst, aber ich konnte es nicht ändern. Ich weinte, und ich trug immer noch die Zöpfe, ich war den ganzen Tag herumgelaufen wie eine hässliche Puppe mit dem Gesicht einer alten Frau, voller Runzeln und Falten. Als mir das klar wurde, kam ich mir albern vor, und ich zog meine Brustwarze aus Bs Mund, legte ihn auf den Teppich und sah nach, wie viel Plätzchenteig übrig war. Gerade genug. Ich stellte den Teig in den Kühlschrank, damit er fest wurde, dann kämmte ich mir im Bad die Haare aus und steckte sie zu einer weniger scheußlichen Frisur hoch, zu einer Frisur, die klarmachte, dass ich wusste, was ich war.

B weinte wieder, aber dieses Mal konnte ich lächeln und zu ihm gehen, ohne zu zittern, ich konnte ihn auf den Arm nehmen und ihm ein Lied vorsingen, und die Worte drangen nicht zu laut oder zu schnell aus meinem Mund. Er lächelte mich an, ich drückte ihn und hatte wieder das Gefühl, ich wäre vor etwas Grauenhaftem gerettet worden, und wir wiegten uns und sangen und waren wieder so weit, beobachtet zu werden, gesehen zu werden.

Als ich klein war, vielleicht vier, fünf Jahre alt, hatte ich eine karamellbraune Maus, und ich streichelte sie und spielte mit ihr und trug sie zu Hause in meiner Hemdtasche mit mir herum. Manchmal kletterte sie auf meine Schulter und baute sich aus meinen Haaren ein Nest, und ich konnte hören, wie sie in ihrem Versteck kaute und leise quiekte. Sie hatte einen Käfig mit einem blauen Keramikschüsselchen für ihr Futter und eine Wasserflasche, die ich mit Aufklebern verziert hatte. Ich spielte allerdings nie allein mit ihr, dafür war ich zu klein. Meine Mutter passte auf.

Bis sie eines Tages nicht aufpasste und ich die Maus herausholte, um mit ihr zu spielen. Sie biss mich so fest, dass ich sie zusammenquetschte und sie in meinen Händen erschlaffte. Ich legte sie zurück in den Käfig und wartete darauf, dass sie aufwachte, was sie natürlich nicht tat. Wir begruben sie unter dem Pflaumenbaum im Vorgarten. Im Sommer beobachtete ich, wie die grünen Pflaumen an diesem Baum erst dunkelviolett und dann fast schwarz und immer dicker wurden. Als wir sie im Spätsommer aßen, waren sie absolut köstlich. Die besten Pflaumen, die je an diesem alten Baum gewachsen waren. Ich glaube, damals dachten meine Mutter und ich, uns sei vergeben worden, und wer wollte schon behaupten, dass wir nicht alle Vergebung verdient hätten? Die Pflaumen schmeckten so gut, dass wir sie monatelang aßen, im Kuchen, als Marmelade und auch einfach pur. Wir saßen unter dem Baum, und der Saft lief uns über die Wangen, das Kinn, die Arme.

Es wurde langsam spät. Ich versuchte, das Essen warmzuhalten, damit wir zusammen essen konnten, aber die Nudeln wurden oben hart und unten grau, während wir warteten, und die Sauce verkochte auf der hinteren Herdplatte. Am Ende blieb nichts übrig, und die Tomaten klebten verbrannt am Topfboden. Ich gab E einen Teller mit glitschigen kalten Nudeln und hoffte, M würde nicht nach Hause kommen, bevor alles sauber, der Topf geschrubbt und das Essen weggeräumt war.

Wenigstens konnten wir noch die Plätzchen backen. Das Rezept für den Teig hatte ich von meiner Mutter und sie von ihrer Mutter gelernt, deshalb wurde immer verglichen, beäugt, man biss winzige Stückchen ab und sagte

Nettigkeiten. Nur würde ich jetzt allein backen. Ich holte den Teig aus dem Kühlschrank, und E sprang gierig auf und griff nach mir und der Schüssel, und es war natürlich wunderbar, dass sie vor lauter Freude hüpfte. Ich hüpfte auch ein wenig, um zu zeigen, wie wunderbar ich alles fand. Wir rollten den Teig zu kleinen Kugeln, die E formen durfte, wie sie wollte.

So, wie E den Teig flachdrückte, an einer Seite zu dick, in der Mitte zu dünn, würde er auf keinen Fall richtig backen, aber ich sagte nichts. Ich versuchte nur, die Plätzchen unauffällig zurechtzuschieben, wenn E sie auf das Blech gelegt hatte, und lobte sie dabei die ganze Zeit. Wie hübsch sie aussehen. Papa wird begeistert sein. Ich schwitzte ein wenig, nur am Haaransatz.

Nebenan begann B zu weinen. Es war etwa zehn Uhr, die Plätzchen waren noch nicht fertig, und ich saß immer noch allein mit den Kindern in der Wohnung. Mit Kindern, die längst im Bett sein sollten. Kindern, die nicht gut schlafen und morgen früh todmüde sein würden. Vielleicht würden sie gar nicht schlafen, weil ich sie so lange nicht ins Bett gebracht hatte.

Mein Herz begann zu rasen. E drängte sich an mich, sie stand auf meinem Fuß und bohrte ihren Ellbogen in Stellen, an denen ich nach der Schwangerschaft mit B immer noch dick war, Stellen, die nie wieder so sein würden wie früher.

Ich kann nicht atmen!, schrie ich plötzlich. Ich kann nicht atmen! Konnte ich wirklich nicht. Ich versuchte, ein Spiel daraus zu machen, griff mir an den Hals und riss die Augen weit auf, aber E war schlagartig zurückgewichen.

Sie beobachtete mich still. Das machte sie manchmal, dann wurden ihre Augen zu Teichen, zu trüben, wässrigen Gruben voller Frösche. Manchmal konnte ich in solchen Momenten einfach nicht gefasst bleiben.

Ich ließ die Plätzchen auf der Küchentheke stehen und brachte E ins Bett. Dabei sagte ich immer wieder, sie sei ein braves Mädchen und ich hätte sie wahnsinnig lieb. Ich wünschte, ich könnte die Starre in meinem Gesicht lösen und den Kiefer entspannen. Es fühlte sich an, als würde ich meine Zähne zermahlen, so fest biss ich zu. E hielt meine Hand zaghaft fest, als ich sie in ihr Zimmer brachte. Ich deckte sie zu. Sie war so weit von mir entfernt, dass ihre Augen wie winzige Lichtpunkte wirkten. Wie eine Lichterkette zu Weihnachten auf einem Fischerboot, während ich schon weit in die Tiefe gesunken war. Ich gab ihr einen Kuss auf die Stirn und sagte, dass ich sie lieb hatte. Die Stelle, an der ich ihre Wange mit meiner berührte, musste ich abwischen, weil ich so schwitzte, dass es Spuren hinterließ.

B schrie jetzt richtig, aber ich brachte es nicht über mich, zu ihm zu gehen, auch wenn wir alle eigentlich doch ganz leise sein sollten. Vollständig angezogen stellte ich mich unter die Dusche. Manchmal half so etwas, genauso wie fünfmal zu springen, so hoch man konnte, wenn niemand hinsah, sich in die Innenseite der Oberschenkel zu kneifen oder in ein Kissen zu schreien. Das Wasser tat gut. Es war kalt und ließ mich wieder zu mir kommen. Ich wurde ruhiger.

Ich schälte mir die Kleidung vom Leib, ließ sie in der Dusche liegen und wickelte ein Handtuch um meine

Supermarkthähnchenhaut. Zu einer anderen Jogginghose zog ich ein altes T-Shirt an. B war verstummt, und natürlich hatte ich deswegen ein schlechtes Gewissen. Ich lief zu ihm, hob ihn hoch und sagte ihm: Ich habe dich lieb, ich habe dich lieb, ich habe dich lieb, obwohl er fast eingeschlafen war und ich ihn nur störte. Ich gab ihm die Brust, und er tat mir den Gefallen, ein bisschen zu trinken, bevor er ganz einschlief und mich allein ließ.

Ich wischte in der Küche alle Oberflächen ab, warf die rohen Plätzchen in den Müll und spülte das Blech. Dann suchte ich den Boden und die Schränke nach Glassplittern ab. Irgendwann würde die Stimme hinter der Tür mit mir sprechen, und ich wollte sie nicht hören. Wenn ich mich weiter beschäftigt hielt, würde ich sie vielleicht nicht bemerken. Ich schliff die Messer noch einmal mit dem Stein, rrratsch rrratsch rrratsch, bis die Klingen rasiermesserscharf waren. So fraß der Schleifstein nicht nur das Metall, sondern auch die Minuten.

Ich räumte die Messer weg, polierte die Schrankgriffe, wischte den scheußlichen roten Kühlschrank der Wohnungsgesellschaft ab und kletterte auf den Tisch, um die Küchenlampen von der klebrigen Schmiere auf ihrer Oberseite zu befreien. Meine Großmutter erzählte einmal von einem Verehrer, der mit dem Finger über die Oberkanten ihrer Türen gestrichen habe. Er wollte wissen, wie sie ihren Haushalt führte, bevor er sie küsste, sagte er. Das war natürlich unverschämt, trotzdem sollten die Lampen auch oben sauber sein. Aber weil ich müde wurde, ging ich zum Sofa, vergrub mich hinter einem Berg Kissen und schloss die Augen.

Einen Moment oder vielleicht Stunden später war M bei mir, zu Hause. Er sah müde aus und roch leicht nach Schweiß. Er streckte die Hände in meinen Kissenberg, bückte sich und küsste mich hinter dem Ohr. Ich liebe dich, sagte er. Das hörte ich, ganz sicher.

Wir waren zusammen so jung gewesen, und ich hatte keine Sekunde davon vergessen. Von unserer Jugend. Von dem Blick, mit dem er mich ansah, als wir in diesem goldenen Land waren und gute Haare und Zähne hatten und noch von Natur aus anmutig waren, ohne uns anstrengen zu müssen. Als jeder Tag ein reich bestückter Marktplatz war. Wir konnten alles haben, was wir wollten! Es stimmte, es war alles passiert, auch wenn man es jetzt kaum noch glauben konnte, weil sich in unserem Leben so vieles um uns herum auftürmte, uns hoch und schwankend einschloss, schmutzige Wäsche, Recyclingmüll. Aber jetzt war alles gut, weil er zu Hause war, weil die Wände um mich herum, vielleicht um uns beide herum, ein wenig zurücktraten, und ich konnte schlafen.

12

Am nächsten Morgen machten wir uns schick. M war ein wenig nervös, er zog Sachen an, in denen er sonst ins Büro ging. Ein Hemd aus Mailand. Es war seltsam, dass er mit einem Hemd mittlerweile vertraut wirkte; ich erinnere mich noch daran, dass sein erster Anzug zu weit und locker gesessen und ich gedacht hatte, wenn er mir so auf der Straße begegnen würde, hätte ich ihn nicht erkannt. Ich weiß nicht, ob er die Blutergüsse bemerkte, jedenfalls sagte er nichts. Einerseits wusste ich sein Taktgefühl zu schätzen, andererseits fühlte ich mich dadurch innerlich unstet, als wäre die Wirklichkeit am nächsten Tag, in der nächsten Minute vielleicht nicht mehr wahr, als wäre sie nicht unumstößlich. Oder als könnte etwas für mich wirklich und wahr sein, aber nicht für uns beide zusammen. Vielleicht hatte ich die Blutergüsse aber auch nur gut überschminkt. Wie viele verschiedene Dinge konnten gleichzeitig wahr sein?

E trug ein weißes Kleid mit einer Lochstickerei, die verstreute Blütenblätter nachahmte. Die Löcher sollten wie zufällig verteilt wirken, eine solch gezielte Lässigkeit musste man sich etwas kosten lassen. Ich bürstete ihre Haare, glättete sie mit ein paar Tropfen Öl und flocht sie sorgfältig. Sie weinte immer, wenn ich ihr die Haare flocht, zappelte herum, bis sich der Zopf wieder auflöste und wir von vorne anfangen mussten, aber ich war ehrlich davon überzeugt, dass sie irgendwann gerne daran zurückdenken würde, wie ich ihr durchs Haar strich. Ich glaubte, sie würde sich an diese Liebe erinnern, an meine Liebe, auch wenn sie jetzt weinte und sagte, es tue weh. Ist die Liebe nicht manchmal so? Wir legen es immer darauf an, uns zu erinnern.

M zog B an, er schob eine Hose über die strampelnden Beinchen, zog sie über die dicke Windel und ließ das alles so leicht aussehen. Vielleicht war es das ja auch.

Irgendwann würde ich die beiden wahrscheinlich meine Jungs nennen, und ich würde lachen und eine Frau Mitte vierzig sein, die leicht die Augen verdreht, die Arme verschränkt und mit dem Fuß auf den Boden klopft. Wir würden uns mit Kosenamen ansprechen, so glücklich würden wir sein.

Ich fand nichts, was ich anziehen konnte. Ich probierte alle Oberteile an, aber keines passte. Die Ärmel waren zu lang, sie schleiften ja fast über den Boden. Die Knöpfe waren zu eng. Plötzlich fühlte ich mich wie eine Traube, die neben dem Bett von einem riesigen Daumen zerquetscht wurde. Ich quoll auseinander und wurde in den billigen Teppich gerieben. Ich zog irgendein Kleid an und stürzte aus dem Zimmer, so schnell, dass der Spiegel mich nicht erwischen konnte. Den Bluterguss in meinem Gesicht bedeckte ich mit einer weiteren Schicht Make-up und Puder. Ich war die Letzte an der Tür, verließ als Letzte die Wohnung, aber ich war bereit. Als alle im Flur waren, schloss M hinter uns ab. Sofort wollte ich wieder hinein. Ich wollte mich den ganzen Tag in der Wohnung verschanzen, aber M wartete und B würde bald Hunger bekommen und weinen. Also verließen wir das Haus und gingen zur Straßenbahn. Leider war es zu warm, um meinen langen Mantel zu tragen.

M zog die Fahrscheine und steckte sie in seine Tasche. Als die Straßenbahn kam, stiegen wir ein und fuhren den Hügel hinunter, am Bahnhof vorbei und überquerten die Brücke über die Rhône. Es war ein wunderschöner Tag, in drei Stunden hätten wir in Paris sein können. Wir stiegen aus und kamen an einem Blumengeschäft vorbei, in dem eine junge Frau mit karierter Schürze riesige Sonnenblumen mit Stängeln so dick wie ihre Handgelenke zu einem wuchtigen Strauß zusammenband. Als die zierliche Frau den Strauß hochhob, wirkte sie darin beinahe verloren. Sie fing die Blumen mit der Schnur ein wie Rinder mit einem Lasso. M schenkte E eine pinkfarbene Blume, die sie liebte, küsste, zerdrückte und auf der Straße liegen ließ, alles innerhalb von zwei Minuten. So konnte Liebe manchmal sein. Sie erblühte, war wunderschön, prachtvoll, zart und plötzlich fort. Warum sollte man so tun, als wäre es anders?

Wir erreichten das Apartmenthaus, in dem Jean, Ms Chef, wohnte, ein altes Gebäude mit Blick auf den See. Im Eingangsbereich gab es einen schmiedeeisernen Aufzug, in den man sich einschloss wie in einen Vogelkäfig. Wir fuhren bis ganz nach oben und stiegen vor einer hohen weißen Tür aus, die vor lauter Intarsien und Zierleisten wie ein Labyrinth aussah, und perfekt, wie sie war, gab es natürlich keinen Ausweg. Während wir noch mit dem Kinderwagen kämpften und E davon abhalten wollten, vorzulaufen, öffnete die Frau von Ms Chef die Tür.

Sie trug ein weißes Kleid, das sich wie ein Wasserfall, wie ein Wunder über ihren Körper ergoss und sie nur an manchen Stellen berührte. An einer Seite war ein Stück Stoff ausgeschnitten, wo eine Tasche gesessen hätte, die Lücke dagegen gab den Blick auf eine gebräunte Hüfte frei, unter der sich deutlich der Knochen abzeichnete. Das perfekte Accessoire, viel exklusiver als das neuste Chichi. Eine Stelle, an die sie oder jemand anders seine Hand legen konnte. Ach, das alte Ding, hätte sie sagen können, wenn sie einen Raum betrat und vorführte, wie vollkommen ihr Kleid und ihre Hüfte waren. Man konnte kaum glauben, dass sie erst vor kurzem ein Baby bekommen hatte und jetzt Weiß trug, noch dazu dieses Kleid.

M beugte sich vor und küsste sie dreimal auf die Wangen. Es waren keine richtigen Küsse, eher Berührungen. Sie lächelten sich an wie Menschen, die schon abends zusammen ausgegangen waren. Das sah ich ihnen an. Als er sie küsste, berührte er ihre Schulter wie ein Mann, der wusste, ob sie vorher lieber einen Cocktail oder Wein trank. Und natürlich waren sie schon abends zusammen zum Essen ausgegangen, häufig sogar, nach der Arbeit. Ich wusste, dass die Frau von Ms Chef sie abends oft in Restaurants begleitete, wenn sie aus ihrem Büro kam.

Hinter ihr tauchte Ms Chef mit dem Baby an der Schulter auf und streckte M die Hand entgegen. Sie baten uns herein, führten uns durch Flügeltüren und forderten uns auf, uns zu setzen. M hob B aus dem Kinderwagen, und als er seinen Chef ansah, lachten beide. Maßgeschneiderte Hemden, Hosen aus feinem Wollstoff, Lederschuhe, Männer mit Aufgaben. Männer, die jetzt im Moment eine ganze Reihe von Menschen hätten anrufen können, die viel zu tun hatten und doch Babys auf dem Arm hielten. Das war das Signal für uns Frauen, für mich und die Frau von Ms Chef, uns anzulächeln, uns mit einem Blick zu gratulieren, was haben wir doch für ein Glück, in der Art. Wir verpassten unseren Einsatz nicht und lächelten brav.

E kam herein, fragte sofort, wo der Tee sei, und stampfte mit dem kleinen Lacklederschuh auf, was uns anderen, uns Erwachsenen, meine ich, eine weitere Gelegenheit gab, uns verständnisvoll anzusehen und zu lachen. Solche Nachmittage verliefen meistens, wenn nicht immer, nach demselben Muster. Es wurde gelächelt, gelacht, man warf sich verständnisvolle Blicke zu, streckte die Hand auf eine bestimmte Art aus, kommt doch herein!

Wir wurden ins Wohnzimmer geführt, wo M und Jean sich mit den Babys auf das makellose französischblaue Sofa setzten. Sie lehnten sich gegen die Kissen, während die Frau von Ms Chef und ich uns auf Stühlen mit hoher Lehne an einem Beistelltisch drapiert hatten und uns der Aufgabe widmeten, Gesprächsthemen zu finden.

Das Geschenk, das wir auf das Tischchen neben dem Eingang gestellt hatten. Dort machte es sich wirklich gut. Das Sonnenlicht rekelte sich träge im Zimmer, als gehörte es zur Familie, und machte es sich auf eine vertraute, zwanglose Art an den schönsten Stellen gemütlich. Von den hohen Decken reichten lange Vorhänge bis zum Boden, so leicht und luftig wie der Atem schöner Frauen.

Natürlich durfte ich all das nicht erwähnen, unser Text war vorgegeben und erlaubte keine wunderlichen Abweichungen. Sie würde eine freundliche Bemerkung über E fallen lassen, und ich würde ihr danken. Ich würde lachen und mit einem Kompliment über ihren Teppich antworten. Ich würde versuchen, nicht an meinem Kleid herumzuzupfen. Dann würde ich fragen, woher sie dieses oder jenes habe, und behaupten, ich suchte etwas Ähnliches. Es würde schwierig werden, weitere Themen zu finden, vielleicht würden wir über Sprühreiniger, guten Kaffee oder Brot reden und dazu mit der Zunge schnalzen. Ich würde mir ihre Ratschläge anhören und mich bedanken. Natürlich würde ich das Baby bewundern. Ich wurde sagen, wie schnell sie doch wuchsen und wie sehr ich Babys liebte, alle Babys.

Sie sprach Englisch mit Akzent, aber nicht mit einem französischen. Als sie uns Tee anbot, musste ich ihr meine Hilfe anbieten, und sie musste ablehnen. Nein, nein, nein, musste sie sagen. Bitte, bleib ruhig sitzen.

Es lief recht gut, wir beherrschten unsere einstudierten Rollen. M und sein Chef unterhielten sich und tätschelten den schlafenden Babys den Rücken. Bald würde eine von uns, die Frau von Ms Chef oder ich, zu unseren Männern hinübersehen und etwas über sie sagen müssen. Ich musste mir ein Kompliment zurechtlegen, etwa, wie sehr mein M seinen Chef oder die Arbeit schätzte. Mein M, so würde ich ihn nennen müssen, ganz zärtlich.

Sie holte eine Kanne und schenkte Tee in bereitgestellte Tassen ein. Die Männer winkten ab, als sie ihnen Tee anbot, also gingen wir an den Tisch zurück und mussten den Tee trinken, obwohl es viel zu warm dafür war. E war irgendwohin verschwunden. Ich sollte sie lieber suchen, sagte ich, und die Frau von Ms Chef antwortete, ich solle bleiben und sie spielen lassen, und lächelte dabei, als wüssten wir doch genau, was Kinder so im Geheimen trieben.

Auf dem Tisch stand ein Teller mit pastellfarbenen Macarons. Sie bot mir welche an, ich nahm eines und biss hinein. Als ich ihr den Teller reichen wollte, lehnte sie ab, das dürfe sie nicht essen, und ich kam mir vor, als habe sie mich hereingelegt. Ich sah mich nach E um, weil ich ihr den Gebäckrest geben wollte, konnte sie aber nirgendwo entdecken. Ich konnte aber auch nicht aufstehen, also aß ich die zweite Hälfte und widmete mich wieder dem Tee.

Auf dem Tisch neben ihr brummte immer wieder ihr Handy. Wenn Anrufe kamen, wischte sie mit ihren manikürten Fingern über das Display, um sie abzulehnen, dann wandte sie sich wieder mir zu, entschuldigte sich lächelnd und verdrehte die Augen. Ich wollte ausdrücklich nicht gestört werden!, sagte sie. Etwas in der Art.

Mein Blick wanderte zwischen ihr und ihrem neuen Baby hin und her. Wie konnten beide echt sein? Ihr Kind war viel jünger als meines, und trotzdem hatte sie lackierte Nägel, Menschen, die sie auf dem Handy anriefen, diese Hüfte in diesem Kleid. Vielleicht kam das alles von der halben Flasche Champagner, die Mütter hier im Krankenhaus nach der Geburt bekamen, der Bettwäsche von Descamps in den hellen Privatzimmern, vielleicht boten solche extravagant und unnötig wirkenden Dinge in Wahrheit Halt an einer steilen Klippenwand. Vielleicht war das eigene Kind das Meer, in das man sonst stürzen würde, vielleicht glich der Mund seines Babys den Schnäbeln dieser Vögel, deren Zähne nach hinten zeigten und nichts freigaben, was sie einmal gepackt hatten, Vögel, deren Zähne sich den ganzen Hals hinunterzogen.

An der Wand hinter ihr hing ein Kunstwerk aus gehämmertem Metall. Es reflektierte das Licht so raffiniert, dass sie ausgeleuchtet wurde, als wäre sie von einem warmen Schimmer umhüllt. Mir fiel ein, dass ich irgendwo gehört hatte, Frauen sollten sich einen Diamanten an den Jackenkragen stecken, das würde sie hübscher machen. Wenn Licht auf den Diamanten fiel, würde das Gesicht sanft erstrahlen, und niemand würde den Trick bemerken. So war es jetzt auch bei der Frau von Ms Chef, die in dem Licht von hinten erstrahlte wie Venus auf ihrer Muschel. So schön war sie. Ich fragte mich, ob sie immer auf diesem Stuhl saß, an dieser Stelle, in diesem Licht.

Auf ihrem Handy öffneten sich Textfelder, und sie senkte ein paarmal den Blick, rief ihren Kalender auf, fuhr mit dem Daumen über das Display. Ich soll für ein Meeting nach Dubai fliegen, kannst du dir das vorstellen? Natürlich lautete die Antwort: Nein, konnte ich nicht. Trotzdem sprach ich es aus: Nein, kann ich nicht. Genauso, und dazu machte ich ein Gesicht, als wäre ich überrascht und beeindruckt. Um zu zeigen, dass ich es mir wirklich nicht vorstellen konnte. Manchmal zeigen die Gesichter, die wir aufsetzen, doch die Wahrheit.

Sie tippte auf ihrem Handy herum und sagte schließlich laut etwas zu Ms Chef, aber Sie müssen sich ihre Stimme vorstellen, ihren Akzent, die manikürten Finger, mit denen sie fast ihre geschminkten Lippen berührte. Liebling, ich muss nach Dubai! Ja, Ende des Monats! Wie soll das Kindermädchen das nur machen?

Dann wandte sie sich mir zu und sagte lächelnd: Na ja, sie wird es schon schaffen. Und: Ich kann mir gar nicht vorstellen, wie du mit zwei Kindern zurechtkommst. Ich könnte das nicht, ich würde die Wände hochgehen! Du hast bestimmt wahnsinnig viel zu tun!

Ich nickte und lächelte und sagte irgendwas über Kinder. Dass man ihnen ständig nachjagen müsse. Viel zu tun, ja, ich hätte sehr viel zu tun. Sie antwortete etwas, vielleicht nickte sie auch nur.

Ich musste jetzt wirklich E suchen. Ich muss E suchen, sagte ich, und die Frau von Ms Chef nickte und ließ sich ihre Erleichterung kaum anmerken. Ich stand auf und zog am Saum meines Kleids, damit es sich von meinem Rücken löste.

Ich ging den Flur entlang. Auf dem glänzenden Parkettboden, sauber genug, um Kaviar davon zu essen, glatt genug, um darauf zu tanzen, von jemand anderem aus Hunderten Teilchen zusammengesetzt, verursachten meine Füße kaum einen Laut. Ich steckte mir einen Finger in den Mund und drückte ihn dann gegen die Wand, wo er einen feuchten Abdruck hinterließ. E, rief ich, aber nicht zu laut. Hier waren so viele Türen. Das Bad ist rechts am Ende des Flurs, rief die Frau von Ms Chef aus dem Wohnzimmer.

Ich öffnete die erste Tür, zu der ich kam, und stand vor einem Schlafzimmer. Wahrscheinlich war es ein Gästezimmer. Auch hier weiße Wände. Ein Bett mit einem gepolsterten taubengrauen Kopfteil und vor dem Fenster ein elegantes Sofa. Sein Rückenteil war sanft geschwungen, wie der Hals einer gestürzten Giraffe. Wie der Hals einer Giraffe, die in der Serengeti oder an irgendeinem anderen Ort, nur nicht hier, erschossen am Boden lag. In diesem Zimmer gab es eine weitere Tür, und ich ging hinein, um sie zu öffnen. Ich sagte: E?, aber es war kein richtiges Rufen. Hinter der Tür war ein Badezimmer mit einer frei stehenden Wanne, die beinahe hoch genug war, um stehend in ihr zu ertrinken, aber keine E.

In einem Regal lagen neue Seifenstückchen, die wie Bernstein aussehen sollten. Ein Wasserhahn schwang sich über dem Waschbecken auf wie ein ausgestopfter Vogel im Flug. Plötzlich fühlte ich mich in einer blitzend sauberen Menagerie aus Armaturen und Deko gefangen. Ich stolperte rückwärts zur Tür und schaffte es auf den Flur hinaus. Die nächste Tür, die ich ausprobierte, führte in eine Küche mit einem grünen Herd mit Messingelementen von La Cornue als Blickfang. Dann kam ich zu einem Abstellraum, in dem eine Hausmädchenuniform hing.

Ich konnte sie nirgendwo entdecken. Als ich zurück ins Wohnzimmer kam, fragte M: Hast du sie gefunden? Ich sagte Nein, und M sah seinen Chef an, die Frau seines Chefs, lächelte beide an und sagte etwas über E, das überhaupt nicht stimmte. Sie sei immer so oder so. Wenn man bei jemandem zu Besuch ist, muss man manchmal etwas zum Partner sagen, das eigentlich nur für die Ohren des Gastgebers bestimmt ist. Ach, E, würden wir zum Beispiel sagen, sie macht immer dieses oder jenes, ob es stimmte oder nicht.

Ich setzte mich wieder an den Beistelltisch. Die Frau von Ms Chef blickte von ihrem Kalender auf und schenkte mir Tee nach. Sie bot mir auch wieder die Macarons an, aber jetzt kannte ich das Spielchen und sagte: Nein, danke, angemessen schockiert und als könnte ich doch auf keinen Fall.

Ich trank meinen Tee, und sie seufzte und tippte weiter auf ihrem Handy herum. So, sagte sie und blickte auf. Die Flüge sind gebucht. Liebling, sagte sie zu Ms Chef, ich bin eine Woche unterwegs. Ich werde euch schrecklich vermissen! Und Ms Chef erwiderte ihr Lächeln und tätschelte das Baby, und es war klar, dass die beiden sie auch vermissen und umso mehr lieben würden, wenn sie zurückkam. Vielleicht sagte er das, Ms Chef: Wir werden dich umso mehr lieben, wenn du zurückkommst, es könnte sein. Und vielleicht würden sie das.

Es gibt immer so viel zu tun!, sagte sie und sah mich lächelnd an, und was hätte man darauf schon antworten sollen? Ja, stimmte ich zu, schlug meine Beine anders herum übereinander, lächelte wieder und stand auf, um E noch mal zu suchen.

Irgendwann fand ich sie. Sie stand im Bad neben dem Flur, öffnete Fläschchen mit Ölen und Flüssigseife und goss alles in den Abfluss. Das Zimmer roch so intensiv nach Parfüm, dass ich einen Schritt zurückwich, aber dann ging ich natürlich sofort hinein und packte E am Arm.

Was machst du da? Ich brüllte beinahe und zerrte sie aus dem Zimmer. Zu grob, zu grob. Ich weiß. In meinem Kleid konnte ich mich nicht gut bücken. Ich konnte sie mir nicht schnappen und davonlaufen, wie es am besten gewesen wäre. In meinen Schuhen geriet ich ins Rutschen, der Boden unter mir schien sich in Eis verwandelt zu haben.

Sie sah mich mit ihren dunklen, leeren Augen an, und ich konnte sie nur noch auf den Flur ziehen. Meine Hände zitterten wieder, und einen Moment lang zog ich sie nicht, sondern hielt mich fest. Ich ließ sie im Flur stehen, lief ins Badezimmer und schloss die Tür. Unter dem aufgedrehten Wasserhahn spülte ich die vielen Fläschchen aus, die E ins Waschbecken gelegt hatte. So leer erinnerten sie ein wenig an Skarabäen. Ich reihte sie auf dem schmalen Holzregal neben dem Waschbecken auf, wo E sie gefunden haben musste, aber das war so nicht richtig. Ich drehte den Wasserhahn wieder auf, soweit es ging, und schleuderte die Fläschchen eines nach dem anderen in das makellose Porzellanbecken. An den Stellen, an denen die Fläschchen zerschellten, platzte die Glasur ab, sie warfen sich gegen das Porzellan wie diese Wale, die manchmal starben, weil sie ihre massigen, perfekten Körper grundlos einen Strand hinaufwuchteten. Wenn die Flaschen zerbarsten, berührten sich die Bruchstücke manchmal für einen Moment wie Adern, als könnte man alles, was passiert war, ungeschehen machen. Ich zerrieb die Flaschen zu Sand und spülte die Überreste im Abfluss hinunter. Dann nahm ich alle dicken Papiertücher aus der Schachtel und verstopfte mit ihnen die Toilette. Sollte jemand fragen, würde ich die Schuld auf E schieben.

Nur ein Teil zerbrach ich nicht, ein graugrünes Fläschchen mit einem Stopfen aus geschliffenem roten Glas, etwa so groß wie ein Fingerknöchel. Ich steckte es in die Tasche meines Kleids. Ha! Weil ich schließlich auch einmal ein Kind war, weil ich immer noch leichtfertig, unbesonnen und ein bisschen lebendig sein konnte. Das Innere der Flasche roch nach Nebel und Moos an einem Gebirgsfelsen. Es roch wie die letzten Momente des Morgens.

Ich verließ das Bad und brachte E zurück ins Wohnzimmer. Es war immer noch an den richtigen Stellen von der Sonne durchflutet. Als wir hereinkamen, strömte das Licht über uns hinweg. Da sind sie ja, sagte M.

Die Frau seines Chefs hielt ihr Baby auf dem Arm, an ihre Schulter gelehnt schuckelte sie es leicht und strich ihm summend mit einer Hand über den Rücken. Mutter und Tochter verschmolzen beinahe miteinander, wo Lippen und Wange der Kleinen die zarte Halsbeuge ihrer Mutter berührten. Sie waren wie eine Büroklammer aus einem einzigen langen Stück. Etwas ganz Einfaches in Perfektion.

M stand mit seinem Chef am Fenster und blickte auf den See. Der Nachmittag war vorüber. Wir entschuldigten uns, sagten danke, danke, danke, das müssen wir bald wiederholen. Dann standen wir draußen im Hausflur. B wurde in den Kinderwagen gebettet, ohne aufzuwachen, und als wir lächelnd in den Aufzug stiegen und uns winkend verabschiedeten, wirkten wir allesamt wie Bilderbuchfamilien und wunderbare Menschen.

Vergiss nicht, alles für dich buchen zu lassen, sagte Ms Chef. Wir müssen am Montag da sein. Ich rufe Aurelie an und sage ihr Bescheid. Es dürfte nicht leicht werden, für uns beide Tickets für die erste Klasse zu bekommen, aber für dich wird sie schon etwas zaubern. M lachte. M war so gutmütig. Er wusste, wann er mitspielen musste. Tja, dann, sagte Ms Chef und zwinkerte mir zu. Seine Frau sagte zu mir etwas über die Kinder und setzte ein freundliches Gesicht auf. Ich tat es ihr gleich und wünschte ihr alles Gute für die Reise und mit dem Baby.

Wir hatten es fast geschafft. Wie Rennpferde, die um die letzte Kurve galoppierten. Unsere Flanken mochten dampfen und blutverschmiert sein, aber wir konnten die Ziellinie sehen. M schloss uns in dem engen Vogelkäfigaufzug ein. Knarrend fuhr er nach unten, und dann waren wir wieder auf der Straße.

13

M schob den Kinderwagen, in dem B sprichwörtlich schlief wie ein Baby. Der See schimmerte blau und wunderschön, und ich schlang M einen Arm um die Taille, während E vorauslief. Ich lehnte mich leicht bei ihm an, im Grunde war es ein Test, ein Fuß auf einem gefrorenen See im März. Er blickte zu mir herunter und lächelte.

Könnten wir doch so sein, wie wir auf andere Menschen wirkten. Könnten wir doch wie Fotos sein, nur von Licht beschienene Oberfläche ohne etwas darunter. Ausgehöhlt und makellos. M und ich könnten hundert Jahre lang jeden Samstag Händchen halten, ohne uns zu verändern. Wir könnten jeden Schritt gemeinsam tun, ohne dass etwas zwischen uns stand, und vielleicht würden wir uns auch gar nicht bewegen.

Auf der anderen Straßenseite hob eine junge Frau in einem grünen Kleid die Hand. Erst dachte ich, sie würde ein Taxi heranwinken, doch dann begriff ich, dass sie zu uns herüberblickte. Eine Straßenbahn fuhr zwischen uns hindurch, und als sie uns passiert hatte, überquerte die Frau die Straße. Sie war groß, hatte lange Beine und lange Haare und kam schnell näher. So schnell, dass sie uns Stück für Stück erreichte, erst ihre sehr langen Beine, dann ihre Hüften, dann der Rest. Sie winkte M mit einem Handy.

Warte, rief sie, ein wenig außer Atem. Ich habe es gerade erst gehört. Diese verdammten Schuhe. Sie stützte sich mit einer Hand an Ms Schulter ab. Die Bewegung geschah beiläufig, den Blick auf die Schuhe gerichtet, ihre Hand kannte schon die richtige Höhe. Als sie das tat, als sie M berührte, durchfuhr es mich. Schlagartig.

Diese verdammten Schuhe, wiederholte sie lächelnd. Neckisch. Ein nettes Mädchen. Sie schenkte allen ein nettes Lächeln. M, mir, uns allen.

Mit den Dingern kann man nicht schnell laufen. Jean sollte eigentlich wissen, dass er mich samstags nicht mit etwas Dringendem anrufen darf, wenn ich vielleicht gerade diese Schuhe trage, sagte sie, immer noch neckisch.

Sie sprach mit einem ganz entzückenden Pariser Akzent. Einem Akzent, der die Wörter umspielt wie eine kühle Strömung und alles in seiner Nähe mit sich zieht.

Ich war gerade auf dem Weg zu Jean, sagte sie. Um die Reisepläne durchzugehen. Aber dann habe ich dich gesehen. Das galt M, sie lächelte ihn an.

Dann balancierte sie nur auf dem nadelspitzen Absatz ihres Stiefels, schwankte, verlor das Gleichgewicht, wäre fast gefallen, und M fing sie auf. Es verschlug mir den Atem, als er das tat. Als er sie so festhielt. Als ich im nächsten Moment sah, dass sie gerettet war, was hieß, dass er sie in den Armen hielt. In diesem Moment ging ich unter, ich versank atemlos im Wasser. Womit ich sagen will, dass ich nicht atmen konnte.

E zog an meiner Hand. Ich hatte nicht gesehen, dass sie

zurückgekommen war. Ehrlich gesagt hatte ich sie völlig vergessen. Wer ist die Dame?, fragte sie, und M lachte, während er die Frau noch in den Armen hielt, und die Frau lachte in seinen Armen. Nachdem M ihr geholfen hatte, ihr Gleichgewicht zu finden, lösten sie sich voneinander. Seine Hand verfing sich im Riemen ihrer winzigen, glitzernden Tasche, und so waren sie einen Augenblick lang durch eine dünne Goldkette miteinander verbunden.

Das ist Aurelie, sagte M. Meine Assistentin.

Aurelie.

!

Was mache ich denn!, sagte die Frau, die Aurelie war, strich sich eine Haarsträhne aus der Stirn und zog ihr Kleid wieder über ihre Oberschenkel. Sie probierte aus, ob sie mit ihren Stiefeln auf dem Kopfsteinpflaster stehen konnte, und richtete ihre Kleidung. Allerdings ziemlich halbherzig.

Es bringt doch nichts als Pech, am Wochenende zu arbeiten, das weiß jede Französin, sagte sie lächelnd zu M. Aber diese Schweizer. Die haben keine Ahnung.

M hielt ihren Ellbogen fest, bis sie sicher stand. Würdest du die Flüge buchen?, fragte er, und sie antwortete: Natürlich! Ich wollte nur fragen, ob du lieber morgens oder mittags fliegen willst. Monsieur Jean schläft gerne aus, aber ich dachte, du möchtest vielleicht früher los.

Nein, sagte M nach kurzem Überlegen. Nein, passt schon. Wir können mittags zusammen essen gehen.

Sie nickte und sah etwas auf ihrem Handy nach. Tipp, tipp, tipp, machten ihre manikürten Nägel auf dem kleinen Display.

Parfait, sagte sie. Erledigt.

M seufzte müde. Er war so müde und selbst hier auf der Straße so wichtig. Vielleicht dachte er gerade über einen Vertrag nach, den er schließen oder nachverhandeln musste, vielleicht dachte er jetzt gerade über wichtige Dinge nach. Na schön, sagte er, dann sehen wir uns am Montag. Begleitest du uns?

Natürlich, sagte sie, das lasse ich mir doch nicht entgehen. Also, ich muss los. Sie hatte viel zu tun, sie musste Tickets buchen, den Flieger nehmen. Diese Schweizer, sie können die Arbeit einfach nicht liegen lassen und sich mal amüsieren, sagte sie. Ich beobachtete, wie M sie ansah. Ihre Worte hörte ich durch das anhaltende Brummen, das in meinen Ohren immer lauter wurde.

Mit ihren hochhackigen schwarzen Stiefeln und ihrem grünen Kleid eilte sie wieder über die Straße und ließ uns stehen, leicht benommen, so kam es mir vor, als stünden wir vor einem Abgrund, vor Trümmern, vor einem gähnenden Loch, das sich gerade in der Erde aufgetan hatte.

Ich zog die Schultern hoch und versuchte, meine Gedanken abzulenken, bevor sie sich richtig formten, aber ich wusste schon, was ich wusste. Ich wusste, dass ich wusste, was ich wusste, und ich konnte es nicht aufhalten. Ich hatte keine Chance.

Eine andere Straßenbahn hielt, Fahrgäste stiegen aus, wir wurden von dem Strom verschlungen und waren plötzlich ein Teil von ihm. All die Menschen, die auf dem Weg zum See an uns vorbeizogen, nahmen ein wenig von uns mit. Nehmt nur, sagte ich.

In der Nähe lag ein Geschäft, das ich besuchen wollte, schon seit einer ganzen Weile. Wegen der weißen Laken für das Gästezimmer. Was Bettwäsche anging, sollte er der beste sein, der beste Laden der Stadt. Er lag nur ein paar Meter entfernt. Ich brauche nur eine Minute, sagte ich zu M. Ich begann zu schwitzen. Von außen wirkte der Laden kühl und beinahe dunkel. Komm herein, lockte er, und sieh dir unsere vielen hübschen Sachen an. Wir haben, was du brauchst, raunte er. Die baumelnden Preisschilder im Schaufenster erinnerten mich an lockere Zähne.

Wie?, fragte M. Da drinnen?

Ja, sagte ich. Ja. Ja. Ja.

Gleich würde etwas mit mir geschehen. Schweiß, Tränen. Ich wusste es nicht. Ich streckte schon die Hand nach dem Türgriff aus. Ich musste mich beeilen, damit meine Gedanken mich nicht einholen konnten, um ihnen einen Schritt voraus zu bleiben.

M zögerte. Sieht nicht sehr geräumig aus, sagte er. Das ist für den Kinderwagen zu eng. Hier. Er gab mir sein Portemonnaie. Hier, nimm das. Bleib ruhig noch. Ich gehe mit den Kindern nach Hause. Gönn dir mal etwas Zeit, sagte er. Du hast immer die Kinder um dich. Du brauchst mal eine Pause. Viel Spaß, sagte er. Viel Spaß! Wir sehen uns zu Hause. Das sagte er auch.

Mein Herz schlug ganz schnell. Manchmal können wir so viel reden und nichts dabei sagen. Wenn man die Augen schließt, könnte man überall sein, und das stimmt immer.

Eine Straßenbahn kam, die Linie 12, und er stieg ein. Mit einer Hand schob er mühelos den Kinderwagen, mit der anderen hielt er mühelos E fest. Sie würden zurechtkommen. Er konnte ihnen sogar das Abendessen machen. M konnte schon immer gut kochen. Erstaunlich gut sogar.

Als er noch studierte, bereitete er morgens oft Brotteig vor, der den ganzen Tag gehen musste und unsere Wohnung mit dem Duft von Hefe und Honig erfüllte.

Einmal briet er für uns ein Steak, das so viel gekostet hatte, wie ich an einem ganzen Tag verdiente, und wir aßen es auf der Veranda hinter dem Haus von Papptellern, die wir auf den Knien balancierten. Einmal gingen wir campen und vergaßen unser Zelt. Einmal schenkte er mir genau das Buch, das ich mir gewünscht hatte, obwohl ich mir sicher war, dass niemand außer mir davon wissen konnte. Er hatte ein grünes Auto, das ich anschieben musste, damit es ansprang, und dann musste ich zur Beifahrertür rennen und mich schnell auf den Sitz werfen, bevor er den Gang einlegte. Er ließ sich von seiner Großmutter das Nähen beibringen und nähte für mich eine Bluse, und ich trug sie auch, obwohl sie verhunzt und mir viel zu groß war, monatelang, bis bei der Arbeit ein Ärmel abfiel. Alles, was ich über ihn gesagt habe, ist wahr. Auch was ich über mich gesagt habe, ist alles wahr.

Ich stand allein vor dem Geschäft auf der Straße. Ohne den Kinderwagen vor mir fühlte ich mich nackt und fehl am Platze. Es war, als gäbe es plötzlich nichts, das mich erklären würde, nichts, wodurch ich einen Sinn ergab. Fast wäre ich M und der Straßenbahn nachgelaufen, aber das wäre töricht gewesen, und ehrlich gesagt hat es mir schon immer davor gegraut, eine Szene zu machen, also blieb mir nichts anderes übrig, als das Geschäft zu betreten. Manchmal stehen wir einfach allein da, oder? Manchmal können wir nur tun, was wir angekündigt haben.

Es war ein altes Geschäft für exklusive Heimtextilien.

Doppelt gewebte, besonders saugfähige Baumwollhandtücher aus Dänemark. Tischdecken, Mitteldeckchen und Läufer von Ekelund. Die Art Laden, in dem eine Verkäuferin fragen würde, ob man lieber auf Laken aus französischem oder belgischem Leinen schlafen wolle. Ich wollte wirklich schon seit einer Weile hier einkaufen. Ich hatte M die reine Wahrheit gesagt.

Ich steuerte direkt auf die Bettwäsche zu und berührte sie. Jedes Teil fasste ich an. Ich schob die Finger zwischen die zusammengefalteten Laken. Eine Verkäuferin kam zu mir, nannte mir die Bezeichnungen für die verschiedenen Qualitäten und erklärte mir die jeweilige Bearbeitungsmethode. Stone-washed, um die Farbe zu erhalten, Vintage Wash für Bettwäsche, die nicht altert, oder schonend gewaschene Baumwolle, die weich, strahlend und frisch bleibt. Dann zeigte sie mir die angebotenen Farben, nahm ein zusammengefaltetes Laken nach dem anderen in die Hand und hielt eine Ecke hoch, um mir zu zeigen, wie jede einzelne im Licht wirkte.

Rauchiges Meer, nannte sie einen hellgrauen Ton. Zwielichteule, sagte sie und hielt etwas Blaues hoch. Maulwurfsrumpf, raunte sie mit einem aschbraunen Satz Bettwäsche in der Hand. Ihre Stimme klang wie bei einer Beschwörung. Ehrfürchtig, könnte man sagen, und warum auch nicht? Ist ein Name nicht ein Zauber, der etwas zum Leben erweckt und am Leben erhält? Die Stecknadel einer Schneiderin an der Schulter, oder? Ein Name. Er weist dir einen Platz zu, macht dich real.

Geben Mütter nicht auch deshalb ihren Kindern Namen? Mit diesen Lauten, mit genau dieser Lautfolge, sagt eine Mutter damit nicht: Ich werde dich am Leben erhalten, hier bei mir? Wie gesagt, Schneiderinnen. Nadeln.

Talg, sagte die junge Frau mit einem blassgelben Laken in der Hand.

Elefantenstoßzahn, kam dann, und sie hielt elfenbeinfarbene Tageskissenbezüge hoch.

Elefantenhauch, nannte sie einen etwas dunkleren Ton.

Die Bettwäsche zerlegte offenbar alles in seine Einzelteile, in hübsche Überreste von Kadavern.

Gefällt Ihnen der Stoßzahn besser? Sie beobachtete mich mit dem aufmerksamen Blick einer erfahrenen Verkäuferin. Oder der Hauch? Beides sehr aparte Farbtöne, sagte sie.

Und das stimmte, das waren sie wirklich.

In etwa vier Milliarden Jahren wird unsere Galaxie mit unserem nächsten Nachbarn, dem Andromedanebel, kollidieren, und es entsteht ein neues Sternensystem. Irgendwo gibt es jemanden, der dieser neuen Galaxie schon einen Namen gegeben hat. Milkomeda. Wie anmaßend. Wie lächerlich typisch menschlich. Vier Milliarden Jahre in die Zukunft zu blicken, in eine Zukunft, in der aller Wahrscheinlichkeit nach kein Mensch mehr leben wird, um den Dingen Namen zu geben. Aber wie sehr unterscheidet sich eine Galaxie von einem Kind? Ein Kind ist nichts anderes als zwei DNA-Stränge, die im dunklen Kosmos eines Frauenkörpers aufeinandertreffen. Galaxien kollidieren jeden Tag.

Wie konnte irgendjemand auf Bettlaken in einem Farbton namens Elefantenstoßzahn schlafen? Doch Schönheit macht das Unvorstellbare leicht, und schön waren die Laken.

Ich deutete auf ein strahlend weißes Modell und kaufte es. Das Set ganz oben auf dem Stapel. Sagen Sie mir nichts dazu, bat ich die Verkäuferin. Ich kaufte die komplette Garnitur, einen Bettbezug, Kissenbezüge, Tageskissenbezüge mit Stehsaum, Laken mit und ohne Gummizug.

Die Verkäuferin erzählte mir trotzdem etwas über den Stoff, sie ließ sich nicht davon abhalten. Er sei aus Baumwolle, sagte sie, die aus Ägypten nach Italien importiert und dort auf hundert Jahre alten Webstühlen verarbeitet wurde, wo die Sonne ewig durch die Fenster der Bauernhäuser schien und jede Großmutter winzige Ravioli machte, so weich wie die Fingerknochen eines Babys. Es kostete mehr, aber man konnte die Sonne fühlen, die jeden Faden, Kette und Schuss, durchdrang. Es kostete mehr, aber dafür träumte man jede Nacht von Weizenfeldern und Olivenbäumen und sanften Hügeln, von Sonnenstrahlen auf den Schultern und Tischen voller Olivenölflaschen und Prosciutto. Möglicherweise erzählte sie mir das, ich gab mein Bestes, nicht zuzuhören. Sie wickelte meterweise Seidenpapier um die Wäsche, bis alles verpackt war, hübsch und ordentlich.

Ich kaufte auch ein Zierkissen, das auf dem Bett liegen sollte, wenn es nicht benutzt wurde. Auch darüber wollte ich nichts hören, aber sie erzählte mir trotzdem alles. Sie redete und redete, also musste ich auch etwas sagen. Es sei in Venedig bemalt worden, erklärte sie. Und ich sagte zögernd, genauso sehe es aus. Sie dachte, ich würde damit die Farbe meinen. O ja, sagte sie, dieses Blau gibt es nur … Aber ich hörte nicht zu. Gemeint hatte ich, dass es wie etwas Schönes wirkte, das sich schon damit abgefunden hatte, im Meer zu versinken, und ich es deswegen wunderbar fand. In dem Bild auf dem Kissen gingen knallige, wild gemischte Farben immer mehr in ein prächtiges, beeindruckendes Blau über. Überschwang der Resignierten hätte ich die Farbe genannt, wenn es nach mir gegangen wäre.

In dem Raum hinter dem Tresen, an dem die junge Frau die letzten Teile meines Einkaufs in eine Papiertasche mit Prägedruck schob, entdeckte ich den eigentlichen Grund meines Besuchs. Holzregale mit hoch aufgestapelten Oberbetten. Daunen, Wolle, Bambus, Baumwolle, Sommerdecken und Winterdecken und wie ich gehört, besser gesagt gelesen hatte, echte Eiderdaunen. In die Ladendecke war ein Oberlicht eingelassen, und als ich den Raum betrat, sah ich, dass die Lichtstrahlen einzeln herabströmten wie die Strähnen von Rapunzels Haar und die Oberbetten mit einem goldenen Schimmer überzogen. Einen Moment lang verspürte ich nur Stille und Freude.

Ich bat die Verkäuferin, die mir natürlich gefolgt war, mir die Eiderdaunen zu zeigen. Sie zog ein Oberbett aus dem Regal und öffnete den Reißverschluss der weißen Stoffhülle, und darunter sah ich, wonach ich gesucht hatte. Die nehme ich, sagte ich. Ich wollte das Geschäft so schnell wie möglich verlassen. Ich wollte nach Hause, in mein Zimmer in unserer Wohnung. Wenn ich mit dem Einkaufen fertig bin, soll es auch vorbei sein.

Sie wollte mir etwas über die Eiderenten erzählen, von denen die Federn in meinem neu erstandenen Oberbett stammten. Sie wollte von den Männern und Frauen erzählen, die in Island diese Federn sammelten, die Federn, mit denen die Eiderenten ihre Nester gepolstert hatten. Aber ich wollte das nicht hören. Deswegen war ich nicht hier.

Woher wollte sie etwas Bedeutsames über die Enten, über mich, über die Bettwäsche wissen? Woher wollte sie überhaupt irgendetwas über die Federn wissen, die alte Dänen mit Wollmützen von Hand in die Kassetten meiner Decke eingenäht hatten? Sie hatte keinen Schimmer davon, ob die Federn nicht einfach irgendwelchen Eiderenten ausgerupft worden waren. Oder ob die Federn, die ich gerade gekauft hatte, wirklich nur Federn waren, mit denen die Entenmütter ihre Nester gebaut hatten. Sie war viel zu jung, um zu verstehen, dass die Entenmutter sich die wärmsten, weichsten Federn von der Brust reißt, um die Nester für ihre Eier damit zu polstern. Das Mädchen war viel zu jung, um zu verstehen, dass nur diese Federn warm genug sind, weich genug, gut genug, dass die Eier der Entenmutter in der eiskalten, windigen Einöde Islands überleben können. Nur diese und keine anderen. Ich musste fast lachen, als ich die vielen Eiderdaunendecken im Hinterzimmer des Ladens ansah, denn entspringt nicht alle Geborgenheit dieser Welt den Körpern von Müttern? Ihren leibhaftigen Körpern?

Wenn die Küken geschlüpft sind, wenn sie fliegen können, brauchen sie ihre Nester nicht mehr. Sie fliegen fort und verlassen ihre Nester. So sollte es auch sein! Das ist der Lauf der Dinge! Wenn sie fort sind, bleiben die Federn zurück, wie Saftkartons, wie Joghurtbecher, wie jeder andere Abfall.

Immer noch und immer noch und ohne Ende Februar

Ach, hier putzen Sie auch? Nicht nur oben in den Zimmern? Ist es nicht mitten in der Nacht? Ich merke gar nicht, wie die Zeit vergeht, wenn ich, na ja, wenn ich hier unten bin. Hier gibt es keine Fenster. Aber das sehen Sie ja selbst. Ich schlafe einfach weiter, wenn es Sie nicht stört. Meine Behandlung macht mich so schrecklich müde. Vielleicht sind es die Medikamente. Das wusste ich nicht. Dass Sie hier unten auch putzen. Tut mir leid, ich glaube, ich habe mich irgendwo übergeben. Das tut mir leid.

Wussten Sie, dass sie nicht zurückgekommen ist? Die Frau mit der hässlichen Tochter? Sie ist vom Zahnarzt nicht zurückgekommen. Ich habe schon gefragt, wo sie ist. Ich habe gefragt, immer wieder, aber niemand hört mich. Kein Mensch hört mich.

Könnten Sie einen der Aufseher bitten, mir etwas Wasser zu bringen? Manchmal machen sie es. Ich habe einen solchen Durst.

14

Ich machte in einem der Kaufhäuser an der Rue de Rive Halt und trank einen Kaffee. Meine Einkaufstüten stellte ich auf den Stuhl gegenüber, als wären sie jemand, mit dem ich reden könnte. Quak. An einem weniger schicken Ort hätte ich meinen Tüten etwas zuflüstern können. Ich beobachtete eine Frau, die ihre kurzen eisblonden Haare glatt zurückgekämmt trug und an der Bar Austern aß. Ihr Begleiter hatte ihr ein Glas Champagner eingeschenkt, das sie nicht anrührte. Ihn berührte sie auch nicht. Nur die Austern. Sie ließ sich eine nach der anderen die Kehle hinuntergleiten. Ein-, zweimal sah sie auf die roségoldene, diamantbestückte Uhr, die unter dem Ärmel ihres eleganten blauen Blazers hervorblitzte.

Als ich sie so beobachtete, fiel mir eine witzige und kluge Bemerkung über sie ein, von der ich M gerne erzählt hätte. Ich hätte mir gewünscht, dass er sie auch sah und dass er mich sah. Mich hier, und auch sie. Die Frau mit der goldenen Uhr und dem Mann, den sie nicht berührte. Nur war M natürlich nicht hier, und mir blieben nur meine Tüten, mit denen ich reden konnte. Tant pis, hätte ich sagen können, und es wäre mir halbwegs ernst gewesen.

Früher gingen wir immer in ein bestimmtes Restaurant, M und ich, wenn wir etwas zu feiern hatten, was damals jeden Freitagabend der Fall war. Unser Geld reichte nur für zwei Getränke pro Abend. Jeder bekam also nur einen Drink. Der Trick bestand darin, mit diesem Drink so lange auszukommen, dass wir uns an den kostenlosen Knabbereien, den Erdnüssen, Oliven und würzigen Crackern so satt essen konnten, dass wir am nächsten Morgen keinen Hunger hatten. Der Trick bestand darin, das zu schaffen, ohne aufzufallen.

Solche kleinen Dinge gingen leicht unter, wenn man niemanden hatte, mit dem man sie festhalten konnte. Die Frau mit den Austern zum Beispiel würde untergehen, sie war jetzt schon untergegangen, während ich sie noch beobachtete. Ich kann witzig sein, mit mir kann man sich bestens amüsieren, sagte ich den Taschen mir gegenüber, aber leise und den Mund größtenteils hinter meiner Kaffeetasse versteckt, damit niemand sah, dass ich mit meinen Einkäufen redete.

Die Handtasche einer Frau mit einem kleinen Hund unter dem Arm prallte gegen meine Rückenlehne, und ich stürzte meinen Kaffee herunter. Mit einem großen Schluck war die Tasse leer. Als ich aufblickte, erkannte ich auf der anderen Straßenseite Nell. Sie hatte sich bei dem Mann untergehakt, den ich im Park mit ihr gesehen hatte. Sie waren allein. Paare mit Kindern, deren Kinder gerade nicht bei ihnen sind, haben eine ganz besondere Art zu gehen. Das stimmt, und bei diesen beiden war es so. Sie gingen genau auf diese Art. Sie warf den Kopf in den Nacken und lachte aus voller Kehle. Fast wäre sie in etwas getreten. In was, konnte ich nicht erkennen, aber er hob sie hoch, hob sie richtig in die Luft und trug sie darüber hinweg, was immer es war. Und bewahrte damit vielleicht, sogar wahrscheinlich, ihre Schuhe vor etwas Scheußlichem und Unaussprechlichem auf der Straße.

Sie sah zu mir herüber. In der Sekunde, in der sie in der Luft schwebte, ging ihr Blick über die Straße, über die Köpfe der vielen Menschen hinweg, durch das Fenster des Cafés, vorbei an der Frau mit den eisblonden Haaren, die ihren Begleiter immer noch nicht berührte, und traf mich. Zapp. Ein kleiner Funke. Wir erkannten uns.

Ich schnappte mir meine Taschen und lief ihr nach. Ich kann es nicht erklären. Sie hatte nicht darum gebeten, dass ich ihr folgte. Als ich aus dem Café rannte, rempelte ich ein Pärchen an. Einen Moment lang schien es, als wären wir drei miteinander verschlungen, als würde ich mich aus den untergehakten Armen und den Händen, die sich festhielten, nie wieder befreien können. Meistens hilft in solchen Situationen allerdings ein Lächeln, und ich setzte mein bestes auf, entschuldigte mich bei dem Mann dafür, dass ich ihm mit meinen vielen Taschen seine Mütze aus der Hand geschlagen hatte, und damit war ich frei.

Zitternd und atemlos wegen des schweren Gepäcks betrat ich die Straße und sah mich nach ihr um. Ich war wie eine Braut, so viel weißen Stoff hatte ich um mich. Ich dachte, ich hätte sie verloren, ich wäre nicht schnell genug gewesen, und überlegte ernsthaft, zu schreien. Stattdessen stampfte ich mit dem Fuß auf und erschreckte damit die Tauben, aber dann sah ich sie. Sie ging Richtung See, und ich lief ihr eilig hinterher.

Sie wollte nicht, dass ich ihr folgte, das merkte ich. Einmal sah sie sich um, erkannte, dass ich ihr nachjagte, und runzelte die Stirn, aber ich lief ihr weiter nach. Keine Ahnung, was ich vorhatte. Sie trug ein schulterfreies Kleid, hatte sich aber ein großes Tuch umgelegt, durch das man keine nackte Haut sehen konnte, auch wenn man es versucht hätte. Der Mann hatte einen Arm um ihre Taille geschlungen. Ich konnte sie einfach nicht einholen, obwohl ich fast rannte. Fast, aber nicht ganz.

Es war auch nicht leicht, sie im Auge zu behalten. Sie gingen immer wieder in den Scharen von Spaziergängern unter und tauchten an Stellen, an denen ich nicht mit ihnen gerechnet hätte, wieder auf. Liefen sie gerade noch vor einer Bar an der Promenade vorbei, küssten sie sich im nächsten Moment unter einem Baum im Jardin anglais. Es war so ein Tag, an dem sich alle küssten, deshalb waren sie auch dann schwer auszumachen. Nur ihr dunkles Wolltuch verriet sie.

Immer mehr Menschen strömten auf die Uferpromenade. Alle Bänke waren besetzt, gebräunte Beine schlangen sich umeinander. Aurelies Beine berührten vielleicht irgendwo Ms. Sie aß Austern, eine nach der anderen. Keiner von ihnen sah auf die Uhr. Oh, sagte sie und warf ihre Haare zurück, und er konnte den Blick nicht von ihr losreißen, während sie Oh sagte und Austern schlürfte. Das alles war möglich und möglicherweise wahr. Ich schlug mit meinen Taschen fest gegen einen kleinen, aber aufwendig verzierten Springbrunnen, das Wasser schoss in die Höhe und bespritzte mich, und ich blickte nach unten, um E die Schuld zu geben. Sieh nur!, hätte ich gerufen. Es ist ein Spiel, zu hauen und bespritzt zu werden! Aber natürlich war sie nicht da, E war nicht da, und alles war echt und furchtbar, und ich war weich und rund und spritzte mit Wasser.

Ich wollte mich bei den Leuten entschuldigen, die am Springbrunnen saßen, den Hunderten und Hunderten oder vielleicht auch nur zwei, die sich gerade geküsst hatten und mich jetzt durchnässt anstarrten. Aber dann entdeckte ich Nell und lachte. Ha! Angetrieben und voller Energie, weil ich jemandem folgen konnte, weil ich ein Ziel hatte.

Aurelies Beine waren so lang gewesen, so dünn und lang, als hätte sie jemand mit einem einzigen nachlässig hingeworfenen und doch wunderschönen Strich in die Welt gemalt. Ich war dagegen ganz formlos, verschwitzt, hingeschmiert und ungelenk.

An den Cafétischen hockten die entspannten Besucher immer dichter nebeneinander, je länger ich Nell durch den Park folgte. Hände umschlossen andere Hände, gebräunte Füße berührten andere gebräunte Füße. Es war Sommer, verschiedene Lippen tranken aus denselben Flaschen. An den Glasrändern überlagerten sich Lippenstiftfarben. Rot und Rosa und wieder Rot. Männer gaben übertriebene Trinkgelder, und Frauen tranken die Drinks ihrer Freundinnen aus. Die Schwäne auf dem See verschlangen das Brot, das ihnen zugeworfen wurde, und fraßen sich an aufgeweichten Rinden und gelegentlichen Croissants satt. Männer ließen ihre Hände an den Rücken der Frauen tiefer gleiten. Frauen strichen sich über die Schlüsselbeine und berührten ihre Augenwinkel. Es war unglaublich warm und würde es den ganzen Tag lang bleiben, und jeder wusste es. Jeder wusste, dass Hände an einem solchen Nachmittag gleiten konnten, wohin sie wollten.

Ich machte Nell an einer Anlegestelle für Wassertaxis aus und lief ihr nach. Zwei Schritte hinter ihr reihte ich mich in die Schlange ein und tat so, als wäre alles nur ein Zufall. Sie schmiegte sich mit der Schulter bei dem Mann an und tat so, als wäre ich nicht da. Und es ließ sich doch ganz einfach erklären. Wir waren Nachbarinnen, die sich nach einem Spaziergang im Park auf den Heimweg machten. Wir mussten beide den See überqueren. Wie hätte es anders dazu kommen sollen? Nell hätte sich zu mir umdrehen können, aber das tat sie nicht. Ach, hallo, hätte sie sagen können, so nah stand ich hinter ihr, wir kennen uns doch aus dem Park. Ihre Haare wirkten stumpf, das konnte ich aus der Nähe erkennen. Sie blickte lächelnd zu dem Mann neben sich auf, aber ihre Haare hingen ihr wie etwas Totes über den Rücken.

Als das Boot kam, stiegen wir als Erste an Bord. Nell und der Mann gingen zum Bug und setzten sich nach ganz vorne, wo ihnen die Gischt ins Gesicht spritzen würde. Ich suchte mir mit meinen Taschen einen Platz in der Kabine. Hinter mir bestiegen weitere Fahrgäste das Boot. Wir fuhren über den See zu einem anderen Park. Zu dem Park mit den Wasserbecken und dem Herrenhaus mit den blauen Fensterläden, der immer völlig überlaufen war und gleichzeitig ganz abgeschieden wirkte.

Jemand ging an mir vorbei. Eine Frau in einem grünen Kleid, einem Kleid, das bis aufs Detail demjenigen glich, das ich gerade erst an Aurelie gesehen hatte. In dem ich Aurelie in Ms Armen gesehen hatte. Ich schloss die Augen und blendete sie aus, doch als ich sie wieder öffnete, war die Frau noch da. Ich kniff mir sogar in die Arme, trotzdem verschwand sie nicht. Eine andere Frau in einem grünen Kleid ging an mir vorbei zum Bug, ihr Rocksaum streifte meine Knie. Eine Frau in einem grünen Kleid setzte sich neben mich. Ich zog meine Knie leicht von ihr weg. Eine Frau in einem grünen Kleid setzte sich auf der anderen Seite neben mich. Das Boot wimmelte von Frauen in grünen Kleidern.

Ich nahm meine Einkaufstaschen auf den Schoß und umklammerte sie wie Kinder. Es roch nach Mandeln. Der Geruch stieg auf, wenn die Frauen sich bewegten, als wären ihre Kleider mit Mandeln gefüttert oder als hätten sie sich Mandeln hinter die Ohren gesteckt oder in die Kniekehlen geklemmt. Der Kapitän gab das Pfeifsignal, dann legten wir ab. Die Frauen in den grünen Kleidern ignorierten mich, aber wenn ich einatmete, lehnten sie sich in meine Richtung, und wenn ich ausatmete, lehnten sie sich zurück. Die ganze flatternde Seide, die gekreuzten Knöchel und nadelspitzen schwarzen Absätze versperrten mir die Sicht auf Nell. Ich konnte sie nicht sehen. Ich war nicht mal sicher, dass sie noch hier war. Mit mir kann man tolle Partys feiern, hätte ich den Frauen am liebsten zugerufen, aber ich umklammerte meine Einkaufstaschen, kniff die Augen zusammen und tat so, als hätte ich Kopfschmerzen, als wäre die Sonne mir an meinem Platz zu hell.

Eine der Frauen, die Frau rechts neben mir in einem knapp knöchellangen grünen Kleid, griff in eine meiner Einkaufstüten und berührte das in Seidenpapier geschlagene Paket darin mit einem grün lackierten Fingernagel. Sie sah mich nicht an. Kein einziges Mal.

Als das Boot anlegte, sprang ich auf und drängte mich an den Frauen und der glatten Seide über ihren Knien vorbei. Meine Taschen drückte ich fest an mich, damit sie sich nicht in den langen Haaren verfingen, die ihnen in Wellen von den Köpfen flossen. Ich verbog mich immer wieder, um den langen Fingern und manikürten Nägeln auszuweichen. Der starke Mandelgeruch nahm mir fast den Atem. Sie beobachteten mich. Sie lächelten hübsch. Sie stießen ihren hübschen Mandelatem aus. Vielleicht war ich schneller als sie. Vielleicht war ich schnell genug. Der Kapitän streckte mir eine Hand entgegen, um mir von Bord zu helfen, aber ich konnte sie nicht ergreifen. Mit meinen Taschen hatte ich alle Hände voll zu tun. Stattdessen sprang ich an Land und rannte los.

Der Park, an dem das Boot angelegt hatte, der Parc Mon Repos, wurde von Frauen in grünen Kleidern bevölkert. Sie brachen wie Heuschrecken über das Gelände herein, wie diese Arten, die ein ganzes Dorf bis auf die Grundmauern und Knochen abnagen. Sie drängelten sich auf den Gehwegen und belagerten die Bänke. Im Musée d'histoire des sciences spähten sie aus jedem Fenster, manche mit kleinen Ferngläsern vor den Augen. An den von Weinreben umrankten Tischen des Restaurants La Perle du Lac aßen sie aus Glasschälchen Eis. Sie leckten ihre Löffel ab. Sie kratzten die Schälchen aus. Kellnerinnen in grünen Kleidern schlängelten sich mit Tabletts voller Espressi und Pastis zwischen den Tischen hindurch. Als eine von ihnen ihr Tablett fallen ließ, stürzten sich die Frauen der umstehenden Tische wie Schakale auf die Kellnerin und zerrissen sie.

Im Jardin botanique wimmelte es in den gläsernen Gewächshäusern von Frauen in grünen Kleidern. Von ihrem

Mandelatem beschlugen die Scheiben. Mehrere Frauen in grünen Kleidern pflanzten Blumen, andere hingen oben in den Bäumen wie unreife Früchte und bewegten sich nicht, wenn sie nicht gerade auf ihre Handys sahen.

Die Wasserbecken waren vollgestopft mit Frauen in grünen Kleidern, die sich träge auf dem Rücken treiben ließen, während sich andere Frauen in grünen Kleidern bemühten, sie von den Rändern aus mit langstieligen Netzen herauszufischen. Am Place des Nations tollten Frauen in grünen Kleidern in dem Springbrunnen umher und lachten, wenn das Wasser auf sie niederregnete, so dass ihnen der Stoff dunkel am Rücken klebte. Frauen in grünen Kleidern kletterten auf die Statuen und sonnten sich sittsam auf den Betonbänken, eine Hand grazil unter dem Hals platziert.

Ich lief auf die Straße, das heißt, beinahe wäre ich auf die Straße gelaufen, als eine Straßenbahn der Linie 15 anhielt. Der Fahrer bimmelte mich an, und ich wich keuchend auf den Bahnsteig zurück. Als ich mich zu den Wasserfontänen umdrehte, war niemand dort, die Frauen in den grünen Kleidern waren verschwunden oder zu dichtem, grün schimmerndem Laub an den herabhängenden Ästen der Bäume geworden. Ich atmete stoßweise, und ein Mann fragte mich, ob es mir gutgehe. Ich wollte ihn anspucken, merkte aber, dass ich es plötzlich nicht konnte, in meinem Mund sammelte sich der Speichel an, aber ich lächelte nur, nickte und rieb mir heftig über die Mundwinkel. Ich packte meine Taschen, ließ den Park hinter mir und rannte fast auf dem Weg zum Bahnhof, wo ich eine Bahn nach Hause nehmen konnte.

In den Häusern entlang der Straße versteckten sich einige Frauen in grünen Kleidern schmollend hinter schmutzigen Fenstern. Ein wenig näher am See schob eine Frau in einem grünen Kleid einen Wagen mit Putzsachen vor sich her, aber niemand schien sie zu bemerken. Vielleicht hatte ich auch etwas im Auge oder wurde von einem Spuk verfolgt.

Als ich den Bahnhof erreicht hatte, folgte ich mit eiligen Schritten der erhabenen Spur in der Mitte des Wegs, die Blinden zur Orientierung dienen sollte. Die Spur ist gerade breit genug für einen Fuß. Vor mir stellte sich ein Mann auf die Fläche, und ich hätte ihn fast zur Seite gestoßen. Er sah mein Gesicht, sah, wie ich es verzog, oder vielleicht auch mein Zucken in seine Richtung. Wäre er in diesem Moment gefallen, hätte ich mich auf ihn gestürzt und ihn gefressen. Ich hätte seine glatte Haut zerkratzt, bis unter meinen Fingernägeln Blut geklebt hätte.

Was ich damit sagen will, ist, dass es plötzlich in mir brodelte, dass es mir vorkam, als könnte sich der Boden unter meinen Füßen auftun und zergehen. Aus dem Augenwinkel sah ich, wie sich eine Frau in einem grünen Kleid wegschlich, und ich dachte: Habe ich dich! Aber da war nichts und niemand, und ich dachte an die dünne Goldkette, die sich um Aurelie und M gewunden hatte. Ich dachte an Aurelie, die nur mit einer zierlichen Handtasche das Haus verlassen konnte, und schlagartig wurden die Taschen in meinen geschwollenen Händen zu einem hinderlichen Berg aus Asche. Diese Kette hatte in ihrer Zartheit, ihrer übersprudelnden, neckischen Anmut etwas Besonderes an sich, das ich niemals kaufen oder auch nur einen Nachmittag lang vortäuschen könnte.

Am Ende der schmalen Spur verließ ich den Bahnhof, fand meine Haltestelle und dachte: So, ich habe es geschafft. Ich stellte mich an und zog meinen Fahrschein, das Kleingeld hatte ich passend abgezählt. Ruhig und gelassen fütterte ich den Automaten mit einer Münze nach der anderen, nahm meinen Fahrschein und stellte mich zu den anderen Wartenden.

Die Straßenbahn kam, ich stieg ein, und andere Fahrgäste stiegen mit mir ein, sie strömten in die Bahn wie Wasser oder Krill oder Abfall. Eine Frau in einem grünen Kleid war ebenfalls in der Bahn, sie kam rückwärts näher und ließ ihre langen Haare in meine Taschen und über das zarte Papier um meine Eiderdaunen gleiten. Ich zog fest an ihren Haaren, so fest, dass ich ihren Kopf auf dem langen Hals nach hinten zerrte. Die Frau schrie und fasste sich an ihre Haare, was mich ehrlich gesagt erschreckte, aber ich wartete ab, und niemand hatte gesehen, wer es getan hatte. In der Menge waren so viele Arme, wissen Sie. Ich hielt meine Hände unten an meinen Taschen und sah mich wie die anderen Fahrgäste mit unschuldigem Blick um. Die Frau begann zu weinen und drückte schützend eine Hand auf ihren Hinterkopf, aber sie drehte sich nicht zu mir um.

An meiner Haltestelle angekommen, lief ich bis zu unserer Wohnungstür, ohne stehenzubleiben, ich rannte mit fast geschlossenen Augen und fühlte mich umso besser, je stärker ich sie zukniff.

Die Tür war nicht versperrt, aber das änderte ich, sobald ich in der Wohnung war. Türschloss, Riegel, Kette. Drehen, zuschieben, einhaken. Alles wurde sofort ein wenig besser. Wenn Kinder, ältere Kinder, nicht meine, im Parc des

Délices Fangen spielten, nannten sie die Stelle, an der sie sicher waren, an der sie niemand erwischen konnte, la maison magique, und ich konnte mir keinen passenderen Namen vorstellen.

Es ist wirklich etwas Wunderbares, eine Tür zu haben, eine eigene Tür, die man vor allem verschließen kann. Wobei die wahre Magie natürlich in Schlössern, Holzverkleidungen und Scharnieren steckt.

Ich fand M im Wohnzimmer, wo er mit E spielte. B schlief in seinem Arm und gurrte und gluckste im Traum. Als ich mit meinen Taschen hereinkam, lachte M und sagte: Na, dann hast du ja gefunden, wonach du gesucht hast. Ich deutete lächelnd, spielend, spielerisch einen fröhlichen Knicks an. Nur ein paar Kleinigkeiten. Ich stellte die Taschen ins Gästezimmer und schloss die Tür.

M und ich verbrachten unsere Flitterwochen in Paris. Wir hatten unser gesamtes Geld für die Flüge ausgegeben und nichts vorab geplant, deshalb landeten wir in einem Hostel in einem wirklich scheußlichen Teil der Stadt. M im Schlafsaal für Männer, ich in dem für Frauen. Sieben Nächte schliefen wir auf Kunststoffmatratzen und mussten das Schnarchen fremder Leute, ihre nächtlichen Kratzanfälle und ihre Blähungen dank des französischen Käses ertragen. Es war, Hand aufs Herz, unglaublich romantisch.

Jeden Morgen trafen wir uns zum Frühstück und küssten uns bei Apfelsaft aus dem Automaten, wässriger Butter und pappigen Croissants. Wir saßen nebeneinander am Tisch und betrachteten all die anderen Menschen, die fünfzehn Euro die Nacht bezahlten, um in Paris sein zu dürfen. Genau dort, wo wir waren. Ich lehnte mich bei ihm an und drückte das Gesicht in seinen alten Kapuzenpulli vom College, der nach Chemie, Waschmittel und anderer Leute Socken roch, und er sprang auf und holte mir vom Kaffeeautomaten Nachschub, wenn ich ihn darum bat, jedes Mal.

Eine Woche lang liefen wir durch die Straßen. Wir teilten uns Baguettes. Wir bestaunten riesige Türen. Wenn es regnete, gingen wir an der Seine spazieren, weil wir den Fluss dann für uns hatten. Wir besuchten Museen, aber sie berührten uns kaum. In ihnen gab es nichts, was so lebendig war wie wir. Im Louvre fotografierte eine Touristengruppe uns, als wir uns vor der Venus von Milo küssten. Wir nahmen die Statue nicht einmal wahr.

M verlor seinen Ehering in Paris. Er war eine halbe Nummer zu groß und rutschte herunter, als wir durch den Gare de Lyon zur letzten Bahn zurück zum Hostel liefen. Ms nackter Finger fiel uns auf, als wir uns setzten. Doch als sich die Türen schon fast geschlossen hatten, schob direkt hinter uns eine Frau, die noch beim Einsteigen einen Bahnhofsangestellten anbrüllte, ein kleines Mädchen in die Bahn und quetschte sich hinterher. Und dieses Mädchen spielte mit dem Ring. Dem Ring, den M verloren hatte. Sie drehte ihn zwischen ihren Fingern hin und her, und als er herunterfiel, hoben wir ihn schnell auf, solange die Mutter nicht hinsah, weil wir wegen der Brüllerei Angst vor ihr hatten. Das Mädchen starrte uns nur an. Wir stiegen an unserer Haltestelle aus und rannten zum Hostel. Den Ring hatten wir zurück, und er rutschte M nie wieder vom Finger. Nachdem M ihn verloren und wiedergefunden hatte, passte er perfekt. M dachte, er habe sich vielleicht geirrt, vielleicht habe das Kind gar nicht mit seinem Ring gespielt, aber wie hätten wir uns täuschen sollen? Wie hätten wir etwas stehlen können? Dazu waren wir viel zu verliebt. Paris ist die Stadt der Liebe, und alles darin gehörte uns. Das ließ sich einfach nicht leugnen.

Nach der Sache mit dem Ring in Paris legte ich mir eine Theorie zurecht. Es brachte Glück, etwas zu verlieren. Was man verliert, taucht besser und passender wieder auf. Zumindest war es möglich. Wunder können nur Menschen widerfahren, die etwas verloren haben. Meine Mutter hat das früher oft gesagt, und ich glaube, es stimmt. Vielleicht stimmt es auch, dass wir nie ganz verlieren können, was wir lieben. Durch unsere Liebe gehört es nur uns, und deshalb können wir lächeln und müssen uns keine Sorgen machen. Wir erwarten Wunder! Wir, die wir Wunder verdient haben. Wir Liebenden, die lieben, wen wir lieben.

M stand auf und lächelte mich an. Er war ein großartiger Vater. E kümmerte sich wieder um das Giraffenbaby, das krank war und seine Mutter suchte. Sie ist weg, erklärte E ihm immer wieder, dann wartete sie und beobachtete es genau, als könne es für einen Moment den Gesichtsausdruck verändern. M legte B in sein Bettchen. Schscht, machte er, weck ihn nicht auf. Er ist gerade erst eingeschlafen.

M musste ins Büro. Nur für eine Stunde, vielleicht für zwei, sagte er. Aurelie und Jean wollten die Planung festklopfen. Er küsste mich, bevor ich sagen konnte: Stopp. Bevor ich sagen konnte: Geh nicht. Ich koche dein Lieblingsgericht. Ich sage, was dir gefällt, was dich zum Lachen bringt, was dich dazu bringt, hierzubleiben.

Früher aßen wir mittwochabends Sandwiches und tranken Limonade, und wir lachten über uns selbst, weil uns das Erwachsensein wie ein Spiel vorkam, wie ein Mantel, den man an- und ausziehen konnte.

Ich kochte Nudeln für E, wir schlürften eine nach der anderen auf wie Schlangen, und dann gingen wir zusammen ins Bett, E und B und ich. B wollte die ganze Nacht gestillt werden, aber das machte mir nichts aus. Ich wiegte ihn hin und her. Die Stunden waren umhüllt von etwas Umhülltem. Alles ordentlich zusammen verstaut. So bewahrten wir alle die Zeit in uns.

M kam nachts nicht aus dem Büro nach Hause, aber das machte nichts, weil er morgens da war. Ich wachte auf und sah ihn. Er hatte schon Kaffee gekocht. Die Tasse wartete auf dem Tisch auf mich. Tut mir leid wegen letzter Nacht, sagte er. Ein Computer ist abgestürzt. Ich stellte mir die Daten als Öl vor, das aus dem Computer sickerte, als kleine Summen und große Summen der Firmengelder, die sich dick und dunkel im Büro ausbreiteten und im Teppich versickerten.

Er und Jean hatten sich bis morgens hektisch bemüht, das Problem zu beheben, sagte M. Ich sah sie als Fischer im eisigen Norden vor mir, wie sie im Dunklen Stunde um Stunde die Netze einholten und das Wasser vor Kälte wie Honig von ihrem halbgefrorenen silbrigen Fang tropfte. Nichts als Arbeit, sagte M mit diesem Grinsen, das ich einfach liebte. Er hielt den Griff seines Rollkoffers fest, das fiel mir erst jetzt auf.

In ein paar Wochen müsste ich wieder hier sein, sagte er. Jean und ich haben beschlossen, heute schon zu fliegen, damit wir vor den Meetings noch schlafen können. Außerdem bekommen wir heute bessere Plätze, wer hätte das gedacht? Für Montag hätte Aurelie uns nur die Touristenklasse buchen können und … Er unterbrach sich, als er mein Gesicht sah. Vielleicht bemerkte er die Falten um meinen Mund und meine Augen, vielleicht auch, wie ich die Hände hielt oder etwas anderes, jedenfalls brach er abrupt ab. Sanfter und mit der Stimme, die bedeutete, dass es ihm wirklich, ehrlich leidtat, fuhr er fort: Ich kann nicht anders, ich muss fliegen. Er musste mit irgendwelchen Männern oder Frauen sprechen, die irgendwo Firmen leiteten oder besaßen. Es musste sein, sagte er. Er wünschte, es wäre anders, sagte er, aber Jean brauchte ihn. Das Unternehmen brauchte ihn. Er musste mit diesen anderen Männern und Frauen Verhandlungen führen, Hände schütteln und Visitenkarten austauschen. Wichtige Menschen, die mit anderen wichtigen Menschen sprachen. Wein und Mittagessen und Entscheidungen. Hotellobbys, gebügelte Anzüge und das richtige Lachen.

Es ist nicht so, wie du denkst, sagte er. Diese Reisen bestehen aus lauter Meetings, sie sind furchtbar langweilig, sie dauern ewig, die Leute reden immer wieder dasselbe und erzählen dieselben schlechten Witze. Es ist keine große Party. Er lachte, und ich stimmte ein. Du Armer, sagte ich, natürlich ist es keine Party, natürlich ist es Arbeit. Und natürlich sah ich vor meinem inneren Auge nur die kühlen weißen Hotelbettlaken, die Bettwäsche, die jeden Tag von einer Schar tüchtiger Zimmermädchen zurechtgezogen und aufgeschüttelt und hergerichtet wurde, saubere Zimmer, die ich nicht putzte, Essen, das ich nicht kochte, Gäste, die um Mitternacht mit ihren Ringen gegen die Gläser klopften und noch eine Runde bestellten, nur, weil es ihnen Freude machte, weil sie lebten und man es ihnen an nichts fehlen ließ. All das stellte ich mir nur so vor, weil ich nicht wusste, worum es wirklich ging, woher sollte ich auch?

Natürlich dachte ich an Aurelie, die auch dort sein würde, die mit ihm dorthin fliegen würde, vielleicht frei und unbeschwert bis auf ihre winzige Handtasche mit der Goldkette. In ihr Täschchen konnte sie hundert Kleider packen, so fein waren sie, so zart und durchscheinend war die Seide, kaum mehr als eine optische Täuschung.

M ging in Es Zimmer und fuhr ihr durchs Haar, während sie schlief. Er sagte, er würde uns vermissen. Ich wünschte ihm viel Glück und meinte es auch so. E und B würden ihn auch vermissen, sagte ich. Und sie hätten ihn sehr lieb und könnten sich glücklich schätzen, einen Vater wie ihn zu haben. Ich sagte, wir würden alle auf ihn warten, wenn er zurückkam. Wir würden ihn lieben, von Herzen und jeden Tag.

Was hätte ich noch sagen können? Ich verfolgte ihn beinahe durch den Flur und redete ohne Unterlass. Als er mir einen Kuss auf den Scheitel drückte, war ich plötzlich ganz klein und versank im Teppich. Er nannte mir Daten und Orte, zuerst fliege ich hierhin, sagte er, und bleibe soundso viele Tage, dann verbringe ich dort soundso viele Tage und Nächte, und danach muss ich an diesen anderen Ort, sagte er und zählte weitere Tage und Nächte auf, aber ich war zu weit entfernt, um ihn zu hören. Ich schwebte schon an einen anderen Ort, während er mich noch an den Schultern festhielt und mich auf die Wange küsste. Wir haben eine Party gegeben, wollte ich sagen, wir haben eine Party gegeben und den ganzen Abend die Tür offen gelassen, und ich, und du, und nachdem wir, und danach war alles so und außerdem. Er küsste mich, aber nicht wirklich mich, ich war nicht einmal da. Er ging, und einen Moment lang roch die ganze Wohnung nach ihm, und dann nicht mehr, denn er war fort.

März

Horcht nur, wie die Hunde bellen,
Die Bettler ziehen durchs Land,
In Lumpen die einen, mancher recht fein
Und einer im samtenen Gewand.

Kennen Sie das?

Wussten Sie, dass ich Geburtstag habe? Bald? Oder schon heute? Oder war das gestern? Früher habe ich es nie jemandem gesagt, wenn ich Geburtstag hatte. Ich wollte kein großes Aufsehen. Tja, das hat ja gut funktioniert. Also zum Geburtstag viel Glück! Ja! Samstagskinder haben Mühe im Leben. Mühe mit dem Leben, würde ich eher sagen. Bei mir stimmt das. Ich habe all meine Probleme auf einen Haufen geworfen und mich auf sie gestürzt.

Ich wollte Ihnen noch was sagen. Na ja, die Sache da unten im Keller tut mir leid. Vor ein paar Tagen. Oder vor ein paar Nächten, ich weiß es nicht. Ich habe da ja schrecklich gehaust. Manchmal kann ich mich einfach nicht bremsen, wenn ich gerade behandelt wurde oder wenn ein falscher Gedanke kommt, manchmal wird jeder einfach zu Fleisch, oder?

Zu einem Körper, meine ich. Manchmal wird uns deutlich vor Augen geführt, was wir sind. Aber wenn ich sage: Désolé pour tout à l'heure, können wir uns dann noch Freunde nennen?

Wissen Sie, was das heißt? Wörtlich übersetzt? Es heißt: Alles in der Stunde tut mir leid. Oder: Alle Stunden tun mir leid. Oder: Alles, was passiert ist, tut mir leid. Oder: Alles und die Stunden tun mir leid. Ich habe keine Ahnung. Ich kann kein Französisch. Ich wünschte, ich könnte es. Ich vermute nur, was es heißt, was es heißen könnte, und das tut es wirklich. Alles! Alles tut mir leid!

Zusätzlich zur Entschuldigung würde ich Ihnen etwas schenken, wenn ich irgendwas hätte. Süßigkeiten. Das wäre doch der richtige Anlass für Pralinen. Ich würde Ihnen eine von diesen kleinen Schachteln schenken, mit nur zwei Pralinen darin und einer großen Schleife obendrauf, damit man sieht, dass es teuer war. Ich würde Ihnen die Schachtel geben und sagen: Ich war unglaublich! Und Sie würden lachen und sagen: Sie sind immer unglaublich. Und dann wäre ich so erleichtert, weil ich wüsste, dass Sie wüssten, dass es keine Absicht war.

Dann würden wir die Pralinen teilen. Jede würde eine essen, und wir würden sagen: Was sind wir doch ungezogen! Und wir würden sagen: Sieh mal einer an! Wie gut, dass es Wintermäntel gibt! Und wir würden so tun, als würde es nie Juli werden.

Ich wünschte wirklich, wir wären Freundinnen! Sie können sich nicht vorstellen, wie schön ich das fände. Ich wünschte, wir würden uns irgendwo hinsetzen und einen Kaffee trinken. Wenn wir fertig wären, würde ich aufstehen und vielleicht mal aus Versehen Ihre Handtasche nehmen. Wir würden darüber lachen, weil sich unsere Handtaschen so ähneln, und wir würden wieder lachen und sagen: Das ist uns vorher gar nicht aufgefallen! Das hätten wir doch merken müssen! Und wir würden die Handtaschen zurücktauschen und lächeln und winken und uns versprechen, dass wir uns bald wiedersehen. Wir müssen uns öfter treffen!, würden Sie sagen, wenn wir aufbrechen. Ich bin mir sicher, dass Sie das sagen würden.

Angeblich wäscht mir bald jemand die Haare. Und bürstet sie. Wie beim letzten Mal. Hoffentlich heißt das, dass die Frau wiederkommt, die mir die Haare geschnitten hat. Sie war lange nicht hier, und meine Haare sehen langsam wirklich scheußlich aus. Das sehen Sie ja selbst. Aber Sie haben es nicht erwähnt. Ich merke schon, dass Sie so etwas nicht erwähnen würden. Ich versuche, sie mir unter der Dusche zu waschen, aber es ist ja keine richtige Dusche, oder? Sie schubsen mich nur zweimal die Woche unter dicke Rohre, aus denen eiskaltes Wasser kommt. Ich weiß ja, dass es wichtig ist, das verstehe ich, Sauberkeit kommt gleich nach … Ich will ja nichts geändert haben, aber so kann sich eine Dame doch nicht die Haare bürsten. Außerdem habe ich nur meine Finger, was kann ich damit schon anstellen?

Wenn Sie die Dame sehen, die mir die Haare geschnitten hat, könnten Sie ihr dann sagen, könnten Sie ihr erklären, dass die Besuchszeit von zwei bis vier ist? Manchmal stelle ich mich ans Fenster, drücke das Gesicht richtig gegen die Scheibe und rufe das laut. Manchmal rufe ich es, bis mir der Hals weh tut und ich mir die Arme zerkratze. Die Besuchszeit ist von zwei bis vier! Manchmal ist es einfach schön, wenn man etwas rufen kann, oder? Wenn man Worte für die Laute findet, die aus der Kehle drängen.

Sie ist keine Besucherin. Das weiß ich. Nicht, dass Sie glauben, das wäre mir nicht klar. Deshalb gelten die Besuchszeiten nicht. Ich weiß das. Ich fände es nur sehr nett, wenn sie dann kommen würde. Wenn sie genau während der Besuchszeit käme, um mir die Haare zu bürsten, und ich hatte wirklich den Eindruck, dass sie es gerne wüsste, wenn ich einen Wunsch habe. Wenn mir etwas auf eine bestimmte Art lieber wäre. Es hat wirklich gewirkt, als würde sie es gerne wissen.

Bei Ihnen macht es denselben Eindruck. Deshalb, bitte, ich weiß, dass Sie es nicht sagen sollen, dass Sie mit mir nicht über die anderen hier reden sollen, aber bitte. Die Frau in dem Bett vor dem Fenster. Sie ist nicht zurückgekommen. Das wissen Sie ja. Bitte. Ich muss es wissen. Wurden ihr die Zähne gerichtet, und hat sie danach gesprochen und alles war ganz wunderbar bei ihr? Möglich wäre es. Ich weiß, dass es möglich wäre. Es könnte passiert sein. Es kann fast immer alles ganz wunderbar werden, oder?

Wir verschwinden alle, jeder Mensch auf dieser Welt, meine ich. Aber hier scheint es schneller zu gehen. Ständig ist jemand weg. Ständig löst sich jemand in Luft auf. Nur ich sitze hier fest und muss warten. Ich bin ein Knochen, oder? Ein Knochen, der einem Hund im Hals stecken geblieben ist.

Nachts ist es hier so dunkel. Ohne ihr Schnarchen ist es so still, dass es mir in den Ohren dröhnt. Wenn ich allein bin im Dunkeln und die Stille um mich herum aufragt. Wenn sie mir direkt ins Ohr kreischt. Bitte. Sagen Sie mir einfach, wohin sie gekommen ist. Das würde mir bestimmt helfen. Ich bin mir ganz sicher.

***

Mein Ehemann war winzig klein,
nicht größer als mein Daumen,
Ich setzt' ihn in ein Schächtelein
und gab ihm süße Pflaumen.
Ich kaufte ihm ein Tüchlein klein
für seine kleine Nase,
und pflückte kleine Blumen ihm
für seine kleine Vase.

Was ist damit? Kennen Sie das? Wissen Sie, es ist schon komisch, welche Lieder hängenbleiben und einem immer wieder durch den Kopf gehen.

Worüber wollen Sie nicht sprechen? Etwas anderes fragen sie mich gar nicht mehr, oben in den Behandlungsräumen, meine ich. Worüber. Worüber. Was ist es. Manchmal höre ich zu, manchmal nicht, aber sie fragen immer noch. Ständig. Manchmal sitze ich auf einem Stuhl, manchmal liege ich. Einmal ist es ein Arzt, dann sind es zwei. Einmal sind Männer die Ärzte. Dann wieder nicht. Ich meine, manchmal liege ich und die Männer sind keine Ärzte. Da bin ich mir sicher.

Uns läuft die Zeit davon, sagen sie. Vor allem mein Anwalt sagt das. Aber hier hat man sowieso zu viel Zeit. Wieso sollte mich das also kümmern? Es wäre doch schön, wenn sie davonliefe. Ich versuche, ihm das zu erklären, aber ich glaube, er versteht es nicht.

Er ist ein komischer Mensch, ich wünschte, Sie könnten ihn kennenlernen. Er sieht immer so müde aus, so, ich weiß nicht, aktentaschig. So bestiftet, so beaktet und bezettelt und mandatet. Wenn er herkommt, hat er alles schon in dreifacher Ausfertigung ausgedruckt, und er wirkt so müde, so am Ende seiner Kräfte, dass ich ihm einen Platz anbieten will, wenn er schon sitzt. Manchmal möchte ich mich über den Tisch beugen und ihn auf die spröden Lippen küssen, und dann muss ich mir ganz ganz ganz schnell vorstellen, ich wäre eine Kröte, um mich zurückzuhalten. Ich muss mir vorstellen, ich hätte ein großes Krötenmaul und sumpfige, hervorquellende Augen. Er sagt, wir müssten uns auf meinen Fall konzentrieren, aber ich kann nur mit meinen Krötenaugen blinzeln und meine Zunge vorschnellen lassen. Die Besuchszeit ist von zwei bis vier, sage ich manchmal, weil mir nichts anderes einfällt. Ich sage das nur, um zu helfen, um ihm eine Freude zu machen. Dann soll er sagen: Das stimmt, das ist richtig, stimmt genau. Nur bekomme ich es nie richtig heraus, und normalerweise sitzen wir nur am Tisch und starren uns an, bis ich anfange zu krächzen wie ein Rabe oder zu schreien und sie mich wegbringen müssen. So läuft es meistens, wenn er kommt. Ich fürchte, ich bin ihm keine große Hilfe.

Aber heute ist sie wichtig, die Besuchszeit, mein Anwalt hat nämlich gesagt, nach dem Mittagessen würde mich vielleicht jemand besuchen. Sie bringen mich nach unten ins Wartezimmer, um, na ja, um zu warten, schätze ich. Ich kann Ihnen gar nicht sagen, was für ein schönes Gefühl das ist. Ich wünschte, die Frau würde kommen und mir die Haare bürsten, aber man darf nicht kindisch werden, oder?

Heute soll es zum Mittagessen Brötchen geben. Diese weichen mit dem aufgestäubten Mehl, das wie Puderzucker oder Schnee aussieht. Das kommt noch dazu, die mag ich am liebsten, heute muss also wirklich mein Glückstag sein, ein Tag nur für mich. Die bekommen wir nur manchmal, diese Brötchen, gar nicht oft, und das finde ich ganz schön, wissen Sie. Dann kann ich mich auf etwas freuen. Ich freue mich richtig darauf. Ich war entsetzt, als ich hergekommen bin und gesehen habe, was wir hier essen sollen, wirklich entsetzt, aber jetzt, na ja, jetzt lässt alles andere die Brötchen einfach umso leckerer wirken, meinen Sie nicht auch? Wir müssen immer daran denken, wie viel Gutes es in unserem Leben gibt, und es wie Ringe an unseren Fingern tragen. Wir dürfen keine einzige gute Sache vergessen, sonst verlieren wir sie vielleicht. Es kann passieren, dass wir Sachen verlieren, wenn wir sie vergessen. Wenn wir den Gedanken an sie nicht immer gut festhalten. Es kann ein Besucher sein, ein weiches Brötchen oder ein Vogel am Fenster, wenn ich leise und wachsam bin.

Sie sollten jetzt lieber gehen. Ich muss mich fertigmachen, wissen Sie. Heute haben wir beide viel zu tun.

***

Ach, Sie sind es. Könnten Sie mir ein Glas Wasser geben? Ich würde ja aufstehen, ich wollte schon vor Stunden aufstehen. Ich bin nur furchtbar müde im Moment. So müde, dass ich glatt durch die Laken sacken könnte.

Ich glaube, ich schlafe jetzt wieder ein, aber wenn Sie ein Glas Wasser auf den Tisch stellen, weiß ich, dass Sie es waren, wenn ich aufwache.

Wenn ich richtig wach werde, meine ich, und wieder ich selbst bin. Dann weiß ich, dass Sie mir das Glas hingestellt haben.

Ich bin nur im Moment ordentlich beladen, mit den Einkäufen, meine ich, mit den ganzen Kleinigkeiten, und ich kann mich nicht bewegen, und ich wünschte mir so, es würde mich alles hinunter in die Erde ziehen. Sehen Sie, ich bin jetzt dünn, meine Schulterblätter könnten den Boden unter mir wie Schaufeln wegschieben, es könnte mich alles einfach hinunterziehen, jetzt sofort.

Bitte gehen Sie doch und lassen Sie mich allein. Ich bin jetzt zu müde. Ich habe alles direkt vor mir, und ich kann nicht spielen oder mich auf irgendwas einlassen.

***

Saß eine Krähe in einer Eiche.

Kennen Sie diesen Kinderreim? Hoffentlich nicht, er ist scheußlich. Ist es nicht schade? Die scheußlichen Dinge behalten wir immer am besten.

Die Besuchszeit ist von zwei bis vier. Sehen Sie? Das habe ich mir in mein neues Tagebuch geschrieben. Gefällt es Ihnen? Die Ärzte haben es mir geschenkt.

Sie sagen, ich soll was hineinschreiben. Sie wollen mir helfen, sagen sie, aber erst muss ich ihnen helfen. Ich soll die Sachen, über die ich nicht reden kann, aufschreiben. Es ist ein Werkzeug, verstehen Sie, wie die Zweige, die Affen in Ameisenhügel stecken, nur größer und mit einem rosa Einband.

Aber sehen Sie? Heute kann ich nur schreiben: Die Besuchszeit ist von zwei bis vier. Ich schätze, weil ich die Wahrheit aufschreiben soll, und weiter kann ich nicht gehen.

Außerdem bin ich heute ganz ruhig. Ist es nicht herrlich, ruhig und völlig reglos dazusitzen? Ich bin wie ein kleines weißes Boot auf einem blauen See. Warum sollte man das alles wieder aufwärmen? Den ganzen Schlamassel? Warum muss man allem auf den Grund gehen? Ich kann mich doch über Wasser halten, wenn ich so still sitzen bleibe und die Minuten an mir vorüberziehen lasse wie eine Strömung.

Vielleicht im Frühling, habe ich gesagt. Vielleicht kann ich schreiben, wenn die Bäume ausschlagen, wenn sich bei ihnen was tut. Wenn die Vögel zurückkommen, kann ich erst mal einen nach dem anderen festhalten. In meinem Tagebuch, meine ich. Vielleicht kann ich alles, bei dem sich was tut, schnell hinkritzeln. Oder ich schreibe wie ein junges Mädchen in mein Tagebuch. Mit weichen, geschwungenen Buchstaben. Vielleicht ist eines nicht besser als das andere.

Schauen Sie mal. Ich habe eine Liste mit Fragen bekommen. Die soll ich nacheinander beantworten, bis ich die Fragen beantworte, auf die es ihnen ankommt. Bis ich die Worte schreibe, die sie lesen wollen. Ich durchschaue, wie das läuft. Sie versuchen es spielerisch, besser gesagt, sie spielen mit mir. Jedenfalls soll ich ihnen die Antworten bei meiner nächsten Sitzung geben, und dass ich am liebsten nichts damit zu tun hätte, wird kein bisschen ändern. Heute bin ich auf, ich sitze munter und fröhlich auf meinem Stuhl und bin bereit, also kann ich auch anfangen. Wollen Sie die erste Frage hören? Ich lese sie Ihnen vor.

Worüber wollen Sie nicht sprechen? Nein, das war ein Witz. Ich kann auf Partys richtig für Stimmung sorgen. Hier steht es: Nennen Sie zehn Sachen, zu denen Sie gerne Ja sagen würden. Ach, wie scheußlich. Da habe ich gar keinen

Ansatzpunkt. Versuchen wir es mit einer anderen? Die meisten Sorgen mache ich mir über … In diesen Fragen steckt kein bisschen Leben. Kein Funke! Nehmen wir eine andere: Ich freue mich besonders, wenn … Oder: Ich könnte nicht leben ohne …

Nein, ich glaube, dazu lässt sich nichts sagen. Vielleicht wenn die Vögel zurückkommen, vielleicht im Frühling. Ist der April nicht der richtige Monat, um Geheimnisse zu lüften? Außerdem ist es jetzt zu kalt, alles, was ich sagen wollte, würde einfrieren, bevor es meine Lippen verlässt. Und dabei habe ich mich so wohl und wunderbar gefühlt.

Warum kommt niemand darauf, die wichtigen Fragen zu stellen? Das verstehe ich nicht. Wie wäre es mit: Woran denken Sie, wenn Sie eine Orange riechen? Oder sie hätten es damit versuchen können: Wer ist der letzte Mensch, den Sie berührt haben? Wer hat Ihnen beigebracht, wie man aus einem Blatt Papier eine Schneeflockengirlande bastelt? Würden Sie eine Buchsbaumhecke stutzen oder wild wuchern lassen? Glauben Sie die letzten drei Dinge, die Ihnen jemand gesagt hat? Glauben Sie, dass man ein besonderes Geschick braucht, um verschlossene Türen zu öffnen? Sollte man verschlossene Türen überhaupt öffnen? Reden wir hier von Fenstertüren, Schiebetüren, Drehtüren oder Scheunentüren? Welche Farben haben die Türen in Ihren Träumen? Wie unterscheiden Sie Türen, die Sie öffnen können, und Türen, die abgeschlossen sind, bevor Sie sie berühren? Stellen Sie mir solche Fragen, könnte ich sagen, dann könnten wir vielleicht über etwas reden.

Wenn wir jemanden genug lieben, kommt er zu uns zurück, und zwar besser als vorher. Wir müssen nur fest genug an etwas glauben, dann wird es wahr.

Sie sind die Einzige, die zurückkommt, wussten Sie das? Das Universum treibt langsam auseinander und wird sich nie wieder zusammenziehen. Ständig bricht irgendwo die Mitte weg und wir verlieren, was uns am liebsten ist, und finden es nie wieder. Wir sind heute von allem weiter weg als je zuvor. Wenn Sie gehen, kann ich trotzdem bis morgen sagen. Bis morgen. Sehen Sie? Ich kann jeden Tag sagen: bis morgen.

Aber wenn ich etwas Konkretes erzählen würde, wenn ich die Worte, sagen wir, wie Spinnen aus meinem Mund fallen lassen würde, wenn ich Ihnen etwas wirklich Furchtbares erzählen würde, würden Sie dann noch zurückkommen? Würden Sie immer noch so tun, als würden wir uns Pralinen teilen? Würden Sie so dicht neben mir stehen, dass Sie mich fast berühren, wie Sie es machen, wenn sie mein kleines Waschbecken putzen? Würden Sie das noch tun? Wenn ich diese furchtbare Sache Stück für Stück wie einen langen blinden Aal kreischend aus meiner Kehle ziehen würde?

Alle wissen, was sie von mir hören wollen, alle warten darauf, dass ich es sage. Glauben Sie nicht, das wüsste ich nicht. Ich verstehe das! Ich sehe sie doch mit ihren alten, kahlen, federlosen Geierköpfen, wie sie mich belagern und nur darauf warten, ihre scheußlichen Schnäbel unter meine Rippen zu schlagen, in mein wundes, rotes, aufgedunsenes Fleisch.

Ich versuche, Ihnen zu erklären, dass tief in meiner Kehle nur Schreie stecken, und das, worauf sie warten, ist nur Lärm, es sind nur Geräusche, es ist alles da, ich sage es schon, ich sage es immer, und es ist nichts, nichts anderes als Lärm.

TEIL DREI

15

In der Wohnung war es still, nachdem M gegangen war, aber es war keine behagliche, entspannte Ruhe, eher eine wartende, wachende Stille. Das Zucken, nachdem man lange und tief eingeatmet hat. Ich wollte in den Park gehen. Ich wollte unsere Picknickdecke ausbreiten, mich hinlegen und schlafen, bis M zurückkam und bei uns in der Wohnung blieb. Ich wollte schlafen, bis ich nicht mehr allein war, egal, wie lange es dauerte.

Die Tage wollte ich in etwas verwandeln, das man einfach umtauschen konnte, wie Vorhänge, die am Ende doch den falschen Grauton hatten. Dann könnte ich alle Wochen, alle Tage, unser Wegziehen im Mai, die Ankunft im Juni, das immer tiefere Verkriechen, während Juli und August sich schwer über uns schoben, diskret und mit der passenden Ausrede zurückgeben. Der falsche Farbton, könnte ich auf ein Formblatt schreiben. Nicht wie beworben.

Doch wir steckten mitten im August, und natürlich gab es kein Zurück. Dichter Regen fiel, durch die Gewitter wurde es drückend und heiß. Ich kam mir vor wie ein Seemann, der über den Kiel eines großen, alten Schiffs gezerrt wird. Jeder Tag scheuerte an meiner Haut, jede einzelne Stunde riss mir wie eine Seepocke den Rücken auf. Ich lief zu E, die in ihrem Bett lag, und schüttelte sie an den Schultern. Wach auf, sagte ich. Wach auf! Der Tag bricht an, ob wir es wollen oder nicht! Sie öffnete die Augen und umarmte mich, und einen Moment lang wurde ich wirklich. Wir gingen in den Park.

Ich nahm B und E und sprang mit ihnen aus dem hinteren Fenster. Neben der Pumpe packte ich unsere kleinen Essensdosen aus. Gurken und Weintrauben. Cracker mit Körnern und ohne. Wir saßen lange allein dort, aber irgendwann kam Nell, und mir wurde klar, dass ich auf sie gewartet hatte. Sie legte ihre Decke dicht neben meine, obwohl der Park leer war und reichlich Platz bot.

Sie wickelte ihr Tuch ab, nahm das Baby heraus und legte es auf die Decke. Nachdem sie ihre Schuhe ausgezogen hatte, legte sie sich neben das Baby und in gewisser Weise auch neben mich. Dann stützte sie sich leicht auf die Ellbogen, sah mich an und sagte etwas, das alles bedeuten konnte. Es war berauschend, dass sie mich ansah und mit mir sprach, nachdem ich sie so viele Nachmittage lang beobachtet hatte. Ein bisschen, als würde man in einen kalten See springen. Bevor es passiert, kann man sich nicht vorstellen, wie es sich anfühlt. Aber natürlich konnte ich ihr nicht antworten. Weil ich dachte, ich hätte das Wort für Kinder verstanden, lächelte ich leicht, als sie aufhörte zu sprechen. An ihrem Blick erkannte ich, dass sie etwas Witziges gesagt hatte. Sie runzelte die Stirn und versuchte es noch einmal, und dann musste ich sagen: Es tut mir leid, ich spreche kein Französisch. Die Worte platzten hervor wie Einkäufe aus einer gerissenen Tüte, und da begriff ich es. Weiter ging es für mich nicht. Ich war wie eine Schwimmerin, die zum Ufer umkehrte. Ich konnte ihr nicht näherkommen. Was hatte ich anderes erwartet?

Ich rief E, packte unsere Sachen zusammen und ging. Wir mussten sowieso zum Markt, wirklich. Ich wollte abends richtig kochen, und zum Nachtisch würden wir Orangen essen, die so süß schmeckten, dass wir sie nie vergaßen. Auf dem Markt würden wir bessere Orangen bekommen als überall sonst.

Ich kaufte Tomaten und ein Netz Orangen. Zwei Flaschen Wein nahm ich auch mit. Aus der Region. Chasselas. E suchte sich Schokoladentäfelchen aus, die mit der Schweizer Fahne bedruckt waren, und ich dachte: warum nicht? Und ich lächelte E an und kaufte die Schokolade. Warum nicht warum nicht warum nicht. Die Einkaufstüten waren schwer, die Plastikgriffe schnitten mir in die Finger. Weil ich den Kinderwagen nicht mitgenommen hatte, trug ich auch B, und so ging ich behangen wie ein Apfelbaum die Straße entlang. E hüpfte lachend voran, und ich hielt mein Gesicht bereit, zu lächeln, falls sie sich umdrehte. Aber das tat sie nicht, und so ließ ich meine Mundwinkel hängen, weil es manchmal einfach so ist.

Eine Straßenbahn hielt, die Türen öffneten sich, und E rannte kreischend und lachend mitten in die Menge, wie ich es als Kind am Strand bei den Tauben gemacht hatte. Und wie groß war der Unterschied schon? Wir schafften es nach Hause, ich hievte uns durchs Fenster und räumte unsere Einkäufe an die Stellen, die ich zu den richtigen erkoren hatte. Die Tomaten auf die Küchentheke und so weiter.

In der Wohnung war es dunkel, obwohl es erst früher Nachmittag war. Trotzdem ließ ich die Jalousie am hinteren

Fenster herunter. Die Lamellen quietschten leise, und ich dachte, ich müsse das dringend der Wohnungsgesellschaft melden, damit das ganze Ding nicht bald festrostet und uns einsperrt. Als ich das noch dachte, als ich dachte, ich sollte sofort anrufen und es melden, bemerkte ich etwas im Dunkeln, etwas, das sich hinter der heruntergelassenen Jalousie anschlich, einem Gesicht ähnlich, aber eigentlich auch nicht, mit Augen wie aus Staub, Augen, die gleichzeitig vertraut und fremd waren. Doch ich blinzelte, und es verschwand, und ich dachte, irgendetwas stimmt hier nicht, aber ich dachte auch, dafür habe ich keine Zeit, es muss alles stimmen und genau richtig sein.

Am Abend brachte ich E früh zu Bett und packte sie ordentlich ein. Ich zog die Decke über sie und stopfte sie Stückchen für Stückchen unter die Matratze. Dabei schlief sie ein, während ich noch sagte: Gute Nacht, schlaf gut und träum was Schönes.

Als E klein war, als sie ein Baby war, meine ich, bevor B geboren wurde, sang M ihr wunderschön Wiegenlieder vor, wenn sie nicht schlafen konnte. Wenn sie nachts schrie, ging er oft zu ihr, nahm sie auf den Arm und trug sie sanft immer im Kreis umher. Ich hörte ihnen zu, wenn sie noch ein wenig weinte oder sich schon beruhigte und er leise sang. Es waren nur weniger Lieder, aber die wiederholte er immer wieder. Es war wie ein Versprechen, dass alles fabelhaft war und nichts je enden würde. Ich meine nur, dass man diese Lieder leicht für ein Versprechen halten konnte, wenn man sie hörte.

Ich konnte dagegen noch nie gut singen, meine Stimme klingt immer brüchig. Kratzig. Nicht beruhigend, wie sie es gebraucht hätte, E, meine ich, wenn sie weinte. Deshalb flüsterte ich nur, wenn ich zu ihr ging. Ich war so müde, dass mir nichts Besonderes einfiel. Manchmal erzählte ich ihr, ich sei so müde, dass mir mein Bett wie ein fremdes Land vorkam. Eine Heimat, die ich mir nicht mehr richtig vorstellen konnte. Die Betten in unserem Haus, flüsterte ich manchmal auch, sehen aus, wie sie nach der Apokalypse aussehen werden. Leer. Auf Menschen wartend, die niemals zurückkommen können. Aber meistens machte ich es mir einfach. Ich kam direkt zur Sache. Ich flüsterte: Wir sind die einzigen Menschen auf der Welt.

Wir sind die einzigen Menschen auf der Welt, sagte ich. Die Einzigen. Die Einzigen

Es wurde Zeit, B ins Bett zu bringen, aber er war noch nicht so weit. Ich konnte ihn nicht hinlegen. Also schaltete ich in der Wohnung das Licht aus und drehte mit ihm Runden durch alle Zimmer. Rundherum im Garten. Wie zwei kleine Bärchen. Linker Fuß. Rechter Fuß. Ich kitzele dein Öhrchen. Kennst du das schon?, fragte ich.

Flüsternd wünschten wir auf unserem Weg allem eine gute Nacht. Immer wieder. Murmeln und Schnecken, Hündchen und Stecken.

Gute Nacht, Küche, gute Nacht Sellerie,
gute Nacht, Fenster, gute Nacht, Jalousie.
Gute Nacht, Lappen und Eimer und Toilette,
gute Nacht, Schloss und Riegel und Kette.

In meinem beruhigenden Singsang konnte ich sagen, was ich wollte. Seine Haare fühlten sich auf meinem Gesicht ganz weich an. Im Dunkeln konnte ich alles an ihm spüren und riechen. Es gibt kein Wort, um unsere Verbindung zu beschreiben, sie war etwas Eigenes, allumfassend und nur für uns.

Manchen Dingen sagte ich nicht gute Nacht. Über manches wollte ich mit ihm nicht reden, Singsang hin oder her. Ich sagte kein Wort über das Flüstern in den Wänden. Über das Schlürfen und Gurgeln im Abfluss. Die Schatten, die immer länger wurden, länger, als das flackernde Licht es eigentlich zuließ.

Irgendwann schlief B endlich ein und sackte grässlich / wunderbar, grässbar auf mir zusammen. Ich legte ihn in sein Bettchen. So machte eine gute Mutter das. Meine Fingernägel waren schmutzig und zu lang, aber wer sollte mich hier sehen? Also beugte ich mich über sein Bettchen und strich ihm mit von Schorf verkrusteten Händen die Haare aus der Stirn. Ich warf ihm Küsse zu, einen, zwei, drei, die ihm Glück und einen guten Schlaf schenken sollten. Träum was Schönes. Bis morgen. Schscht.

Nachdem ich ihn gut zu Bett gebracht hatte, wartete ich auf das, was Gestalt annehmen und mich holen wollte, aber die Wohnung war still und leer, und der Staub blieb einfach Staub. Ich entsorgte in der Küche den Abfall, die Essensreste, die man nicht mehr aufheben konnte, die Pellen und Rinden und Eierschalen. Ich schnürte den Müllbeutel fest zu und stellte ihn im Gästezimmer vor die hintere Wand, weit weg von den Einkaufstauschen, von den Eiderdaunen.

Ich träufelte ein wenig Wasser auf die Pflanze und drehte sie um neunzig Grad. Sie sah kränklich aus, ihre Tentakel färbten sich blassgrün, als würde sie vor Staunässe von innen heraus ertrinken. Vielleicht behandelte ich sie völlig falsch. Ich verstellte sie um eine weitere Viertelumdrehung und ging. Was hätte ich sonst machen sollen? Es ist unmöglich, oder? Ständig entscheiden müssen, was gerettet wird.

Als in der Küche alle Oberflächen abgewischt waren, hatte ich bis zum Morgen nichts mehr zu tun. Ich konnte herumsitzen oder stehen oder mich treiben lassen und durch die Zimmer im Kreis laufen, solange ich nur leise war. Eine Weile lang ließ ich die Messer über den Schleifstein ratschen. Es kommt allein auf den Winkel an, auf den genau richtigen Winkel zwischen der Klinge und dem Stein. Drei Striche auf einer Seite der Klinge, drei Striche auf der anderen, eine Hand am Griff, die Kuppen von Zeigefinger und Mittelfinger mit gleichmäßigem Druck an der Spitze. Ritsch, ratsch. Präzision, Konzentration. Dann das Messer testen. Spüren, wie eine scharfe Klinge ohne Widerstand schneidet. Ohne jeden Widerstand.

Ich roch etwas, einen angenehmen Geruch, warmer Wachs und brennende Dochte, und als ich die Küche verließ, um nachzusehen, fand ich den Tisch von Kerzen hell erleuchtet wie bei einer Dinnerparty. Zwischen den Kerzen lagen Streichhölzer in allen möglichen Größen, wie Konfetti verstreut, und als ich das sah, durchfuhr es mich eiskalt, wie etwas Schweres, das schnell im Wasser versinkt. Ich dachte, ich würde hinter dem Tisch jemanden sitzen sehen, auf einem Stuhl, der nur für sie abgerückt worden war. Aber natürlich war es nur der Rauch.

Irgendwann musste ich eingeschlafen sein, ich wachte nämlich im Schlafzimmer auf dem Boden auf. Das Zimmer hatte sich schon aufgeheizt, und ich schwitze, weil ich meinen langen braunen Mantel trug, wie ich sah, von oben bis unten zugeknöpft. E kam verschlafen herein und fragte mich danach, sie wollte wissen, warum ich den Mantel über meinem Pyjama trug. Ich ließ mir schnell etwas einfallen und sagte: Ach, ich dachte, wir bleiben heute in der Wohnung und spielen Entdecker. Wie wäre das? Wir können den ganzen Tag hier spielen, sagte ich. Klingt das nicht nach einem Riesenspaß?

Die Blutergüsse auf meiner Wange und dem Arm waren noch nicht ganz verblasst, aber im Dämmerlicht der Wohnung konnten sie als Schatten durchgehen, die das Laub der Dschungelbäume auf mein Gesicht warf. Wir konnten so tun, als wären die verstaubten Socken auf dem Boden die Augen von Krokodilen in einem schlammigen Fluss. Die Betten konnten unsere Flachboote sein, die über alles Mögliche hinwegglitten, das wir nicht sahen. Wir mussten die Wohnung gar nicht verlassen. Ich war nicht einmal sicher, ob ich meine Hände dazu bringen könnte, die Tür zu öffnen.

Ich versperrte das Schloss, schob den Riegel zu und legte die Kette vor. Weil ich plötzlich das Gefühl hatte, jemand würde mich beobachten, verdeckte ich den Türspion mit Klebeband. Das Ziffernblatt der Küchenuhr klebte ich auch ab, denn wir waren allein allein allein und konnten essen, wenn wir hungrig waren, und schlafen, wenn wir müde waren, und hier drinnen frei wie die Vögel sein. Wo wir schon waren und wo wir bleiben würden.

Ich machte Limonade und schüttete dabei Zucker auf die Küchentheke. Die kleinen Kristalle klickerten wie Sand aus Glas oder Knochen. So!, sagte ich triumphierend. Jetzt kommen die Ameisen! Aber dabei streifte ein Atemzug meinen Nacken, zumindest fühlte es sich so an, wie ein Schauder, und ich musste an die Augen aus Staub denken, fegte den Zucker zusammen und biss schnell auf meine Fingerknöchel, um Unglück abzuwenden.

Aus der letzten Gurke versuchte ich, Affen und tropische Blumen zu schneiden. E konnte sie kaum aufheben, so dünn und glitschig waren sie. Am Ende leckten wir sie wie wilde Tiere vom Tisch auf. Manchmal hämmerte mein Herz und ich musste um Luft ringen, aber größtenteils war es einfach schön, den ganzen Tag im Schatten zu picknicken.

Vielleicht war es spät, vielleicht war es früh, als wir zu Bett gingen. Ich nahm E und B mit zu mir. Wir legten uns alle zusammen hin. E und B glitten lächelnd in den Schlaf, und ich lag neben ihnen und liebte sie von ganzem Herzen. So fühlte es sich manchmal an als Mutter, als würden sich alle Schrauben in einem fester anziehen.

Nach einer Weile löste ich mich von E und legte B in sein Bettchen. Ich wollte den Müll hinausbringen, aber die verhakte Jalousie ließ es nicht zu. Also warf ich die Essensreste in einen neuen schwarzen Plastikbeutel und ein, zwei Teller, von denen ich nicht wusste, wie ich sie sauber bekommen sollte, gleich hinterher und stellte den Beutel zu den anderen ins Gästezimmer. Da lächelten die Fliegen und rieben sich die kleinen Hände wie brave Kinder. Ich ging zurück in die Küche und schrieb mit den Magnetbuchstaben am Kühlschrank *ich habe dich lieb* für E, auch wenn sie noch nicht lesen konnte.

Jetzt ging es vor allem darum, schnell zu sein. Es ging darum, schneller zu sein als das, was kam, was in die Wohnung drang wie böse Gedanken, immer so beschäftigt zu sein, dass es mich nicht erwischen konnte, was auch immer es war. Die Dunkelheit, das Kind, die Augen aus Staub. Schneller zu sein, gebraucht zu werden, unersetzlich und erfüllt von Liebe zu sein. Immer in Bewegung zu bleiben, all die Stunden hindurch, bis die Kinder aufwachten und spielen wollten und mich davor bewahrten, von einem Moment auf den anderen nicht mehr zu existieren. Was ist eine Mutter, wenn ihre Kinder schlafen? Was könnte sie überhaupt sein? Wenn im Wald ein Baum umfällt. So ist es doch, oder?

Ich fand noch mehr brennende Kerzen, dieses Mal im Bad, sie beleuchteten mein Gesicht im Spiegel. Die kleinen Flammen flackerten munter und berührten fast den Saum eines Handtuchs. Es hätte beinahe fröhlich gewirkt, wie eine Dinnerparty in der Badewanne, aber das war es nicht, und ich pustete die Kerzen schnell aus. Es war zu spät, das wusste ich, dieses Etwas war schon bei mir in der Wohnung. Der Schatten, die Kröte, was auch immer es war, sprang hierhin und dorthin, kauerte sich zusammen und schnüffelte. Es suchte die Zimmer nach mir ab. Ich konnte es spüren, ich konnte es aus den Augenwinkeln immer wieder sehen. Ich hatte zu viel Bleichmittel ins Putzwasser gegossen, meine Hände waren voller offener Stellen und brannten furchtbar. Trotzdem konnte ich nicht aufhören, sie in den Eimer zu tauchen und die Küchentheke abzuwischen, weil es mich sonst mit Sicherheit gefunden hätte. Ich leckte mir den Schweiß von der Oberlippe und sagte mir, ich solle mich hinlegen, ich solle mich ins hohe Gras legen und ganz still sein. Die schlimme Sache war noch nicht geschehen. Ich befand mich zum Glück und Gott sei Dank noch in der Zeit davor.

Etwas schlug gegen die Jalousie im Schlafzimmer. Noch einmal. Bumm. Es konnte eine Flasche sein, ein Ball oder eine Faust, die gegen die Lamellen knallte. Bumm. Bumm. Bumm. E wurde von dem Lärm wach, sie setzte sich auf und rief nach mir, aber ich konnte mich nicht vom Fleck bewegen, solange dieses Etwas nicht ganz bestimmt aus der Wohnung verschwunden und ich wieder allein und in Sicherheit war. Ich leerte den Eimer in den Abfluss und spülte den Putzlappen aus. Meine Hände bluteten von der Bleiche und dem vielen Schrubben, und ich umwickelte sie mit Handtüchern, damit die Bettwäsche der Wohnungsgesellschaft nicht schmutzig wurde. Dann lief ich zu E, gab ihr einen Kuss, legte mich neben sie und schlief und schlief.

16

Als ich aufwachte, fiel durch die Jalousie mattes Sonnenlicht aufs Bett. Meine Hände hatten sich von den Handtüchern befreit und in Es Haaren vergraben. Das Blut hatte nicht allzu viel angerichtet, die wunden Stellen durch die Bleiche waren schon verkrustet, was im Hinblick auf die Bettwäsche eine Erleichterung war.

Es war Morgen oder Nachmittag, auf jeden Fall tagsüber. M konnte überall sein, und wir waren hier. Nach einigen Mühen gelang es mir, die Jalousie hochzuziehen und das Fenster zu öffnen, aber beinahe hätte ich es nicht geschafft. Verschwitzt und benommen lehnte ich mich gegen den Fensterrahmen, und in diesem Moment wusste ich genau, dass ich weglaufen musste. Neben mir war das offene Fenster. Ich saß direkt daneben. Aber wie hätte ich so etwas tun können?

Vor dem Fenster entdeckte ich gelbe Schuhe auf dem Rasen. Sie standen ordentlich nebeneinander und warteten, als wäre ihr Träger herausgehoben und verschleppt worden. Rund um die Schuhe war das Gras niedergetreten.

E wurde wach und hatte Hunger, und heute führte am Einkaufen kein Weg vorbei. Wir brauchten Joghurt, Milch und Beeren. Ich schnappte mir meine Jacke und sprang mit

E aus dem Fenster. B schlief noch, und ich dachte, wenn ich schnell bin, wenn ich ihn hierlasse und mich beeile, kann ich ihm ein frisches Brötchen holen und muss ihn nicht einmal wecken. Allein kann er nicht aus seinem Bettchen klettern, dachte ich, mit ziemlicher Sicherheit nicht. Hastig schob ich meine Füße in die gelben Schuhe. Sie waren mir mindestens zwei Nummern zu klein, trotzdem quetschte ich mich hinein und rannte mit E auf dem Arm zum Geschäft. Siehst du?, rief ich, als wir über den nassen Rasen stürmten und über den Blumenstreifen auf den Gehweg sprangen. Siehst du? Macht das nicht Spaß? Bevor B aufwacht, sind wir wieder zu Hause. Er wird glauben, wir wären geflogen.

Im Geschäft füllte ich wahllos meinen Korb. Mit jeder verstrichenen Minute war ich mir weniger sicher, ob ich B hätte allein lassen sollen, ob er nicht doch aufwachen oder aus seinem Bettchen klettern konnte. Die Sekunden drängten auf mich ein, es fühlte sich an, als würde die ganze Welt meine Schultern einschnüren. Mit all den anderen Müttern mit ihren fettigen Haaren kämpfte ich um Beeren, wir brauchten die besten. Jede Einzelne von uns brauchte die besten Beeren für ihre ganz außerordentlichen Kinder. Der Reihe nach betasteten wir die Avocados. Wir beäugten uns unauffällig. Wir spähten in die Einkaufskörbe der anderen. Die Avocados waren überreif. Ein wenig nur. Wir wichen zurück. Wir alle wussten über Vitamine und Nährstoffe Bescheid, wir kannten die Gefahren überreifen und unreifen Obsts. Jede von uns wusste alles darüber.

Die junge Frau an der Kasse scannte die Einkäufe im Schneckentempo. Alle Kundinnen vor mir hatten einen vollen Korb. Als ich endlich an der Reihe war, knallte ich die Croissants so heftig hin, dass ich die Hälfte dabei plattdrückte, und die Kassiererin, jung, hilfsbereit, ohne ein Baby zu Hause, weder in seinem Bettchen und gerade dabei, zu ersticken, noch draußen und durch buchstäblich alles gefährdet, schickte einen Kollegen durch den ganzen Laden, um unversehrte, frischgebackene Croissants zu holen. In den zusätzlichen Minuten brodelte es natürlich so in mir, dass ich fast platzte.

Draußen wollte E selbst laufen, sie hatte keine Lust mehr, getragen zu werden. Ich setzte sie ab und versuchte, sie zu einem Wettrennen zu überreden. Komm schon! Ich konnte die Wohnung nicht sehen. Sie lag gleich um die Ecke, aber der Blick war versperrt. Das Atmen fiel mir schwer, meine Brust begann zu schmerzen.

E, sagte ich, los, E, wir laufen. Aber sie wollte nicht. Sie wurde immer langsamer, bis sie ganz stehen blieb und mich ansah. Die Griffe der Einkaufstaschen schnitten in meine verschorften Hände, und plötzlich, schlagartig, hatte ich keine Kraft mehr in den Beinen. Es war, als würde ich einen Wasserfall hinunterstürzen. Ich ertrank mitten auf dem Gehweg mit meinen Einkäufen.

Ich sank zu Boden, und weil ich die Wohnung wirklich nicht sehen konnte, weil es ein Fehler gewesen war, B allein zu lassen, überhaupt zu gehen, robbte ich auf dem Bauch weiter und zog meine Taschen und meine nutzlosen Beine nach. Es ist ein Spiel, siehst du?, rief ich E zu. Es ist ein Spiel! Die Nudeln und die Joghurtbecher bohrten sich in meine Schulter und drückten mich so brutal wie Hundezähne zu Boden. In der Wohnung hörte ich B weinen.

Ruckartig kriechend, krabbelnd, springend erreichten

wir mit fast all unseren Sachen die Wohnung. Ich warf die Einkäufe durch das offene Fenster und hob E hinterher. Die Schuhe stellte ich wieder auf den Rasen und hievte mich selbst über den Sims. Über die Schwelle. In die maison magique. Die Hülle. Die Höhle. Den Kokon. Das Versteck. Das Versteck. Versteck dich.

Ich ließ die quietschende Jalousie herunter, und damit war es in der Wohnung wieder dämmrig und sicher, abgesehen natürlich von den Augen, die im wirbelnden Staub zu erahnen waren. B war aus seinem Bettchen gefallen und lag auf dem Rücken daneben, er strampelte mit den Beinen und steckte die Hände abwechselnd in den Mund. Seine Wangen waren von kleinen roten Flecken übersät, einer Flut winziger Bisse oder Küsse.

Ich beruhigte ihn und küsste ihn und achtete darauf, ob seine Pupillen dieselbe Größe hatten. Er war auf einen Stapel Decken gefallen. Ich sang ihm etwas vor, drückte ihn und schwenkte ihn durch die Luft, bis er lachte, und ich versprach, ich würde ihn nie wieder verlassen. Wir würden alle bleiben, hier bleiben, im Haus, wo wir sicher und behaglich zusammen waren.

E hatte sich das Knie aufgeschlagen. Ich hatte nicht bemerkt, dass sie auf dem Rückweg gefallen war, aber das war sie offenbar. Ich brachte sie sofort ins Badezimmer, ließ ihr ein Schaumbad ein und setzte sie ins warme Wasser. Ich ließ sogar die Beine neben ihr in die Wanne baumeln, lächelte und ließ sie keine Sekunde aus den Augen, um ihr zu zeigen, dass ich bei ihr war und sie immer lieben würde. Wir ließen das Wasser immer höher steigen. Es schwappte über den Rand, und wir lachten, weil wir uns so lieb hatten.

Als das Wasser kalt wurde, hob ich sie aus der Wanne, wickelte sie in drei Handtücher und legte sie wie ein Baby aufs Bett. Dieses Spiel liebte sie, ich sagte immer wieder, wie klein sie doch sei, und küsste sie und wickelte sie fester ein, bis sie sich nicht mehr bewegen konnte. Dann föhnte, bürstete und flocht ich ihr die Haare, sie zog sich selbst an, und ich begann beim Aufräumen sogar zu summen.

Im Badezimmer roch es. Es war dieser graue, modrige Fleischgeruch, der aus Abflüssen steigt. Ich sprühte die Badewanne mit Desinfektionsmitteln ein. Die Risse in meinen Händen brannten von der Feuchtigkeit, aber der Geruch verschwand nicht, also kletterte ich in die Wanne und steckte eine Hand so tief in den Abfluss, wie es ging, und ließ einen Finger kreisen.

Faulige Haarklumpen hatten sich mit anderem Schmutz vermengt. Ich pulte die Nester Stück für Stück heraus und legte sie in einer Reihe neben den Abfluss wie eine winzige Sippe stinkender Mäuse. Danach konnte ich nur noch Bleichmittel hineingießen, um den Rest zu beseitigen. Die mäuseartigen Dreckklumpen hob ich auf und hielt sie schleimig und tropfend, wie sie waren, einen Moment lang fest, bevor ich sie in den Abfall warf. Ich wusch mir eine Ewigkeit lang die Hände, und obwohl es unhygienisch war, erst das eine und dann das andere zu tun, lief ich in die Küche und machte E etwas zu essen. Sie würde es brauchen, und ich war die Einzige, die es ihr geben konnte.

Als ich klein war, sah ich einmal, wie meine Mutter nackt und nass in unserem muffigen blauen Bad in der Wohnung unter der Dusche hockte. Sie wandte mir den Rücken zu, ihre langen, nassen Haare flossen über die geheime Karte ihrer Haut. Sie zog lange, nasse Haarklumpen aus dem Abfluss. Als ich die Tür öffnete, drehte sie sich nicht um, sie machte einfach weiter. Vielleicht weinte sie, vielleicht lief ihr auch nur das Duschwasser über das Gesicht.

Sie hob die grau gefleckten Nester aus toten Haaren auf und spülte sie in der Toilette herunter. Dann kam sie zu mir, legte über mir eine Hand an die Tür, schob sie zu und ließ sich den ganzen Morgen nicht mehr blicken. Ich musste in die Büsche hinter dem Parkplatz pinkeln.

Danach wollte ich nie wieder irgendwo allein sein. Das kam von dieser Unmenge Haare. Wenn wir ständig so viel von uns verloren, woher sollten wir wissen, was am Ende bleiben würde?

Außerdem hat es mir schon immer vor Abflüssen gegraut. Mir erschien nichts einsamer und ungeliebter als eine Frau, die nackt vor einem Abfluss hockt und ihre eigenen Haare als scheußliche Klumpen herausholt.

Ich kochte für E Spaghetti mit Butter zum Mittagessen und schnitt dazu Gurken und Möhren in winzige Stückchen. Die Tassen in der Küche füllten sich mit Asche, das Zeug sammelte sich immer wieder an, und ich kippte es in die Spüle. Heiße Asche und kalte Asche. Asche an Fingern, Asche an unseren Zehen, Asche legte sich wie Milchbärte auf unsere Oberlippen. Wie ein Phönix … Aber sie kam von den Kerzen, die ich manchmal brennend in der Küche oder den Schränken fand.

Wir taten so, als wären die Möhren Schmetterlinge und wir Frösche mit langen Zungen. Sie schlürfte ihre Nudeln und jagte die Schmetterlinge mit ihrem breiten Froschmund.

Den Nachmittag verbrachten wir mit neuen Spielen. Ich bin die Bärenmutter, und du bist das Baby, sagte ich. Wir kuscheln uns im Winter in unserer Höhle ein und essen Beeren. Draußen schneit es, es ist kalt und überall sind Eis und furchtbare Dinge. Komm her, Bärchen, sagte ich, ich lecke dein Fell ab und kraule deine pelzigen Ohren. Komm her, Bärchen, wir machen es uns in unserer Höhle schön warm.

Mit unseren Bärenklauen zerkratzten wir die Farbe an den Wänden. Die Wände waren so oft mit billiger, zäher Farbe gestrichen worden, dass sich die Schichten in dicken Flatschen lösten, wie Baumrinde. So machen das echte Bären!, brummte ich mit honigtriefender Stimme. Ich erklärte E, dass Bären so ihre Krallen schärften. Wären wir Bären, wären unsere Klauen jetzt so scharf, dass wir die Tür zerfetzen könnten.

Wir machten uns Toast, und E und ich bestrichen ihn üppig mit Butter, die sofort schmolz, und belegten sie mit dicken Käsescheiben. Zum Essen setzten wir uns auf das Sofa der Wohnungsgesellschaft und scherten uns nicht um die ganzen Krümel. Wir rutschten auf ihnen herum und ließen sie in die Ritzen zwischen den Polstern fallen. Ich zog die Füllung aus den Sofakissen, weil ich irgendetwas suchte, ich weiß nicht mehr, was, vielleicht den Schlüsselbund, aber auch daraus machten wir ein Spiel, damit es lustig wurde. Schaumstoff und Kunststofffedern stoben durch die Luft und schwebten um uns herum zu Boden. Wir saßen zusammengekuschelt auf dem Sofa. Hat dich jemand in den Arm gekniffen?, fragte ich E. Ich sah genauer hin, ihre glatte Haut war von roten Flecken überzogen. Sie antwortete nicht.

Ich holte B und stillte ihn auf dem Sofa, bis er einschlief. Vielleicht schliefen wir alle. Wer weiß? Gut möglich, dass es mitten in der Nacht war.

Als ich aufwachte, war es draußen dunkel. Das wusste ich, weil es in der Wohnung dunkel war. Stockdunkel, nicht dämmrig wie nachmittags bei heruntergelassenen Jalousien. B lag noch weich und satt auf mir und schlief. Ich legte ihn vorsichtig in sein Bettchen und machte mich auf die Suche nach E. E, rief ich leise. Keine Antwort. E, sagte ich, wo bist du? Wo bist du, wo bist du? Tief gebückt wie eine alte Hexe, die mit einem Korb voller Äpfel durch den Wald humpelt, schlich ich durch den Flur zu unseren Zimmern. Vielleicht trottete ich auch wie ein Wolf. Es war mitten in der Nacht, alles war möglich.

E, sagte ich, E, ich bin's. Wo bist du? Ich konnte nichts sehen, und meine staubtrockenen, aufgerissenen Handrücken kratzten über die Wände wie totes Laub. In ihrem Zimmer brannte Licht, und ein leises Summen war zu hören, als würde jemand singen. Guten Abend, mochte das flüsterleise Summen gesagt haben. Gut' Nacht, mit Rosen bedacht.

E, sagte ich, aber meine Stimme war so leise, dass mich außer mir niemand hören konnte, als würde die Wohnung meine Worte verschlingen und jedes Geräusch, das ich machte, verschlucken. Vielleicht hätte ich in diesem Moment sogar schreien können, und es hätte mich niemand gehört. Etwas war an der Wohnungstür, das gedämpfte Rascheln eines langen Mantels. Hatte ich die Tür abgeschlossen? Hatte ich daran gedacht? Es war nicht M da draußen auf dem Flur, er war nicht von seiner Reise zurückgekommen. Es fühlte sich anders an. Etwas scharrte an der Tür, vielleicht war es ein Klopfen, Knöchel auf Holz.

Ich stand jetzt am Eingang. M?, fragte ich. M? Bist du das? Jemand rüttelte an der Klinke, und ich spürte, wie kalt es plötzlich in der Wohnung geworden war, zu kalt für den Sommer, in dem es lange, fröhliche Abende hätte geben sollen, an denen wir nie allein waren. Hinter der Tür wurde geflüstert, und ich dachte: Ja, jetzt sollte ich aufmachen. M?, fragte ich, aber ich konnte nicht nach der Klinke greifen, konnte meine Hand nicht zum Schloss heben. Bei E ging das Licht aus. Klick. Als ich es hörte, wurde die Dunkelheit selbst kalt, und ich lief durch den Flur zu ihrem Zimmer und spürte, wie dieses Etwas mir springend folgte. Es bewegte sich schnell und voller Leichtigkeit. Ich riss die Tür auf, warf mich auf das kleine Bett, krabbelte unter die Decke, und da war E, warm und in tiefen Schlaf versunken. B war ganz allein, die Betten glichen Rettungsbooten auf einem kalten Meer, und ich konnte nicht an zwei Orten gleichzeitig sein. Ich schüttelte E leicht, aber sie schlief weiter, so tief und fest, dass sie an einem anderen Ort war. E, flüsterte ich, doch sie wachte nicht auf.

Aus der Wohnung kam ein leises Klicken, als würde in der Küche das Licht ein- und aus- und eingeschaltet. Ich hatte den Kopf unter die Decke gezogen und konnte nichts sehen. Vielleicht spielte es mit mir. Vielleicht sollte das alles ein Spiel sein. Klick. Klick. Das Licht im Flur ging an und aus. Mir war nicht mehr kalt, unter der Decke schwitzte ich. Ich konnte die Hände nicht von den Augen nehmen. Im Schlafzimmer ging das Licht an. Klick. Ich konnte nicht schreien, nur den Mund aufreißen, der Schrei steckte in meiner Kehle fest. Bumm. Etwas schlug gegen die Jalousie in Es Zimmer. Bumm bumm bumm. Das Licht ging aus.

Ich warf die Decke zurück und hämmerte von innen gegen das Fenster. E wurde auf der Matratze durchgeschüttelt, ohne aufzuwachen. Sie war immer noch woanders. Dann war das Etwas hinter mir im Zimmer, bumm bumm bumm, ich versuchte, das Fenster aufzumachen, aber es ging nicht. Wir saßen fest. Hilfe, schrie ich, Hilfe, Hilfe, Hilfe, doch niemand konnte mich hören, die Wohnung fraß meine Stimme auf, und wir waren alle ganz still und reglos.

B schrie laut, es war sein übliches Weinen, wenn er Hunger hatte, und ich war wieder allein in der Wohnung.

Ich lief schnell zu ihm, wie es jede gute Mutter mitten in der Nacht tut, hob ihn hoch, schmuste mit ihm, zog mein Oberteil hoch und legte ihn an die Brust. Er trank ein wenig und schlief wieder ein, ohne sich daran zu stören, dass ich zitterte und schweißgebadet war. Auf seinen Wangen waren noch mehr rote Flecken, ein Ausschlag kleiner Küsse. Ich legte ihn in sein Bettchen und flüsterte *Ich habe dich lieb* und *Träum was Schönes* und alles, was Mütter über die weichen Köpfe ihrer schlafenden Kinder gebeugt raunen. Dann kroch ich ins Gästezimmer zu der Seite, auf der die Müllbeutel standen. Ich glaube, ich wollte die schöne weiße Bettwäsche nicht verschmutzen, die Eiderdaunen, die noch in den Einkaufstaschen auf ein Bett warteten. Mit dem Bett würde das ganze Zimmer fabelhaft sein. Wunderschön und perfekt, weiß und blau, eine richtige Insel mit kleinen, verzierten Seifenstücken, die nach Meersalz und Baumwolle dufteten.

Der Abfall roch mittlerweile, aber das störte mich nicht. Kann sein, dass ich es mochte. Wenn ich die Zitronen in der Schale berührte, verpuffte der Schimmel auf ihnen zu grünem Dunst, sie ergaben sich einfach dem Nichts, und auch das mochte ich.

Ich dachte, ich sollte M anrufen. Ich sollte ihn bitten, nach Hause zu kommen, aber ich sprach es nicht aus. Außerdem hatte ich es im Putzeimer gefunden, mein Handy, meine ich, völlig durchnässt und einsam, das Display schwarz und ohne Lebenszeichen in dem grauen Wasser. Jetzt zog ich das Handy aus der Tasche, steckte es in den Spalt zwischen Tür und Wand, wo die Tür in den Angeln hing, und zerquetschte es langsam. Ich sah zu, wie sich das Display bog, spürte, wie es nachgab, spürte, wie es unter dem Druck meiner Hände zerbrach.

Ich rollte mich hinter den Beuteln zusammen wie in einer Festung und schloss die Augen. Klick. Möglich, dass ich die Lichtschalter in der Wohnung klicken hörte. Möglich, dass jemand vor der Tür stand, aber ich war im Gästezimmer hinter dem Abfall in Sicherheit. Möglicherweise. Ich hielt mir die Augen zu, lag reglos in meiner Höhle, während die Stunden vergingen, und lauschte auf jedes Geräusch meiner Kinder. Wenn sie mich brauchten, konnte ich jederzeit aufspringen. Ich bin hier, ich bin hier, würde ich rufen, wenn sie nach mir verlangten. Keine Angst, ich werde immer bei euch sein.

17

Die Tage fielen in sich zusammen wie eine Landkarte, die zusammengeknüllt wird, Kontinente stießen zusammen, tektonische Platten schoben sich knirschend wie schlechte Zähne übereinander, Meere verebbten. Ich machte für E Essen, zusammengewürfelte Mahlzeiten mit immer wilderen Zutaten, je mehr sich unsere Vorratsschränke leerten. Wir leckten das Essen von unseren Tellern und benutzten kein Besteck mehr. Nudeln konnten wir trocken zerbeißen. Wir bemalten unsere Arme mit Saucenresten und johlten uns zu.

E wirkte ein wenig blass, unter ihren Augen blühten dunkle Ringe auf. Ich sagte, sie sei ein Garten in einem Garten in einem Garten, und drückte sie fest an mich. Ihre Tiere bewahrte sie jetzt in einem Karton unter ihrem Bett auf. Sie wollte nicht, dass ich mit ihnen spielte, obwohl ich es vorschlug. Hol doch das Giraffenbaby, sagte ich etwa, hol es, dann lassen wir es auf den Gardinen herumlaufen. Es schläft, antwortete sie dann. Weck es nicht auf. Die anderen? Das Orang-Utan-Baby? Sie schlafen alle, sagte sie. Jeden Morgen wachte sie mit neuen roten Flecken auf. XOXO steht für Umarmungen und Küsse. Bisse heißen, ich liebe dich so sehr, dass ich dich auffressen will. Es lebte einst ein

Eulerich in einem Eichenbaum, und sprach den ganzen Tag nicht mehr als fiddle, faddle, faum.

Es war noch jemand in der Wohnung, ich war mir ganz sicher, er machte für E das Bett und kümmerte sich um sie. Wenn ich nachts nach ihr sah, war ihre Decke immer ordentlich festgesteckt und bis zum Kinn hochgezogen. An einem Morgen entdeckte ich, dass ihre Kleidung zusammengelegt und weggeräumt war, die Ränder ihrer kleinen Shirts akkurat rechtwinklig, als wären sie gebügelt worden. Manchmal meinte ich zu hören, dass jemand B etwas im Schlaf vorsang, manchmal schreckte ich aus einem Halbschlaf auf und merkte, dass ich es war, die da sang.

Wenn die Kinder nachts schliefen, dachte ich an Nell. Es schlug niemand mehr gegen die Fenster, ich überlegte nur, ob sie es gewesen sein konnte. War sie vor etwas weggelaufen? Hatte sie gesehen, wie wir durch das Fenster geklettert waren? Und ein Fenster gesucht, durch das sie steigen konnte? Hatte sie ihre Kinder dabeigehabt? Das Baby? Den Jungen? Hatte sie ihre Schuhe als ein Zeichen zurückgelassen? Oder war sie weggezerrt worden und hatte die Schuhe verloren? Nachts im Dunkeln konnte ich über diese Dinge nachdenken, wenn ich darauf wartete, dass die Kinder mich brauchten, und an meinen Nägeln und Fingern knabberte. Meine Gedanken kreisten immer wieder um sie, aber am Ende blieb nur die Erinnerung an die Augen aus Staub, die in der Dunkelheit aufgetaucht waren, als ich die Jalousie heruntergelassen hatte, und dass diese Augen meinen eigenen so ähnlich sahen. Ich will nur sagen, dass man sich manchmal nirgendwohin retten kann, die Stunden strecken sich endlos wie Öl und gleiten schimmernd über die langgezogenen Schatten.

Mittlerweile schwirrten so viele Fliegen durch die Wohnung, dass wir lange Ärmel trugen, damit wir ihre Beinchen nicht auf der Haut spüren mussten. B schlief sehr viel. Ein bisschen wie ein Bär im Winter. Er war so ein liebes Baby, er schlief und schlief in meinen Armen. Er war so leicht, dass ich ihn fast nie ablegen musste, und wir tanzten stundenlang wie zwei Federn, schwebten auf und ab, unberührt von Zeit und Schwerkraft.

Wir versteckten uns unter den zerfetzten Sofakissen. Mit den Federn und dem Schaumstoff stopfte ich Kleidung von mir aus und baute eine Vogelscheuche. Ich bastelte eine zweite für E und eine kleine, pummelige für B. So konnte jeder von uns eine Vogelscheuche neben sich haben und mit ihr reden. Was ist drei plus drei?, fragte ich E und zeigte erst auf die Vogelscheuchenfamilie und dann auf uns. Was ist zwei plus vier?, fragte ich und setzte E zu den Vogelscheuchenmenschen. Siehst du? Es bleibt gleich, egal, wo du bist.

Es gab so viel zu tun. Einmal wachte E auf und hatte die Haare zu zwei hinreißenden Zöpfen geflochten. Sie schimmerten in ihrem dämmrigen Zimmer wie Öllampen, und wir bewunderten sie zusammen im Bad. Wie hübsch wir sind, flüsterte ich ihr zu. Sieh uns nur an. Aber wenn ich den Gedanken zuließ, fragte ich mich insgeheim, wer ihr die Zöpfe geflochten hatte.

Ich stellte mir vor, wie die Metalljalousien von außen verrosteten. Wir spielten mit den Lampen und schalteten sie schnell ein und aus und ein und aus, bis eine Glühbirne nach der anderen durchbrannte. Es gefiel uns, wie die Birnen zischten und knallten, wenn sie kaputtgingen, wie das Licht flackerte und hell und hektisch wurde, bevor es erlosch. Am Ende blieben uns nur noch die Kerzen, die wir in der Wohnung verteilten, auch auf dem Tisch, und wir aßen in ihrem Schein, egal, wie spät es war.

Wir spielten, wir würden im Wald leben. Oder wir wären eingeschlafen und würden erst in hundert Jahren wieder aufwachen. E hinterließ mir mit den Magnetbuchstaben am Kühlschrank Nachrichten, und ich saß nachts lange davor, um ihr Geheimnis zu entschlüsseln, die sorgfältig erstellten Kombinationen von Vokalen und Konsonanten. Helft mir, bat ich die Buchstaben. Ernsthaft. Jetzt. Helft mir jetzt ernsthaft. Aber natürlich konnte ich sie nicht richtig lesen, und E war noch Jahre davon entfernt, buchstabieren zu können.

E gewöhnte sich an, mir nachzulaufen und *klopf, klopf* zu flüstern. Den Anfang eines Witzes. Allerdings sagte sie nur die erste Hälfte, nie den Rest. Das Spiel ging so lange, dass ich mich wie eine klaffende Wunde fühlte, wie Nahrung für Dinge, die man nicht sehen konnte. Klopf, klopf, wiederholte sie endlos, als würde ich jemals nicht öffnen, wenn sie darum bat. Vielleicht wollte sie einfach nach draußen. Meine Spiele mussten besser, fröhlicher, viel, viel, viel lustiger werden. Sie mussten dafür sorgen, dass wir alle glücklich waren, dass wir alle im Haus blieben. Wir bemalten die Wände mit einer Mischung aus Honig, Mehl und den letzten Resten Klebstoff, den E in einer Flasche in ihrer Basteltasche hatte. Damit bestrichen wir auch die Wände im Badezimmer und sahen dann zu, wie die Fliegen kleben blieben.

E forderte mich immer seltener zum Spielen auf, und B war so müde, dass er kaum noch wach wurde. Vielleicht hätte ich einen Arzt rufen oder die Straße hinunterrennen sollen. Aber wir konnten noch spielen, also ging es uns im Grunde doch nicht schlecht. B war still, wir waren still, und still war gut.

Es war wirklich Nacht draußen, wirklich dunkle Nacht, die man selbst mit geschlossenen Augen spürte, selbst, wenn die Jalousien die Fenster verdeckten. Die Art tiefer Nacht, die mit den Fingern über Ihre Haut fährt und Sie zittern lässt. So dunkel war es. Ich hatte versucht, E so lange wie möglich wach zu halten. Bleib wach, Schatz, bleib wach, Kleines, nur noch ein Spiel mit Mama, schau mal, wir sind dies oder das. Wir sind Rehe und treffen uns unter einem Baum zum Tee, schau dir unsere Hufe an, unsere Marmeladentörtchen! Unsere Tassen mit dem heißen Tee! Aber sie sagte, sie sei müde, ihr sei schlecht, sie habe Hunger und könne nicht wieder kalten Reis mit Sirup essen, obwohl ich ihr tausendmal erklärt hatte, was für ein köstliches Abendessen das war, wie sehr sie sich freuen könne, das zu bekommen, und dass es alles das sein konnte, was wir uns vorstellten.

Jedenfalls nahm sie ihre Tiere, ging ins Bett, schloss die Tür zu ihrem Zimmerchen und sperrte mich aus. Ich überlegte, an ihrer Tür zu kratzen und zu rufen, ich sei ein Zicklein, dürfe ich mich neben sie legen, nur für einen Moment, aber ich tat es nicht. Es war ganz richtig und gesund, dass sie allein sein wollte. Erstaunlich, dass sie keine Angst vor der Dunkelheit hatte. Eher vor mir, dachte ich und musste den Gedanken schnell mit einem harten Lacher zerreißen, bevor er wahr wurde. Sie konnte doch keine Angst vor mir haben. Wir hatten uns viel zu lieb. Ich liebte sie so sehr, dass es mir manchmal die Kehle zuschnürte und ich nicht atmen konnte.

Ich stellte mich an Bs Bettchen, um zu sehen, ob er aufwachen und mich brauchen würde. B?, flüsterte ich ganz leise. B?, wiederholte ich etwas lauter, aber er schlief und hatte alles. Ich war also allein, und dann war ich nicht allein, und dann bekam ich richtig Angst.

Jetzt, dachte ich, jetzt habe ich Angst. Ich lache nicht. Ich bilde mir nicht ein, ich hätte Angst, ich habe sie wirklich, hier und jetzt, wo ich zwischen dem Bettchen und dem Sofa kauere. Klick. Das Licht in der Küche, die letzte funktionierende Lampe, ging aus, und in der Wohnung war es so dunkel wie in einem Mund. Klick. Es ging wieder an, heller als zuvor. Ich kniff die Augen zusammen. In der Küche klapperte Geschirr, als würde ein Windstoß durch die Schränke fahren. Ich hielt mir beide Ohren zu. Wenn ich leise genug war, würde es vielleicht verschwinden. Ich wollte B wecken. B!, hätte ich geschrien. E! Aber mein Mund war fest verschlossen, ich bekam keinen Ton heraus.

Aus der Küche drangen hastige Schritte herüber, Teller, Tassen und Gläser wurden auf den Tisch gestellt, als würde ich meinem eigenen Geist dabei zuhören, wie er fürs Frühstück deckte. Als wäre ich tot und würde immer noch die Kinder für den Park fertig machen wollen und mit meinen ach so scharfen Messern kalte Gurken in Scheiben schneiden. Du kannst mich hören. Das sagte die Stimme, die ich nicht hören konnte. Sagte die Stimme in einer Stimme, die ich kannte. Komm raus, komm raus, du kannst dich nicht verstecken. Ich wurde blass vor Kälte, die keine normale Kälte war. Sie saß tiefer, sie drang aus mir selbst hervor, aus meinen Knochen. Ich zitterte. Bald würde ich mich mit meinem Zittern verraten. Ich würde mich in dem Gefühl verlieren, das mich gerade überkam, dem Gefühl, jeden Moment entdeckt zu werden. Wenn du heut Nacht in die Wälder gehst, sagte die Stimme, dann siehst du, was da passiert. Und ich flüsterte zittrig die nächste Zeile, weil ich natürlich nicht anders konnte: Wenn du heut Nacht in die Wälder gehst, dann sei besser gut kostümiert. Jemand lachte verzückt, ganz in meiner Nähe, und klatschte schnell in die Hände.

Das schreckliche Etwas, dachte ich. Das schreckliche Etwas.

Im kurzen Flur zwischen der Küche und dem Wohnzimmer ging mit einem Klacken das Licht an. Es strahlte so hell aus der durchgebrannten Birne, als hätte ich die Augen nicht fest zugekniffen. Als würde ich plötzlich in die Sonne geschleudert. Ich konnte den Strom riechen. Das Brennen. Das Licht ging aus. Leichte, schnelle Schritte auf dem Teppich, wie leise prasselnder Regen. Sie trippelten in die eine Richtung, dann in die andere. Das Licht ging wieder an.

B bewegte leise schnarchend seinen Arm. Immer tiefer versank er im tiefen, kalten Meer aus Schlaf und Träumen und Fortsein, wenn man gebraucht wurde. Hilf mir.

Als ich klein war und auch, als ich nicht mehr klein war, tastete ich mich nachts jahrelang ins Bad, weil ich im Dunkeln nicht die Augen öffnen wollte. Solange ich die Augen geschlossen hielt, konnte mir nichts passieren. Mir würde eine Sekunde länger bleiben, bevor ich es wusste, und das war alle blauen Flecken an den Schienbeinen und sogar einen gebrochenen Zeh wert. Den Preis zahlte ich gerne, um es nicht zu wissen. Weil ich es nicht wissen wollte.

Jede Sekunde konnte das Licht im Wohnzimmer angehen, und dann würde ich hier sitzen und nicht schlafen. Hätte ich doch nur geschlafen, dann hätte mir nichts passieren können, ich war mir ganz sicher, aber ich schlief nicht. Vielleicht würde ich zuerst etwas tun müssen. Aufspringen, schreien, laut genug sein, um es zu überraschen. Es anbrüllen vielleicht, es anbrüllen und sofort vertreiben.

Klick. Das Licht ging an. Ich sprang schreiend hinter dem Bettchen auf, ich keuchte, mein Atem gehorchte mir nicht, und da war ich. Ein anderes Ich, das lächelte. Was ich Ihnen erklären will, ist, dass ich selbst direkt vor mir stand, in meinem langen braunen Mantel. Ich hatte mir die Haare schön gemacht. Ich trug sogar ein leichtes Make-up. Ich stand in dem qualmenden, brennenden Licht vor mir und lächelte. Damit meine ich, dass die roten Lippen um ihre Zähne meine waren. Ich nahm sofort das Baby auf den Arm, Gott sei Dank. Ein Glück, dass ich ihn hochnahm. Er wurde nicht wach, er hing nur heiß und schlaff an meiner Schulter. Das Ich mir gegenüber runzelte die Stirn, und dann rannte ich los, und das Ich, das nicht das Baby auf dem Arm trug, brauchte eine Sekunde, um es zu begreifen, und diese Sekunde nutzte ich, um die Tür zum Kinderzimmer aufzustoßen und E auch aus der Dunkelheit zu ziehen, und dann lief ich zur Wohnungstür, ich würde es nicht schaffen, und wer wollte eigentlich behaupten, wenn wir es schafften, wären wir in Sicherheit? Wer hätte das tatsächlich sagen können?

Es roch nach Feuer, der Geruch wurde stärker, als ich durch den Flur lief, und plötzlich drückte die Hitze in der Wohnung unsichtbare Hände gegen mein Gesicht und stieß mich zurück. Ich schlang die Arme um uns alle und lief durch den Flur, das andere Ich mir auf den Fersen. Wir waren beide gleich schnell.

Bleib stehen, sagte sie, und sie klang genau wie ich. Hör auf. Was machst du da? Ich hörte die Angst in ihrer Stimme, die natürlich meine war, eine unbändige Angst, die ich nicht erwartet hätte. Gib sie mir zurück, sagte sie. Dann kamen der Rauch und echte Flammen, und ich griff nach der Türklinke, die so heiß war, dass meine Haut qualmte und kleben blieb. Die Wohnung brannte. Wir waren von einem echten Feuer umgeben, das alles verschlang. Die Wohnung brannte, und die Tür war verschlossen und verriegelt.

Ich zerrte an dem Riegel, an der qualmenden Kette, spürte, wie die Haut an meiner Hand der Hitze nicht standhielt, und dann spürte ich es nicht mehr. Ich packte die Klinke, drückte sie herunter, und wir fielen durch die Tür, hinaus aus der Wohnung, hinaus auf den Hausflur. Hinter mir schlug ich die Tür mit Wucht zu. Ich hörte sie schreien. Ich meine, ich hörte sie meinen Schrei schreien, sie schrie genau so, wie ich es getan hätte, langgezogen und mit meiner Stimme. Sie schrie die Namen der Kinder. Natürlich. Das hätte ich auch getan.

Eine Frau lief mit einer kratzigen Wolldecke auf uns zu. Sie wollte mir E und B abnehmen, aber das ließ ich nicht zu, so fest hielt ich sie in den Armen. Also legte sie die

Decke uns allen um und brachte uns nach draußen zu einem Krankenwagen, der auf dem Parkplatz wartete, und sagte mit beruhigender Stimme Dinge, die ich nicht verstand. Wir seien in Sicherheit, könnte sie gesagt haben, wir seien diejenigen, die es geschafft hatten.

18

E, B und ich wurden in einen Krankenwagen verfrachtet und weggebracht. Im Krankenhaus nahmen die Schwestern mir E und B vorsichtig ab. Sie sagten mir, B sei dehydriert, er sei krank, möglicherweise sehr krank, aber er werde sich erholen. Die Kinder hatten viel Rauch eingeatmet. Das Einzige, was mich dort hielt, was mich im Zimmer festhielt, meine ich, war meine Hand. Die Schmerzen in meiner Hand glichen einer grellen weißen Linie, die keinen klaren Gedanken durchließ. Die Schwestern umwickelten sie mit einer Folie und dann mit Mull. Besser, ich sah sie mir nicht an.

Als meine Hand so gut wie möglich versorgt war, ging ich zu B und E. Sie lagen nebeneinander in zwei Betten, jeder mit einer kleinen Kunststoffmaske über dem Mund, die von weichen Gummibändern gehalten wurde. Unendlich lange Plastikschläuche umschlossen sie wie Fischernetze, die sie zurück ans Ufer ziehen würden, zu mir, in meine Arme.

In den sauberen Krankenhausbetten sahen sie so schmutzig aus. Ihre Gesichter waren von Essensresten und wer weiß was noch verschmiert und verkrustet. Es Haare waren verknotet, sie sahen aus, als würde eine Wolke aus Fliegen ihr Gesicht umschwärmen. Was machen wir hier draußen nur für einen Eindruck?, dachte ich, und eine Sekunde lang wünschte ich, wir wären wieder in der Wohnung, wo uns niemand sehen konnte. Die roten Flecken hatten sich als Lippenstiftspuren herausgestellt, sie waren am Ende doch nur Küsse. Die Schwestern wischten sie ab, entfernten alle Küsse, alle roten Schichten, und brachten unter den hellen Krankenhauslichtern die neue, saubere Haut zum Vorschein.

Ich bekam einen Stuhl, den ich genau in die Mitte zwischen beide Betten stellte. Sollte ich gebraucht werden, konnte ich sofort aufspringen. B schlief, aber besser, nicht wie vorher, er schlief jetzt den Schlaf der Geretteten. Ich legte meine verbundene Hand neben ihn auf sein Bett und fühlte mich schon besser. E sah mich streng an, wie fast immer, trotzdem nahm sie meine gesunde Hand und hielt sie fest, als sie zwischen piependen Geräten und hellem Licht auch einschlief. Mit der anderen Hand umklammerte sie ihre Giraffe, einen weiteren der wenigen Überlebenden. Wir waren hier, wir hatten es geschafft.

Eine Krankenschwester brachte mir eine Thermoskanne mit Tee, und ich trank, während sie an der gegenüberliegenden Wand ein Bett aufstellte. Sie hatte blonde Haare und einen runden Körper, der ein bisschen an eine Schubkarre erinnerte, plump und wackelig und trotzdem perfekt dafür, von einem Ort zum anderen zu kommen. Ich wurde auf das Bett gelegt. Es kann sein, dass sie mich einfach hochhob. Vielleicht sagte sie dabei etwas, vielleicht, dass ich eine gute Mutter sei. Vielleicht sagte sie, ich könne mich jetzt ausruhen, die Geräte würden ohnehin besser auf B und E aufpassen, und ich könne schlafen und nur schlafen und erst aufwachen, wenn ich wollte. Vielleicht wollte sie auch nur meine Versicherungskarte haben.

Am nächsten Morgen wachten wir auf und wurden umsorgt, ich mit einer Thermoskanne Fencheltee, E mit Aprikosensaft, dickflüssig und so orange wie ein Entenfuß. Eine Krankenschwester kam herein, um B in einer kleinen tragbaren Wanne zu baden, während ich zusah und seine Hand hielt. Ich duschte und wusch mich mit dem kleinen Stück Krankenhausseife, so gut es ging. Danach war ich erschöpft und schlief wieder ein. E spielte die ganze Zeit mit ihrer Giraffe.

Größtenteils warteten wir nur darauf, dass Zeit verstrich, das aber ganz entspannt. Ermuntert von vielen freundlichen Schwestern stillte ich B über den Tag verteilt immer wieder. Wir machten alles richtig, sagten sie möglicherweise. Wir würden uns alle ewig lieben und könnten so lange bleiben, wie wir wollten. E und ich aßen abends Steak, und mir brachte eine Krankenschwester ein winziges Glas Wein. Nachts schliefen wir. Tagelang lebten wir wie Babys, alle drei, wir aßen, schliefen und ließen uns von rätselhaften Riesen versorgen, bis M uns fand.

Da seid ihr ja, sagte er, als er hereinkam. Er roch nach dem Meer, als wäre er gerade von einem sonnigen Ort hergeflogen, und vielleicht war er das auch.

Er hob E hoch und drückte sie, und sie ließ ihn auch ihre Giraffe drücken. Er hob auch B hoch und drückte ihn, und dann kam er zu mir und umarmte mich, obwohl er noch B und E und ihre Giraffe trug. Mein Gott, sagte er, den Mund an meine Schulter gedrückt, du hast mir ja einen schönen Schrecken eingejagt.

Er ließ uns los und wischte sich über die Augen.

Ich bin hergekommen, so schnell ich konnte, sagte er. Als ich es erfahren habe, habe ich mich sofort auf den Weg gemacht. Du müsstest das Haus sehen. Es ist eine Ruine, völlig ausgebrannt.

Wie ist es passiert?, fragte ich und wusste selbst nicht, was ich meinte.

Die Polizei glaubt, dass es in unserer Ecke des Hauses angefangen hat, sagte M. Es könnte wohl eine Frau gewesen sein. Sie haben sie bei den Mülltonnen entdeckt, und ich glaube, sie hat sich komisch verhalten. Die Untersuchung läuft noch.

Eine alte Frau?, fragte ich.

Kann sein. Er wusste es nicht.

In einem violetten Mantel? Auch das wusste er nicht. Dann betrachtete er mich mit einem Blick, der mir nicht besonders gefiel, einem fragenden Blick, und ich hakte nicht weiter nach. Aber ich dachte an die alte Frau bei den Mülltonnen, daran, wie sie sich beim Wühlen im Abfall die Lippen geleckt hatte, an ihre hochgesteckten Haare, ihren feuchten Atem, ihren Geruch, der einer Mischung aus Mürbegebäck, nasser Wolle und fauligem Atem glich. Ich dachte daran, wie sie im Café das Kleingeld abgezählt neben die leere Kaffeetasse gelegt hatte. Später sagte ich der Polizei, ja, ich hätte die Frau einmal bei den Mülltonnen gesehen und sie habe sich seltsam verhalten.

Als ich das bei der Befragung erzählte, nämlich dass ich die Frau einmal abends gesehen hätte, auch wenn ich nicht groß erwähnte, was sie getan hatte, weil sich das zu schwer beschreiben ließ, griff einer der Polizisten, ein Mann mit kurzen blonden Haaren und schönen Händen, in seine Tasche, zog ein Foto von Nell heraus und zeigte es mir.

War sie das?, fragte er und tippte auf das Foto, und ich sagte: Nein, es war jemand anders. Haben Sie diese Frau gesehen?, fragte er. In letzter Zeit? Nach dem Brand? Sie hat zwei Kinder, sagte er.

Ich sagte Nein, ich hätte sie wirklich nicht gesehen, ich sei nicht einmal in der Nähe der Wohnung gewesen, ich sei erst vor ein paar Tagen aus dem Krankenhaus entlassen worden, wir würden in einem Hotel am See wohnen. Und übrigens würden wir bald gehen. War das in Ordnung?, fragte ich. Durfte ich gehen?

Ich redete zu schnell und wurde nervös. Mir waren die Kerzen eingefallen, die Tassen in den Schränken, die sich mit Asche gefüllt hatten, und ich schob all das schnell weg, schob es weit von mir. Auf meiner Oberlippe bildete sich Schweiß, und ich wischte ihn mit meiner unversehrten Hand weg. Natürlich dürfe ich gehen. Ich sei auf dem Revier, um befragt zu werden, um zu helfen. Ich sei hier schließlich das Opfer, mehr als alle anderen, eine junge Mutter mit kleinen Kindern. Wenig später ließen sie mich zu meiner Familie zurückkehren, zu meinen Kindern, zu M.

Als ich das Revier verließ, wartete M hinter dem Steuer unseres neuen Autos, die Kinder waren in ihre Schweizer Autositze geschnallt. Ich ließ mich auf der Beifahrerseite auf den weichen Ledersitz sinken und schloss die Tür. M beugte sich vor dem Navigationssystem und dem Touchscreen über die elegante Mittelkonsole und gab mir einen Kuss, ich schnallte mich an, dann blinkte er und fuhr los.

Ich glaube, es wird dir sehr gefallen, sagte er. Was?, fragte ich. Unser neues Haus, sagte er.

Unser neues Haus, wiederholte ich. Unser neues Haus. Ich sagte es leise noch einmal, testete die Worte. Es würde perfekt sein. Ein Haus mit hohen Decken und Blick auf den See, im heißen Sommer würden wir lange, glückliche Nachmittage in ihm verbringen, und im Winter würde Schnee auf den Berggipfeln liegen, und wir würden bestaunen, wie still es war, wie der Schnee alles bedeckte, und dass wir wohlbehütet an den Fenstern stehen und alles betrachten konnten. Wir würden jahrelang an diesen Fenstern stehen können, dachte ich, und uns so lieben wie jetzt. Liebe machte so etwas möglich, dachte ich, meiner Liebe würde es gelingen, sie würde dafür sorgen, dass wir jung und glücklich und für immer zusammenblieben. Ich streckte eine Hand nach hinten zu E, drückte ihre Füße, fuhr B durch die Haare. Ich bin die Einzige für euch, dachte ich. Für euch alle. Die Einzige. Ich erzähle das alles, weil ich Ihnen erklären will, woran ich auf dem Weg dorthin gedacht habe, auf dem Weg zu unserem neuen Haus. Ich habe an Liebe gedacht.

Wir aßen in einer Buvette zu Mittag, einem dieser kleinen Lokale am See, vor denen Boote liegen, festgebunden wie Schwäne mit Seilen um den Hals. Wir bestellten große Gläser frisch gepressten Orangensaft mit Ingwer, und E ging auf den Rasen, um zu spielen, aber eigentlich zwirbelte sie nur Blätter von ein paar Büschen und flüsterte ihrer Giraffe etwas zu. Eigentlich sah sie größtenteils mich an. Ich versuchte, das richtige Lächeln aufzusetzen, aber weil nicht klar war, was sie im Feuer gesehen hatte, war ich unsicher, wie ich mich in ihrer Nähe verhalten sollte. Ich winkte, und M winkte auch.

Sie braucht noch Zeit, sagte M, und ich antwortete: Ja, das stimmt. Der Saft war frisch und leuchtend orange und schmeckte hervorragend. Wir aßen Sandwiches mit Ei und Gurke, die von dem lächelnden Mann mit Bart hinter dem Tresen frisch zubereitet wurden. Die Sonne auf unseren Schultern war eine Wohltat. B kostete von dem Ei. Als der winzige zerdrückte Happen seine Lippen berührte, lächelte er. Es war das erste Mal, dass er Ei aß, und ich dachte: Ja, natürlich, das ist Glück, jeden Tag zerdrückte Eier. Wir alle zusammen, morgens und nachmittags. Saft und Sandwiches. Ich will Ihnen klarmachen, wie sehr ich mir diese perfekten Tage gewünscht habe.

Ich ließ B bei M, ging zum Tresen und bestellte zwei doppelte Espressi. Als sie gebracht wurden, sahen sie aus wie gemalt. Ich lächelte, M auch, unsere Blicke versanken ineinander, und ich sah vor mir, wie wir früher in Diners gesessen und abgestandenen Kaffee mit so viel Zucker getrunken hatten, dass unsere Zungen prickelten. Wie wir einmal eine ganze Nacht gefahren waren, um an einem bestimmten Strand den Sonnenaufgang zu sehen. Wir waren gerade rechtzeitig dort, kuschelten uns neben dem Parkplatz auf dem Boden aneinander und schliefen Händchen haltend ein. Wir hatten alles und am Ende doch gar nichts verpasst. Das erzählen ich Ihnen, weil Sie mich auch so sehen sollen, bei Sonnenaufgang schlafend neben dem Auto. Sie sollen sehen, wie ich Lachs grille, der innen rosig wie Küsse ist. Ich möchte, dass Sie es verstehen. Bitte verstehen Sie es.

Wir bedankten uns und tranken den Espresso, der vorzüglich schmeckte und in diesem Moment genau das Richtige war. An diesem See mit den leeren, noch warmen Kaffeetassen in den Händen hätten wir überall sein können. M griff über den Tisch und nahm meine Hand, und ja, so konnte ein Nachmittag sein. Ich sah es vor mir. Die nächsten hundert Jahre lang. Dunkler Kaffee, weiße Boote, blauer See. Die Sonne würde auf unsere Schultern scheinen, wenn wir es zuließen. Wenn ich stark genug daran glaubte, würde es wahr werden.

Das neue Haus wird perfekt, sagte M. Du wirst begeistert sein. Von unserem Schlafzimmer aus kannst du die Boote auf dem See sehen.

Was ich eigentlich sagen will, ist, dass ich in diesem Moment gezögert habe. Sie sollen wissen, dass ich versucht habe, mit M zu reden. Dass ich ihm eine Hand auf die Schulter gelegt habe. Dass dieser Moment lang genug war, um mich hinüberzulehnen und ihm ins Ohr zu flüstern, ihn mit leiser, ernster Stimme zu bitten: Gehen wir nicht dorthin, sagte ich. Bitte nicht.

Sehen Sie? Fast hätte ich es verhindert.

Als ich aufblickte, saß Nell am Tisch nebenan, sie hielt ihr Baby und trank Saft, und ich sah, dass ihre Arme von Brandwunden überzogen waren. Meine Haut war auch verbrannt. An allen Tischen saßen verletzte Mütter und tranken Saft. Leichter Rauch stieg von ihnen auf, sie lösten sich langsam in Luft auf. Einmal haben wir eine Party gegeben, oder nein, warten Sie, ich erzähle Ihnen lieber von dem Feuer, bitte gehen Sie nicht, lassen Sie mich nicht mit all diesen Worten in meinem Mund allein, sie verbrennen mir die Lippen.

Danksagung

Ein großes Dankeschön an meinen wunderbaren Agenten Jon Curzon, der dieses Buch vor dem Papierkorb rettete. Danke auch an das ganze Team von Artellus für all seine Unterstützung und Fürsorge.

Ich danke Sophie Jonathan für ihr einsichtiges Lektorat und ihre fachkundige Führung und dass sie mir zeigte, wie man ein Manuskript in ein Buch verwandelt. Danke an alle bei Picador, ich bin unglaublich glücklich, in eurem Verlag zu erscheinen.

Ich danke meiner Familie, meinen Eltern, Mary Neerhout und Lane Borg, und meiner Schwester Emma.

Danke an Kathy und Donna und Laura Jane. Danke an Margaret und danke an Jane.

Ich danke Dashiell, Dexter und Daley, meinen lustigen, weisen, brillanten Menschen.

Ein Dank auch an meine Freunde.

Danke auch dir, Alan, für alles.